W0215210

DE ACHT BERGEN

Paolo Cognetti

De acht bergen

Vertaald door Yond Boeke
en Patty Krone

2017
DE BEZIGE BIJ
AMSTERDAM

De vertalers ontvingen voor deze vertaling een beurs van het Nederlands Letterenfonds

Nederlands letterenfonds
dutch foundation
for literature

Vertaling S.T. Coleridge pagina 5: Jabik Veenbaas, uitgave Athenaeum-Polak & Van Gennep

Copyright © 2016 Paolo Cognetti
First published in Italy by Giulio Einaudi editore s.p.a., Torino, 2016
This edition is published in agreement with the author through Mala-Testa Literary Agency, Milano
Copyright Nederlandse vertaling © 2017 Yond Boeke en Patty Krone
Eerste druk juli 2017
Tweede druk september 2017
Derde druk oktober 2017
Vierde druk oktober 2017
Oorspronkelijke titel *Le otto montagne*
Oorspronkelijke uitgever Einaudi, Turijn
Omslagontwerp Moker Ontwerp
Foto auteur © Roberta Roberto
Vormgeving binnenwerk Adriaan de Jonge
Druk Bariet Ten Brink, Meppel
ISBN 978 90 234 6641 3
NUR 302

debezigebij.nl

Vaarwel, vaarwel. Maar ik vertel
U dit, gij gast van 't feest.
Hij bidt oprecht die liefde hecht
Aan vogel, mens of beest.

S.T. Coleridge, *De ballade van de oude zeeman*

Mijn vader had in de bergen zo zijn eigen manier van wandelen. Daar was weinig meditatiefs aan, het was een en al eigenzinnigheid en bravoure. Hij klom zonder zijn krachten te doseren, ging altijd met iemand of iets de strijd aan en als hij het pad te lang vond, klom hij gewoon recht omhoog. Als je met hem mee was, was het verboden te pauzeren en verboden te klagen over honger, vermoeidheid of kou, maar een lied zingen mocht wel, vooral als het onweerde of als er dichte mist hing. En ook joelen als je je over de sneeuwvelden omlaag stortte.

Mijn moeder, die hem had leren kennen toen hij nog een jongen was, zei dat hij ook toen al op niemand wachtte en er altijd op gebrand was iedereen in te halen die hij boven zich zag: je moest dus stevige benen hebben om jezelf in zijn ogen aantrekkelijk te maken, en lachend liet ze doorschemeren dat zij hem op die manier had veroverd. Later ging ze, in plaats van bergtochten te maken, liever in het gras zitten, of stak ze haar voeten in een beekje, of bedacht ze hoe bepaalde grassen en bloemen heetten. Ook als ze boven op een berg stond, vond ze het vooral leuk om naar de toppen in de verte te kijken, te denken aan die uit haar jeugd en zich voor de geest te halen wanneer ze daar was geweest en met wie, terwijl mijn vader, eenmaal op een top aangekomen, werd overvallen door iets van teleurstelling en alleen nog maar naar huis wilde.

Ik denk dat het tegengestelde reacties waren op eenzelfde gevoel van nostalgie. Mijn ouders hadden rond hun dertigste het platteland van de Veneto verlaten, de streek waar mijn moeder was geboren en waar mijn vader als oorlogswees was opgegroeid, en waren naar de stad getrokken. Hun eerste bergen, hun eerste liefde, waren de Dolomieten geweest. Ze noemden die soms in hun gesprekken, toen ik nog te klein was om de conversatie te volgen – maar sommige woorden sprongen eruit, klonken scheller, betekenisvoller. De Catinaccio, de Sassolungo, de Tofana, de Marmolada. Mijn vader hoefde maar een van die namen te noemen of mijn moeders ogen begonnen te glanzen.

Op die plekken waren ze verliefd geworden, dat begreep ook ik na een tijdje: een priester had hen er als tieners mee naartoe genomen, en dezelfde priester had hen op een herfstochtend getrouwd, aan de voet van de Tre Cime di Lavaredo, voor het kerkje dat daar staat. Dat berghuwelijk was de stichtingsmythe van ons gezin. Tegengewerkt door de ouders van mijn moeder, om redenen die mij onbekend waren, voltrokken in aanwezigheid van maar een paar vrienden, met windjacks als trouwkleding en voor hun eerste nacht als man en vrouw een bed in de Auronzo-hut. De sneeuw schitterde al op de richels van de Cima Grande. Het was een zaterdag in oktober, in 1972, het einde van hun alpinistenseizoen voor dat jaar en vele jaren daarna: de dag daarop laadden ze hun leren bergschoenen, hun knickerbockers, haar zwangerschap en zijn arbeidscontract in de auto en reden naar Milaan.

Kalmte was geen deugd die mijn vader hoog in het vaandel had staan, maar in de stad zou hij daar meer aan hebben gehad dan aan uithoudingsvermogen. Uitzicht had je in Milaan wel: in de jaren zeventig woonden we in een flat die uitkeek op een brede, drukke weg – ze zeiden dat onder het asfalt een rivier stroomde, de Olona. De straat kwam op regendagen blank te staan, en dan stelde ik me voor hoe de rivier daarbeneden in het donker bulderde en opzwol totdat hij uit de putdeksels golfde. Maar in die andere rivier, die werd gevormd door auto's, bestelbusjes, brommers, vrachtwagens, bussen en ziekenwagens, was het voortdúrend hoogwater. We woonden op de zevende verdieping: het kabaal werd versterkt door de twee rijen identieke flats aan weerszijden van de straat. Op sommige nachten werd het mijn vader te veel, dan stond hij op en gooide het raam wijd open, alsof hij de stad wilde uitschelden, haar het zwijgen wilde opleggen of gloeiende pek over haar wilde uitstorten; hij bleef een tijdje naar beneden staan kijken, trok vervolgens zijn jas aan en ging een eind lopen.

Vanuit ons raam zagen we een groot stuk lucht. Eenvormig wit, ongeacht de seizoenen, slechts doorsneden door een enkele vogel. Tegen beter weten in kweekte mijn moeder bloemen op een door de rook zwart uitgeslagen en door eindeloze regenbuien beschimmeld balkonnetje. Daar verzorgde ze haar plantjes en vertelde me intussen over de wijngaarden in augustus op het platteland waar ze was opgegroeid, of over de tabaksbladeren die in de drogerijen aan lange stokken hingen, of over de asperges die, om ze wit te houden, moesten worden geoogst voordat ze boven de aarde uitkwamen, en dat je dus een speciaal talent nodig had om ze te zien terwijl ze nog onder de grond zaten.

Nu had ze op een heel andere manier profijt van die blik. In de Veneto was ze verpleegster geweest, maar in Milaan kreeg ze een baan als wijkverpleegkundige in de Iepenwijk, aan de westrand van de stad, tussen de sociale huurflats. Het beroep bestond nog maar net, evenals het consultatiebureau waar ze werkte, en was in het leven geroepen om vrouwen bij te staan gedurende de zwangerschap en de bevalling, en de baby te volgen totdat die een jaar was: dat was het werk van mijn moeder, en ze deed het met veel plezier. Met dien verstande dat het, door de plek waar ze haar naartoe hadden gestuurd, meer weg had van een missie. Iepen stonden er amper in die buurt: de straatnamen in de wijk, met zijn Elzenweg, Sparrenweg, Lariksweg en Berkenweg, klonken allemaal nogal lachwekkend tussen de twaalf verdiepingen hoge, door elke denkbare misère geteisterde huurkazernes. Een van de taken van mijn moeder bestond uit het controleren van de omgeving waarin het kind opgroeide, en door die bezoekjes was ze vaak nog dagenlang van streek. In de ernstigste gevallen moest ze aangifte doen bij de kinderrechter. Het kostte haar moeite daartoe over te gaan, plus dat het haar op een flinke lading beledigingen en bedreigingen kwam te staan, maar toch twijfelde ze er niet aan dat het de juiste beslissing was. Ze was niet de enige die er zo over dacht: de maatschappelijk werksters, de opvoedkundigen, de juffen en zij deelden een groot solidariteitsgevoel, een soort collectieve vrouwelijke verantwoordelijkheidszin jegens die kinderen.

Mijn vader daarentegen was altijd een eenling geweest. Hij was chemicus in een fabriek met tienduizend arbeiders, voortdurend opgeschud door stakingen en ontslagen, en als er daar ook maar iets voorviel, kwam hij 's avonds als één bonk woede thuis. Tijdens het eten had hij alleen maar oog voor het journaal; zwijgend omklemde hij zijn in de lucht zwevende mes en vork, alsof hij verwachtte dat er elk moment een nieuwe wereldoorlog zou uitbreken, en hij vloekte binnensmonds bij elk bericht dat er iemand was vermoord, bij elke regeringscrisis, elke stijging van de olieprijzen, elke onopgeëiste bomaanslag. Met de paar collega's die hij weleens thuis uitnodigde had hij het bijna uitsluitend over politiek, en uiteindelijk kregen ze altijd ruzie. Tegenover communisten deed hij zich voor als anticommunist, tegenover katholieken als radicaal, en tegenover iedereen die vond dat hij zich bij een kerk of een partij moest aansluiten als vrijdenker; maar het waren geen tijden waarin je je aan je burgerplicht kon onttrekken, en na een tijdje hielden mijn vaders collega's ermee op bij ons langs te komen. Hij bleef intussen stug elke ochtend naar de fabriek gaan alsof hij de loopgraven in moest. En hij bleef 's nachts wakker liggen, pakte de dingen nog steeds te stevig vast, gebruikte oordoppen en hoofdpijnpillen, had hevige woede-uitbarstingen – en dan kwam mijn moeder in actie, die naast de huwelijkse taken ook de taak op zich had genomen mijn vader te kalmeren, de klappen te verzachten die hij opliep in zijn gevecht met de wereld.

Thuis spraken ze nog altijd het dialect van de Veneto. In mijn oren klonk het als een geheimtaal van hun tweeën, de echo van een vorig, geheimzinnig leven. Een overblijfsel uit het verleden, net als de drie foto's die mijn moeder op het tafeltje bij de voordeur had gezet. Ik bleef er vaak naar staan kijken: op de eerste stonden haar ouders, in Venetië, tijdens de enige reis die ze ooit hadden gemaakt, een cadeau van mijn opa aan mijn oma voor hun zilveren bruiloft. De tweede was een groepsfoto van de hele familie, in het oogstseizoen: mijn grootouders zaten in het midden, met staand om hen heen drie meisjes en een jongen, en op het boerenerf de manden met druiven. Op de derde stond hun enige zoon, mijn oom, samen met mijn vader te glimlachen naast een topkruis, met een opgerold touw over zijn schouder, in klimtenue. Hij was jonggestorven en daarom droeg ik zijn naam, Piero, al werd ik binnen onze familie Pietro genoemd. En toch kende ik niemand van al die mensen. We gingen nooit bij ze op bezoek en zij kwamen ook nooit langs in Milaan. Een paar keer per jaar nam mijn moeder op zaterdagochtend de trein, kwam dan zondagavond wat treuriger terug dan ze was vertrokken en zorgde vervolgens dat die treurigheid weer overging: het leven ging door. Er waren te veel dingen te doen om heimwee te koesteren, te veel mensen voor wie ze moest zorgen.

Maar het verleden dook op als je er het minst op bedacht was. Tijdens de lange autorit die mij naar school, mijn moeder naar het consultatiebureau en mijn vader naar de fabriek moest brengen, zette ze op sommige ochtenden een lied van vroeger in. Midden in het verkeer hief ze het eerste couplet aan, en na een tijdje viel hij in. Ze waren gesitueerd in de bergen tijdens de Eerste Wereldoorlog: *De verraden vrouw*, *De Valsugana*, *Het testament van de kapitein*. Verhalen die ook ik inmiddels vanbuiten kende: ze waren met zijn zevenentwintigen naar het front vertrokken en maar met zijn vijven teruggekeerd. Aan de oever van de Piave stond een kruis voor een moeder die er vroeg of laat naar op zoek zou gaan. Een ver liefje wachtte, smachtte, werd het wachten beu en trouwde met een ander; de stervende droeg een kus aan haar op en vroeg voor zichzelf een bloem. Er zaten ook dialectwoorden in die liederen, waardoor ik begreep dat mijn ouders ze hadden meegenomen uit hun vorige leven, maar ik hoorde er ook iets anders en vreemders in, namelijk dat die liederen, god mag weten hoe, over hén gingen. Over hen tweeën, bedoel ik, anders viel de emotie die hun stemmen zo duidelijk verrieden niet te verklaren.

Op de zeldzame dagen dat het woei, in de herfst of de lente, doemden aan het eind van de uitvalswegen in Milaan de bergen op. Het gebeurde plotseling, na een bocht, op een viaduct, en zonder dat mijn ouders elkaar erop hoefden te wijzen werd hun blik er meteen naartoe getrokken. De toppen waren wit, de lucht ongewoon blauw, het leek wel een wonder. Hier beneden had je fabrieken in beroering, overvolle sociale huurflats, straatrellen, mishandelde kinderen en tienermoeders; daar boven sneeuw. Mijn moeder vroeg dan welke bergen het waren en mijn vader keek om zich heen, alsof hij binnen die stedelijke omgeving zijn innerlijke kompas moest afstellen. Welke straat is dit, Viale Monza, Viale Zara? Dan is dat de Grigna, zei hij, na even te hebben nagedacht. Ja, die is het volgens mij. Ik herinnerde me het verhaal van Grigna heel goed: ze was een beeldschone, wrede strijdster die de ridders die naar haar toe kwamen om haar hun liefde te verklaren met pijlen liet doden, en dus had God haar voor straf in een berg veranderd. En nu lag ze daar, in de voorruit, en liet zich door ons drieën bewonderen, ieder met een andere, woordloze gedachte. Daarna sprong het licht op groen, een voetganger stak nog even snel over, iemand achter ons toeterde, mijn vader verwenste hem, schakelde woest naar de eerste versnelling en spoot weg van dat moment van genade.

De jaren zeventig liepen op hun eind, en terwijl Milaan in brand stond trokken zij tweeën hun bergschoenen weer aan. Ze gingen niet naar het oosten, waar ze vandaan waren gekomen, maar naar het westen, alsof ze hun vlucht voortzetten: richting Ossola, Valsesia, Val d'Aosta, hogere en ongenaakbaarder bergen. Mijn moeder zou me later vertellen dat ze de eerste keer onverwachts werd overvallen door een gevoel van beklemming. Vergeleken met de lieflijke contouren van de Veneto en Trentino vond ze de dalen in het westen zo nauw, donker en benauwd als ravijnen; de rotsen waren er vochtig en zwart, overal kwamen stroompjes en watervallen naar beneden. Wat een hoop water, dacht ze. Het moet hier wel heel vaak regenen. Ze realiseerde zich niet dat al dat water afkomstig was uit een exceptionele bron, en ook niet dat mijn vader en zij daar regelrecht op afkoersten. Ze liepen verder en verder het dal in, totdat ze zo hoog waren dat ze weer in de zon kwamen: het landschap brak open en plotseling zagen ze de Monte Rosa voor zich oprijzen. Een arctische wereld, een eeuwige winter die zich dreigend uitstrekte boven de zomerse weiden. Mijn moeder vond het beangstigend. Maar mijn vader zei dat het was alsof je een andere orde van grootte ontdekte, alsof je vanuit de bergen van de mensen die van de reuzen betrad. En natuurlijk was het voor hem liefde op het eerste gezicht.

Ik weet niet exact waar ze die dag waren. Misschien was het Macugnaga, of Alagna, Gressoney of Ayas. Ten gevolge van het nomadisme van mijn rusteloze vader gingen we toentertijd elk jaar naar een andere plek, altijd in de buurt van de berg die hem had veroverd. Meer nog dan de dalen herinner ik me de huizen, als je ze zo kunt noemen: we huurden een bungalow op een camping of een kamer in een of ander dorpspension, en daar bleven we dan twee weken. Er was nooit genoeg ruimte om het er gezellig te maken, en ook niet genoeg tijd om je ergens aan te hechten, maar die dingen interesseerden mijn vader niet – hij merkte ze niet eens op. Zodra we er waren, kleedde hij zich om: hij haalde zijn geblokte overhemd, ribfluwelen broek en wollen trui uit zijn tas, en als hij zijn oude plunje weer aanhad, werd hij een ander mens. In die korte vakanties was hij voortdurend op pad: hij ging 's ochtends vroeg de deur uit en kwam pas 's avonds weer terug, of de volgende dag, stoffig, zonverbrand, moe en gelukkig. Tijdens het avondeten vertelde hij ons over gemzen en steenbokken, nachten in een bivak, sterrenhemels, sneeuw die hoog in de bergen ook in augustus viel, en als hij echt tevreden was besloot hij met: ik wou dat jullie erbij waren geweest.

Het punt was dat mijn moeder weigerde gletsjers op te gaan. Ze had er een irrationele en onoverkomelijke angst voor: ze zei dat de bergen voor haar ophielden bij drieduizend meter, de hoogte van haar Dolomieten. Ze had liever tweeduizend meter – de weiden, de bergbeken, de bossen – en ze hield ook erg van duizend meter, het leven in die dorpen van hout en steen. Als mijn vader weg was, vond ze het leuk om met me te gaan wandelen, een kop koffie te drinken op het plein, ergens in een wei te gaan zitten en me een boek voor te lezen, een praatje aan te knopen met voorbijgangers. Ze leed nogal onder onze voortdurende verplaatsingen. Ze had liever een huis gehad dat ze tot het hare kon maken en een dorp waar ze naartoe terug kon keren. Ze vroeg het mijn vader vaak: hij zei dat er geen geld was om nog meer huur te betalen, naast die van het huis in Milaan; zij marchandeerde met hem over een bedrag waaraan ze genoeg zou hebben, en ten slotte gaf hij haar toestemming om iets te gaan zoeken.

’s Avonds, nadat er was afgeruimd, vouwde mijn vader een topografische kaart open, legde die op tafel en begon het pad van de volgende dag te bestuderen. Een grijs boekje van de Italiaanse Alpenclub binnen handbereik, evenals een half glas grappa waaraan hij af en toe nipte. Mijn moeder benutte haar moment van vrijheid door in een leunstoel of op bed te gaan zitten en in een roman te duiken: ze ging er een uur of twee helemaal in op en dan leek het of ze heel ergens anders was. Ik klom bij mijn vader op schoot om te zien wat hij aan het doen was. Hij was vrolijk en spraakzaam, volstrekt tegengesteld aan de vader uit de stad aan wie ik gewend was. Hij liet me maar al te graag de kaart zien en leerde me hoe je die moest lezen. Dit is een bergbeek, wees hij aan, dat een meertje, en dat daar is een almdorp. Hier kun je aan de kleur zien wat bos is, wat alpenweide, puinhelling of gletsjer. Deze kromme lijnen geven de hoogte aan: hoe dichter ze op elkaar staan, hoe steiler de berg, tot die zo steil wordt dat je niet verder omhoog kunt; hier waar ze meer uit elkaar liggen is de hellingshoek flauwer, en daar lopen de paden, zie je? Deze puntjes waar een hoogtegetal bij staat zijn de toppen. Die toppen, daar gaan we heen. We gaan pas weer naar beneden als we ergens komen waar we niet verder omhoog kunnen. Snap je?

Nee, ik snapte het niet. Ik moest het zien, die wereld die hem zo gelukkig maakte. Jaren later, toen we er samen op uit begonnen te trekken, zei mijn vader dat hij zich precies herinnerde hoe mijn roeping zich had gemanifesteerd. Toen hij op een ochtend op het punt stond de deur uit te gaan – mijn moeder sliep nog – en bezig was de veters van zijn bergschoenen te strikken, stond ik opeens aangekleed en wel voor hem, klaar om met hem mee te gaan. Ik had waarschijnlijk in bed al voorbereidingen getroffen. Het was nog donker en hij schrok van me, alsof ik groter was dan mijn zes of zeven jaar: ik was in zijn versie toen al degene die ik later zou worden, de voorbode van een volwassen zoon, een schim uit de toekomst.

Wil je niet nog even slapen? had hij gevraagd, op gedempte toon om mijn moeder niet wakker te maken.

Ik wil met jou mee, had ik geantwoord, althans, dat beweerde hij: maar misschien zei hij het alleen omdat hij zich dat graag herinnerde.

Deel 1

De bergen uit mijn kindertijd

Een

In een van die dalen lag het dorp Grana, in een aftakking die door passanten werd genegeerd als verwaarloosbare optie, bovenin begrensd door staalgrijze bergkammen en onderin door een rots die de toegang ertoe versperde. Boven op de rots waakte de ruïne van een toren over inmiddels verwilderde velden. Een onverharde weg splitste zich af van de provinciale weg en kronkelde in steile haarspeldbochten omhoog tot aan de voet van de toren; eenmaal daar voorbij begon hij te glooien, volgde de flank van de berg, dook halverwege de helling het dal in en ging verder als vals plat. Het was juli 1984 toen we die weg insloegen. In de velden waren ze aan het hooien. Het dal was breder dan het van onderaf leek, met aan de schaduwzijde overal bos en aan de zonkant terrassen. Beneden ons, tussen het dichte struikgewas, stroomde een beek waarvan ik af en toe de glinstering zag, en dat was het eerste wat ik leuk vond aan Grana. Ik las in die tijd avonturenromans: Mark Twain had me de liefde voor rivieren bijgebracht. Ik bedacht dat je daar beneden kon vissen, duiken, zwemmen, wat boompjes omzagen en een vlot bouwen, en geheel in de ban van die fantasieën ontging het me dat na een bocht het dorp was verschenen.

'Hier is het,' zei mijn moeder. 'Niet zo hard rijden.'

Mijn vader minderde vaart en reed stapvoets verder. Vanaf het moment dat we waren vertrokken had hij gedwee haar aanwijzingen opgevolgd. Hij boog zich naar links en naar rechts over en keek in het opwaaiende stof van de auto uitgebreid naar de stallen, de kippenhokken, de uit boomstammen vervaardigde hooischuren, de uitgebrande of ingestorte huizen, de tractors aan de rand van de weg, de balenpersen. Uit een binnenplaats kwamen twee zwarte honden tevoorschijn met een belletje om hun nek. Afgezien van een paar nieuwere huizen leek het hele dorp te zijn opgetrokken uit dezelfde grijze steen als de berg: het lag erbovenop als een uitstulping van de rotsen, of als de resten van een steenlawine; iets hogerop graasden geiten.

Mijn vader zei niets. Mijn moeder, die degene was die de plek had ontdekt, wees hem waar hij kon parkeren, stapte uit en ging op zoek naar de huiseigenares, terwijl wij tweeën de bagage uitlaadden. Een van de honden kwam blaffend op ons af en mijn vader deed iets wat ik hem nog nooit had zien doen: hij stak zijn hand uit om die te laten besnuffelen, zei iets aardigs tegen het dier en krauwde het tussen de oren. Misschien kon hij wel beter overweg met honden dan met mensen.

'Nou?' vroeg hij, terwijl hij de spin van het imperiaal losmaakte. 'Wat vind je?'

Fantastisch, had ik willen antwoorden. Zodra ik was uitgestapt, was ik overvallen door de van beloften zwangere geur van hooi, stal, brandhout, rook en god mag weten wat allemaal nog meer. Maar ik wist niet zeker of dat het juiste antwoord was, dus ik zei: 'Mij lijkt het niet gek. Wat vind jij?'

Mijn vader haalde zijn schouders op. Hij keek over de koffers heen naar het krot waar we voor stonden: het helde naar één kant over en zou zonder de twee palen waardoor het werd gestut zeker zijn ingestort. Binnen lagen hooibalen opgestapeld, met erbovenop een denim overhemd dat iemand had uitgetrokken en was vergeten.

‘Ik ben op zo’n plek opgegroeid,’ zei hij, zonder te laten merken of dat een goede of een slechte herinnering was.

Hij pakte het handvat van een koffer en stond op het punt die van het imperiaal te tillen toen hij zich bedacht. Er was hem iets ingevallen wat hij aan zijn blik te zien nogal vermakelijk vond.

‘Kan wat verstreken is nog een keer verstrijken volgens jou?’

‘Hm… lastig,’ zei ik, in een poging me op de vlakte te houden. Hij gaf me altijd dat soort raadsels op. Hij dichtte me een intelligentie toe die even groot was als de zijne, met aanleg voor logica en wiskunde, en hij vond het zijn plicht me op de proef te stellen.

‘Zie je die beek daar?’ zei hij. ‘Stel nou eens dat het water de tijd is die verstrijkt. Als hier waar wij staan het heden is, waar denk je dan dat de toekomst is?’

Ik dacht erover na. Dit raadsel leek makkelijk. Ik gaf het meest voor de hand liggende antwoord: ‘De toekomst is waar het water heen gaat, daar beneden.’

‘Fout,’ oordeelde mijn vader. ‘Gelukkig maar.’ Daarna zei hij, alsof er een last van hem was afgevallen: ‘Hopla’, het woord dat hij ook gebruikte als hij mij optilde, en de eerste van de twee koffers viel met een plof op de grond.

Het huis dat mijn moeder had gehuurd lag in het hogere gedeelte van het dorp, aan een rondom een drinktrog gelegen binnenplaats. Het droeg de sporen van twee verschillende periodes: de muren, de balkons van zwart geworden larikshout, het met mos bedekte leien dak en de grote beroete schoorsteen waren eeuwenoud. De rest was gewoon oud, uit een tijdperk waarin er in het huis linoleum op de vloer was gelegd, bloemenposters waren opgehangen, hangkastjes en een aanrecht in de keuken waren geïnstalleerd, alles inmiddels vaal beschimmeld. Het enige voorwerp dat zich aan die middelmatigheid onttrok was een sobere, zwarte, massief gietijzeren kachel, met een koperen handvat en vier branders om op te koken. Die was vermoedelijk ergens anders vandaan gehaald en kwam uit wéér een andere tijd. Maar ik denk dat mijn moeder vooral blij werd van wat er níet was, want ze had in feite niet veel meer gevonden dan een leeg huis: ze vroeg aan de eigenares of we het een beetje op orde mochten brengen, en die zei alleen: 'Doe maar wat jullie willen.' Ze verhuurde het al jaren niet meer en had beslist niet verwacht dat die zomer wél te doen. Ze deed nogal kortaf, maar was niet onbeleefd. Ik denk dat ze zich geneerde omdat ze op het land had staan werken en zich niet had kunnen omkleden. Ze overhandigde mijn moeder een grote ijzeren sleutel, legde haar ten slotte iets uit over het gebruik van het warme water en sputterde even tegen voordat ze de envelop aanpakte die mijn moeder voor haar had meegenomen.

Mijn vader was al een tijdje verdwenen. Voor hem was elk huis hetzelfde, en de dag daarna moest hij weer naar kantoor. Hij stond op het balkon te roken, zijn handen op de ruwhouten balustrade, zijn blik op de bergtoppen gericht. Het leek alsof hij ze bestudeerde om erachter te komen vanwaar hij de bestorming moest inzetten. Toen de huisbazin weg was, kwam hij weer binnen; zo had hij niet gedag hoeven zeggen, want intussen was hij door somberte bevangen. Hij zei dat hij iets ging kopen voor de lunch en dat hij voor zonsondergang in de auto wilde zitten.

In dat huis keerde mijn moeder – toen hij eenmaal was vertrokken – terug naar een versie van zichzelf die ik nooit had gekend. Zodra ze 's ochtends was opgestaan deed ze houtjes in de kachel, maakte een prop van krantenpapier en streek een lucifer af langs het ruwe gietijzer. De rook die zich vervolgens door de keuken verspreidde, hinderde haar niet, net zomin als de deken die we om ons heen geslagen hielden zolang de kamer opwarmde, of de melk die even later overkookte en verbrandde op de gloeiende kookplaat. Als ontbijt gaf ze me geroosterd brood met jam. Ze waste me onder de kraan, spoelde mijn gezicht, mijn nek en mijn oren af, wreef me daarna droog met een theedoek en stuurde me naar buiten: ik moest maar eens de wind en de zon in en eindelijk wat van mijn stadse breekbaarheid kwijtraken.

In die dagen werd de beek mijn verkenningsterrein. Er waren twee grenzen waar ik niet voorbij mocht: stroomopwaarts een houten bruggetje waarachter de oevers steiler werden en zich vernauwden tot een kloof, en stroomafwaarts het struikgewas aan de voet van de rots, waar het water zijn weg vervolgde tot onder in het dal. Dat stuk kon mijn moeder vanaf het balkon overzien, maar voor mij stond het gelijk aan een hele rivier. De beek kwam er eerst sprongsgewijs omlaag, in een opeenvolging van schuimende stroomversnellingen, tussen grote steenblokken door waar ik me overheen boog om de zilveren weerspiegelingen op de bodem te bekijken. Verderop vertraagde hij en vertakte zich, alsof hij van jongen ineens volwassen werd, en doorsneed door sparren gekoloniseerde eilandjes die ik gebruikte om over te steken en op de tegenoverliggende oever te springen. Nog meer naar beneden, op het punt waar een couloir op uitkwam, had zich door een opeenhoping van allerlei hout een wal gevormd: een lawine had 's winters boomstammen en takken meegesleurd die nu in dat water lagen te rotten – maar van die dingen wist ik toen nog niks af. Voor mij was dat het moment in het leven van de beek waarop die een obstakel tegenkwam, tot stilstand kwam en troebel werd. Elke keer ging ik daar uiteindelijk zitten kijken naar de algen die vlak onder de waterspiegel op en neer deinden.

In de weiden langs de oever was een jongen altijd koeien aan het hoeden. Volgens mijn moeder was het de kleinzoon van onze huisbazin. Hij had een gele plastic stok met een gekromd handvat bij zich waarmee hij de koeien in hun flank prikte, zodat ze afzakten naar plekken waar het gras hoog stond. Het waren zeven jonge, rusteloze, bruingevlekte beesten. De jongen ging tegen ze tekeer als ze afdwaalden, en dan rende hij vloekend nu eens achter de ene en dan weer achter een andere aan. Als hij terugging naar de stal klom hij langs de helling omhoog, draaide zich om en riep iets als: 'Ho, ho, ho', of 'Hé, hé, hé', totdat ze onwillig achter hem aan kwamen. Als ze graasden ging hij in het gras zitten en hield ze van bovenaf in de gaten, terwijl hij met een zakmes in een houtje sneed.

'Je mag daar niet zitten,' zei hij, de enige keer dat hij tegen me sprak.

'Waarom niet?' vroeg ik.

'Je vertrapt het gras.'

'En waar mag ik dan wel zitten?'

'Daar.'

Hij wees naar de overkant van de beek. Ik zag niet hoe ik daar kon komen vanaf de plek waar ik zat, maar ik wilde het hem niet vragen en wilde ook niet met hem soebatten of ik over zijn gras mocht. En dus stapte ik zonder mijn schoenen uit te trekken het water in. Ik probeerde in de stroom overeind te blijven en geen enkele aarzeling te tonen, alsof door rivieren waden voor mij dagelijkse kost was. Ik stak over en ging met mijn doorweekte broek en druipende schoenen op een rotsblok zitten, maar toen ik me omdraaide lette de jongen al niet meer op me.

Zo gingen de dagen voorbij: hij op de ene oever en ik op de andere, zonder elkaar een blik waardig te keuren.

'Waarom sluit je geen vriendschap met hem?' vroeg mijn moeder op een avond, bij de kachel. Het huis was doordrenkt van het vocht van te veel winters, en dus staken we hem aan als we gingen eten en bleven ons er dan aan warmen tot het tijd was om te gaan slapen. Ieder van ons las zijn eigen boek en blies af en toe tussen twee bladzijden door het vuur en de conversatie nieuw leven in. De grote zwarte kachel luisterde mee.

'Hoe dan?' zei ik. 'Ik weet niet wat ik moet zeggen.'

'Je zegt gewoon hoi. Je vraagt hoe hij heet. Je vraagt hoe zijn koeien heten.'

'Ja, de groeten,' zei ik, en deed alsof ik in mijn lectuur verdiept was.

Waar het sociale contacten betrof lag mijn moeder al ver op me voor. Aangezien er geen winkels in het dorp waren had ze, terwijl ik mijn beek verkende, de stal ontdekt waar je melk en kaas kon kopen, de moestuin die een paar soorten groenten verkocht en de zagerij waar je houtafval kon krijgen. Ook had ze met de jongen van de kaasmakerij, die 's ochtends en 's avonds met zijn bestelbusje langskwam om de melkbussen op te halen, afgesproken dat hij brood en wat boodschappen voor haar meenam. En ik weet niet hoe, maar al na een week had ze bloembakken aan het balkon gehangen en met geraniums gevuld. Nu herkende je ons huis van verre, en ik had de paar inwoners van Grana haar al horen groeten en haar bij haar naam horen noemen.

'Het is ook niet zo belangrijk,' zei ik even later.

'Wat is niet belangrijk?'

'Vriendschap sluiten. Ik ben net zo lief alleen.'

'O ja?' zei mijn moeder. Ze keek op van haar boek, en

zonder te glimlachen, alsof het een heel serieuze vraag was, voegde ze eraan toe: 'Weet je het zeker?'

Dus besloot ze me te helpen. Niet iedereen is die opvatting toegedaan, maar mijn moeder geloofde sterk in de noodzaak je met andermans leven te bemoeien. Een paar dagen later trof ik de jongen van de koeien in de keuken aan, waar hij op mijn stoel zat te ontbijten. Ik rook hem eerlijk gezegd eerder dan ik hem zag, want om hem heen hing die typische geur van stal, hooi, gestremde melk, vochtige aarde en houtvuur die voor mij sindsdien de geur van de bergen is en die ik in elk berggebied ter wereld weer ben tegengekomen. Hij heette Bruno Guglielmina. Dat was de achternaam van iedereen in Grana, hechtte hij eraan ons uit te leggen, maar de naam Bruno had alleen hij. Hij was maar een paar maanden ouder dan ik, want hij was weliswaar in '72 geboren, maar pas in november. Hij verslond de koekjes die mijn moeder hem aanbood alsof hij die van zijn leven nog nooit had gegeten. Uiteindelijk ontdekten we dat ik niet alleen hem had bestudeerd, beneden in de wei, maar hij mij ook, terwijl we allebei deden alsof we elkaar negeerden.

'Jij bent graag bij de beek, hè?' zei hij.

'Ja.'

'Kun je zwemmen?'

'Een beetje.'

'Vissen?'

'Ik geloof het niet.'

'Kom mee, dan laat ik je wat zien.'

Hij had het nog niet gezegd of hij stond al naast zijn stoel; ik hoefde me geen twee keer te bedenken, wisselde een blik met mijn moeder en holde hem achterna.

Bruno nam me mee naar een plek die ik kende, waar de beek in de schaduw van het bruggetje lag. Toen we bij de oever waren, fluisterde hij dat ik me zo stil en onzichtbaar mogelijk moest houden. Daarna boog hij zich een heel klein stukje over een rotsblok, net ver genoeg om eroverheen te kijken. Hij gebaarde me te wachten. Terwijl ik wachtte keek ik naar hem: hij had vlasblond haar en zijn nek was verbrand door de zon. Hij droeg een bij de enkels opgerolde broek met laaghangend kruis die niet zijn maat was: de karikatuur van een volwassen man. Hij had ook de manieren van een volwassene, een soort ernst in zijn stem en zijn gebaren: hij wenkte me naderbij en ik gehoorzaamde. Ik boog me over het rotsblok om te kijken waar hij naar keek. Ik wist niet wat ik geacht werd te zien: achter het rotsblok vormde de beek een watervalletje en een beschaduwde, kleine poel die misschien kniediep was. Aan de oppervlakte was de poel onrustig, woelig door het gekletter van het vallende water. Aan de randen dreef een vinger schuim en achter een dikke tak die overdwars klem was komen te zitten hadden zich gras en natte bladeren verzameld. Er viel helemaal niet veel bijzonders te zien, alleen maar water dat van de berg omlaag stroomde, en toch werd ik er elke keer weer door betoverd, zonder te weten waarom.

Nadat ik een tijdje in de poel had getuurd, zag ik dat het wateroppervlak heel even brak en realiseerde ik me dat er iets levends onder zat. Een, twee, drie, vier smalle schimmen met hun neus tegen de stroom in, alleen de staart die zachtjes horizontaal bewoog. Soms verplaatste een van de schimmen zich plotseling naar een andere plek, en soms kwam er een met zijn rug boven het water uit en verdween dan weer, maar hun neuzen bleven altijd naar het watervalletje gericht. Wij bevonden ons iets verder stroomafwaarts dan zij, en daarom hadden ze ons nog niet gezien.

‘Zijn het forellen?’ fluisterde ik.

'Vissen,' zei Bruno.
'En zitten ze daar altijd?'
'Niet altijd. Soms veranderen ze van poel.'
'Wat doen ze eigenlijk?'
'Ze jagen,' antwoordde hij; voor hem was dat blijkbaar volstrekt logisch. Maar ik leerde het op dat moment pas. Ik had altijd gedacht dat een vis met de waterrichting mee zwom, wat makkelijker zou zijn, en niet dat hij zijn krachten verdeed door tegen de stroom in te zwemmen. De forellen bewogen hun staart net genoeg om op dezelfde plek te blijven. Ik had willen weten waar ze op joegen. Misschien de vliegjes die ik boven het water zag cirkelen en die er soms als het ware in vast kwamen te zitten. Ik keek een tijdje naar het tafereel en probeerde het beter te begrijpen, totdat Bruno er opeens genoeg van had: hij sprong overeind en zwaaide met zijn armen, en meteen schoten de forellen weg. Ik keek weer. Ze waren vanuit het midden van de poel alle kanten op gevlucht. Ik tuurde in het water, maar alles wat ik zag was het witte en blauwe grind op de bodem, en toen liet ik het verder maar zitten, want ik moest Bruno achterna, die langs de tegenoverliggende oever van de beek omhoog rende.
Iets verder stroomopwaarts stond een eenzaam, totaal vervallen gebouw dat uitkeek over de beek, als een soort bewakershuis. Het was omgeven door brandnetels, frambozenstruiken en door de zon uitgedroogde wespennesten. Er waren een heleboel van dat soort bouwvallen in het dorp. Bruno legde zijn hand op de stenen muren, daar waar ze samenkwamen in een hoek vol scheuren, trok zich op en was in een wip bij het raam van de eerste verdieping.
'Kom op!' zei hij, omlaag kijkend. Maar daarna vergat hij op me te wachten, wellicht omdat het hem totaal niet moeilijk leek, of omdat het niet bij hem opkwam dat ik

hulp nodig kon hebben, of gewoon omdat hij gewend was dat iedereen zichzelf redde, of het nou makkelijk of moeilijk was. Ik deed hem zo goed als ik kon na. Ik voelde de ruwe, warme, droge steen onder mijn vingers, schramde mijn armen aan de vensterbank van het raampje, keek naar binnen en zag Bruno, die zich door een luik in de vloer liet zakken en via een ladder naar beneden verdween. Ik denk dat ik al had besloten hem overal te volgen.

Beneden in het halfduister bevond zich een vertrek dat door middel van lage muurtjes was onderverdeeld in vier ruimtes van dezelfde afmeting, die wel wat weg hadden van badkuipen. In de lucht hing de geur van schimmel en verrot hout. Toen mijn ogen aan het donker gewend raakten, zag ik dat de vloer bezaaid lag met blikjes, flessen, oude kranten, tot vodden verworden overhemden, kapotte schoenen en onderdelen van geroeste werktuigen. Bruno zat gebogen over een grote, witte, gepolijste steen in de vorm van een wiel die in een hoek van de ruimte lag.

'Wat is dat?' vroeg ik.

'De maalsteen,' zei hij. Daarna voegde hij eraan toe: 'De steen van de molen.'

Ik ging naast hem staan en boog me voorover om het ding beter te bekijken. Ik wist wat een molensteen was, maar ik had er nog nooit een met eigen ogen gezien. Ik stak mijn hand uit. De steen was koud, glibberig, en in het gat in het midden had zich mos gevormd dat als groen slijk aan je vingertoppen bleef plakken. Ik voelde mijn armen branden door de schrammen van even daarvoor.

'We moeten hem rechtop zetten,' zei Bruno.

'Waarom?'

'Dan kan hij rollen.'

'Waarheen dan?'

'Hoe bedoel je waarheen? Naar beneden natuurlijk!'

Ik schudde mijn hoofd omdat ik het niet snapte. Geduldig legde Bruno het me uit: 'We zetten hem rechtop. We duwen hem naar buiten. En dan laten we hem in de beek plonzen. Dan springen de vissen uit het water en eten wij ze op.'

Het leek me meteen een grandioos en onuitvoerbaar idee. Dat gevaarte was te zwaar voor ons tweeën. Maar het was zo geweldig me voor te stellen dat het omlaag rolde, en zo geweldig me voor te stellen dat wij dat zouden kunnen, dat ik besloot er niet tegenin te gaan. Iemand had het vermoedelijk al eens geprobeerd, want onder de molensteen, tussen de steen en de vloer, waren twee velwiggen gestoken, net ver genoeg om hem van de grond te lichten. Bruno pakte een stevige stok, de steel van een houweel of van een schep, en begon die met een steen als een spijker in de spleet te slaan. Toen de punt ervan klem zat, duwde hij de steen onder de steel en hield hem met zijn voet op zijn plaats.

'Nu moet je me helpen,' zei hij.

'Wat moet ik doen?'

Ik ging naast hem staan. We moesten allebei omlaag duwen en het gewicht van onze lichamen gebruiken om de molensteen op te krikken. Dus gingen we samen aan de steel hangen, en toen mijn voeten loskwamen van de grond voelde ik heel even dat het gevaarte bewoog. Bruno had het juiste systeem uitgedacht, en met een betere hefboom had het misschien kunnen lukken, maar het oude hout boog door onder ons gewicht, kraakte en brak toen plotseling doormidden, waardoor we op de grond vielen. Bruno verwondde zich aan zijn hand. Hij vloekte en wapperde ermee in de lucht.

'Heb je je pijn gedaan?' vroeg ik.

'Klotesteen,' zei hij, aan de wond zuigend. 'Vroeg of laat

krijg ik je daar wel weg.' Gedreven door acute woede klom hij de ladder weer op en verdween door het gat, en even later hoorde ik hem uit het raam naar beneden springen en weghollen.

Die avond in bed had ik moeite om in slaap te komen. De opwinding hield me wakker: ik was als kind altijd erg op mezelf geweest en was niet gewend dingen met z'n tweeën te doen. Ik had het idee dat ik ook in dat opzicht op mijn vader leek. Maar die dag had ik iets ervaren, een plots gevoel van intimiteit dat me tegelijkertijd aantrok en afschrikte, als een opening naar onbekend terrein. Om mezelf te kalmeren zocht ik naar een beeld in mijn hoofd. Ik dacht aan de beek: aan de poel, het watervalletje, de forellen die hun staart bewogen om op dezelfde plek te blijven, aan de bladeren en de takjes die langs kwamen drijven. En toen aan de forellen die op hun prooi afstoven. Ik begon iets te snappen, namelijk dat voor een riviervis alles met de stroom mee komt: insecten, takken, bladeren, wat dan ook. Daarom kijkt hij stroomopwaarts, in afwachting van hetgeen eraan komt. Als het punt waarin je je in een rivier onderdompelt het heden is, dacht ik, dan is het verleden het water dat langs je heen is gespoeld, dat verder stroomafwaarts gaat, waar er niets meer voor je is, terwijl de toekomst het water is dat van boven komt en dat gevaren en verrassingen met zich meebrengt. Het verleden is dalwaarts, de toekomst bergopwaarts. Dat had ik mijn vader moeten antwoorden. Wat het lot ook moge zijn, het woont in de bergen boven ons.

Daarna verdwenen langzaamaan ook die gedachten en lag ik alleen nog te luisteren. Ik was inmiddels gewend aan de nachtelijke geluiden, kon ze stuk voor stuk herkennen. Dat, dacht ik, is de fontein bij de drinktrog. Dat is het belletje van een hond die 's nachts op stap gaat. Dat is het gezoem van de enige straatlantaarn in Grana. Ik vroeg me af of Bruno in zijn bed naar dezelfde geluiden luisterde. In de keuken sloeg mijn moeder een bladzij om, terwijl het geknetter van de kachel me in slaap wiegde.

De rest van juli ging er geen dag voorbij zonder dat we elkaar zagen. Of ik ging naar hem toe in het weiland, of Bruno maakte een afrastering voor zijn koeien, sloot er een autoaccu op aan en kwam bij ons in de keuken zitten. Hij was dol op koekjes, maar nog meer op mijn moeder, geloof ik. Hij hield van de aandacht die ze hem gaf. Ze ondervroeg hem openlijk, zonder eromheen te draaien, zoals ze gewend was te doen in haar werk, en hij antwoordde, helemaal trots dat zo'n aardige mevrouw uit de stad belangstelling voor hem had. Hij vertelde ons dat hij de jongste inwoner van Grana was, en ook het laatste kind in het dorp, aangezien er geen nieuwe op komst waren. Zijn vader was het grootste deel van het jaar van huis, ze zagen hem maar zelden en alleen in de winter, want zodra hij de lentelucht rook vertrok hij weer naar Frankrijk of Zwitserland of waar ze in de bouw ook maar mensen nodig hadden. Daar stond tegenover dat zijn moeder zich nooit buiten het dorp begaf: in de boven de huizen gelegen velden had ze een moestuin, een kippenhok, twee geiten en een paar bijenkasten; het enige waar ze zich mee bezighield was het bestieren van dat kleine rijkje. Toen hij haar beschreef, snapte ik meteen wie het was. Een vrouw die ik al had zien lopen, met een kruiwagen of gewapend met een schoffel en een hark, en die me met gebogen hoofd voorbijliep zonder me zelfs maar op te merken. Bruno en zij woonden in het huis van zijn oom, de man van onze huisbazin, eigenaar van wat weidegrond en een paar melkkoeien. Nu was die oom in de bergen met Bruno's neven, die ouder waren dan hij: Bruno wees op het raam, waarachter je op dat moment alleen bossen en puinhellingen zag, en voegde eraan toe dat hij in augustus naar ze toe zou gaan, samen met de jongste koeien die ze bij hem hadden achtergelaten.

'In de bergen?' vroeg ik.

'Nou ja, op de alm. Weet je wat een alm is?'

Ik schudde van nee.

'En zijn je oom en tante aardig tegen je?' onderbrak mijn moeder hem.

'Ja hoor,' zei Bruno. 'Er is een heleboel te doen.'

'Je gaat toch ook wel naar school?'

'Ja, ja.'

'Vind je dat leuk?'

Bruno haalde zijn schouders op. Het lukte hem niet om ja te zeggen, zelfs niet om haar een plezier te doen.

'En kunnen je vader en moeder het goed met elkaar vinden?'

Nu wendde hij zijn blik af. Zijn lippen krulden zich in een grimas die 'nee' zou kunnen betekenen, of misschien 'gaat wel', of misschien dat het geen pas gaf het er hier over te hebben. Mijn moeder had aan dat antwoord genoeg en drong niet verder aan, maar ik wist dat iets in dat gesprek haar niet had aangestaan. Als ze het niet had begrepen, zou ze het er niet bij hebben laten zitten.

Als Bruno en ik eropuit gingen praatten we niet over onze families. We zwierven door het dorp, nooit al te ver bij zijn grazende koeien vandaan. Soms gingen we op onderzoek uit in verlaten huizen. In Grana stonden er meer dan we ons konden wensen, en ook oude stallen, oude hooischuren en graanzolders, een oude winkel met stoffige, lege rekken, een oude, door de rook geblakerde broodoven. En overal dezelfde rotzooi die ik ook in de molen had gezien, alsof iemand die gebouwen nadat ze in onbruik waren geraakt een tijdlang achteloos bewoond en daarna weer verlaten had. In sommige keukens troffen we nog een tafel en een bank aan, in de kast een paar borden of glazen, een koekenpan die aan de schouw hing. In Grana woonden in 1984 veertien mensen, maar in vroeger tijden waren dat er misschien wel honderd geweest.

Eén gebouw midden in het dorp sprong eruit, omdat het moderner en imposanter was dan de andere huizen: het telde drie witgepleisterde verdiepingen, had een buitentrap en een binnenplaats. Rondom stond een muur die deels was ingestort, en daar gingen we naar binnen. We baanden ons een weg door het struikgewas dat de binnenplaats had overwoekerd. De deur op de begane grond bleek niet op slot te zitten, en toen Bruno ertegenaan duwde stonden we in een schaduwrijke hal, vol houten banken en kledinghaken. Ik snapte meteen waar we waren, wellicht omdat alle scholen op elkaar lijken: maar in de school van Grana werden nu alleen nog maar grote grijze konijnen gefokt, die ons vanuit een rij kooien angstig bespiedden. Het lokaal rook naar stro, voeder, urine en tot azijn verworden wijn. Op een houten verhoging waar vermoedelijk ooit de lessenaar had gestaan waren een paar lege mandflessen neergegooid, maar niemand had de moed gehad het crucifix van de muur te halen of brandhout te maken van de achterin opgestapelde banken.

Die laatste vond ik interessanter dan de konijnen. Ik bekeek ze van dichterbij: het waren lange, smalle banken, elk met vier gaten erin voor de inktpot, het hout gepolijst door alle handen die erop hadden gelegen. Op de binnenrand hadden diezelfde handen letters gekrast, met een mes of misschien met de punt van een spijker. Initialen. De G van Guglielmina kwam vaak voor.

'Weet jij wie dat zijn?'

'Sommigen ken ik,' zei Bruno. 'Anderen niet, maar daar heb ik wel over gehoord.'

'Wanneer was dat?'

'Dat weet ik niet. De school is al een eeuwigheid dicht.'

Ik kreeg de tijd niet om door te vragen want we hoorden Bruno's tante roepen. Zo eindigden onze avonturen altijd: met die roep die geen uitstel duldde, een, twee, drie keer een schreeuw die ons bereikte waar we ook waren. Bruno zuchtte. Daarna zei hij me gedag en holde weg. Hij liet alles voor wat het was, een spel, een gesprek, en ik wist dat ik hem die dag niet meer zou zien.

Ik bleef nog een tijdje in de oude school: ik ging alle banken langs, las alle initialen en probeerde te bedenken hoe die kinderen zouden heten. Terwijl ik zo rondsnuffelde, vond ik twee letters die netter en recenter in het hout waren gekerfd. De door het mes achtergelaten groeven staken vers af tegen het vergrijsde hout. Ik ging met mijn vinger over de G en de B, en er was absoluut geen twijfel mogelijk over de identiteit van degene die ze daar had aangebracht. Toen bracht ik ook andere dingen met elkaar in verband, dingen die ik had gezien en niet had begrepen in de bouwvallen waar Bruno me mee naartoe nam, en begon ik vermoedens te krijgen over het geheime leven van dat spookdorp.

Intussen vloog juli voorbij. Het bij onze komst gemaaide gras stond alweer een handbreedte hoog en langs het ezelpad kwamen de kuddes voorbij, op weg naar de hoger gelegen almen. Ik zag ze onder het kabaal van hoeven en koebellen verderop in het dal het bos in verdwijnen en daarna in de verte boven de boomgrens weer tevoorschijn komen, als een zwerm vogels die op de bergflank was neergestreken. Twee avonden per week legden mijn moeder en ik de route in tegenovergestelde richting af, naar een volgend dorp, niet meer dan een handjevol huizen beneden in het dal. We deden er te voet een halfuur over, en aan het eind van het pad had je het idee dat je opeens in de moderne tijd was teruggekeerd. De verlichting van een café bescheen de brug over de rivier, op de provinciale weg was het een komen en gaan van auto's, en muziek vermengde zich met de stemmen van de buiten zittende vakantiegangers. Het was er warmer, en de zomer was er vrolijk en loom als zomers aan zee. Aan de tafeltjes zat een groep jongeren: ze rookten, lachten, soms werden ze opgepikt door vrienden en vertrokken ze met de auto naar cafés in het hoger gelegen deel van het dal. Mijn moeder en ik gingen in de rij staan voor de telefooncel. Als we aan de beurt waren gingen we samen de door gesprekken uitgeputte cabine binnen. Mijn ouders waren snel uitgesproken: ook thuis verdeden ze niet al te veel tijd met praten over koetjes en kalfjes, en als je naar ze luisterde leken ze net twee oude vrienden die aan een half woord genoeg hadden. Met mij praatte mijn vader langer, nadat ze me de hoorn had gegeven.

'Hé, bergbewoner,' zei hij. 'Hoe staat het ermee? Heb je al een paar mooie toppen beklommen?'

'Nog niet. Maar ik train.'

'Mooi zo. En hoe is het met je vriend?'

'Goed. Maar over een tijdje gaat hij naar de alm en dan zie ik hem niet meer. Je doet er wel een uur over om er te komen.'

'Nou, een uur is toch niet zoveel? Dan gaan we hem gewoon samen opzoeken, wat vind je daarvan?'

'Ja, leuk. Wanneer kom je?'

'In augustus,' zei mijn vader. En voordat hij me gedag zei, voegde hij eraan toe: 'Geef mama een kus. En zorg goed voor haar, hè? Zodat ze zich niet alleen voelt.'

Ik beloofde het, maar dacht bij mezelf dat híj degene was die zich alleen voelde. Ik stelde me hem voor in onze helemaal lege flat in Milaan met wijd open ramen en het geronk van de vrachtwagens. Met mijn moeder ging het prima. We liepen over hetzelfde bospad terug naar Grana. Intussen was de duisternis ingevallen, dus knipte ze de zaklantaarn aan en scheen ermee op onze voeten. De nacht boezemde haar geen enkele angst in. Ze was dermate kalm dat ze ook mij geruststelde: ik liep in dat ongewisse licht achter haar bergschoenen aan, en na een tijdje hoorde ik dat ze zacht begon te zingen. Als ik het lied kende, zong ik op gedempte toon met haar mee. De geluiden van het verkeer, de radio's en het gelach van de jongeren losten achter ons op. Naarmate we hoger kwamen werd de lucht steeds frisser. Als de wind, even voordat ik de verlichte ramen zag, de geur van houtvuur meevoerde, wist ik dat we er bijna waren.

Twee

Ik weet niet welke veranderingen mijn vader dat jaar bij me had waargenomen, maar hij besloot dat het moment was aangebroken om me mee te nemen. Op een zaterdag kwam hij over uit Milaan en onderbrak met zijn gammele Alfa onze dagelijkse routine, vastbesloten geen minuut van zijn korte vakantie te verspillen. Hij had een kaart gekocht die hij met punaises aan de muur prikte, en een viltstift waarmee hij van plan was de gelopen paden te markeren, zoals generaals doen met veroveringen. Zijn oude legerrugzak, zijn corduroy knickerbocker en zijn rode bergbeklimmerstrui uit de Dolomieten zouden zijn uniform zijn. Mijn moeder hield zich er liever buiten en trok zich terug tussen haar geraniums en haar boeken. Bruno was al op de alm en ik ging voortdurend in mijn eentje naar onze vaste plekken en voelde dan dat ik hem miste, en daarom was ik wel in voor iets nieuws: en zo maakte ik kennis met mijn vaders manier om de bergen in te trekken, het enige wat hij me heeft meegegeven dat een beetje in de buurt kwam van een opvoeding.

We vertrokken 's ochtends vroeg en reden dan met de auto naar een dorpje aan de voet van de Monte Rosa. Het waren toeristenbestemmingen die gewilder waren dan de onze, en half slapend zag ik rijen vakantiechalets, hotels in vroegtwintigste-eeuwse alpenstijl, lelijke jarenzestigflats en caravanparken langs de rivier voorbijschieten. Het hele dal lag nog in de schaduw en was vochtig van de dauw. Mijn vader dronk een kop koffie in het eerste het beste café dat open was en hees vervolgens met de ernst van een alpenjager zijn rugzak om zijn schouders: het pad liep vanachter een kerk, of na een houten bruggetje het bos in en ging meteen steil omhoog. Voordat we het insloegen keek ik nog een laatste keer naar de lucht. Boven onze hoofden glinsterden de gletsjers al in de zon; de ochtendkou bezorgde me kippenvel op mijn blote benen.

Mijn vader liet mij vooroplopen. Hij liep vlak achter me, zodat ik zijn ademhaling en zo nodig zijn aanwijzingen kon horen. Er waren maar een paar duidelijke regels waaraan ik me diende te houden: één, in een cadans komen en die voortdurend vasthouden; twee, niet praten; drie, bij een tweesprong altijd kiezen voor de weg omhoog. Door al het roken en het kantoorleven dat hij leidde hijgde en pufte hij veel meer dan ik, maar het eerste uur werd er niet gestopt; niet om op adem te komen, niet om te drinken, niet om ook maar ergens naar te kijken. Bossen konden hem niet bekoren. Waar mijn moeder me op onze wandelingen rond Grana planten en bomen aanwees en me hun namen leerde, alsof het mensen waren, met elk hun eigen karakter, zag mijn vader het bos louter als toegangspoort tot het hooggebergte: we wandelden met onze blik naar de grond gericht, gefocust op de cadans van onze benen, onze longen en ons hart, ieder in zijn eigen, woordloze relatie tot zijn vermoeidheid. We liepen over eeuwenlang door mens en dier gepolijste stenen. Soms passeerden we een houten kruis, of een bronzen gedenkplaat, of een wegkapel met een Mariabeeldje en wat bloemen, die dat stuk bos iets naargeestigs gaven, als een begraafplaats. Dan kreeg ons zwijgen een andere lading, leek het de enige respectvolle manier om daarlangs te lopen.

Pas als we de bomen voorbij waren, keken we op. Op de gletsjerhelling werd het pad minder steil, en eenmaal in de zon kwamen we langs de laatste bergdorpjes. Afgezien van een eenzame stal, een nog werkende fontein en een goed onderhouden kapel waren ze zo goed als verlaten, nog verlatener dan Grana. Ooit was het terrein boven en onder de huizen geëgaliseerd en waren de stenen op hopen gegooid, vervolgens waren er kanaaltjes gegraven voor bevloeiing en bemesting, en waren er terrassen aangelegd voor akkers en moestuinen: mijn vader liet me dat alles zien en sprak vol bewondering over de oude bergbewoners die in de middeleeuwen uit het noorden van de Alpen waren gekomen en die de aarde konden bewerken op hoogtes waar niemand zich waagde. Ze beschikten over uitzonderlijke technieken en waren uitzonderlijk bestand tegen ontberingen en kou. Nu zou helemaal niemand nog in staat zijn daar 's winters te leven, zei hij, zo helemaal op jezelf aangewezen wat voedsel en bestaansmiddelen betreft, zoals zij dat eeuwenlang hadden gedaan.

Ik keek naar de vervallen huizen en probeerde me de bewoners voor te stellen. Ik snapte niet hoe iemand voor zo'n hard leven had kunnen kiezen. Toen ik het mijn vader vroeg, kwam hij zoals gewoonlijk met een soort raadsel als antwoord. Het was alsof hij me nooit gewoon de oplossing kon geven: hij beperkte zich tot een summiere aanwijzing, en ik moest zelf maar achter de waarheid zien te komen.

Hij zei: 'Daar hebben ze heus niet voor gekozen, hoor. Als iemand op grote hoogte gaat wonen, dan is dat omdat ze hem beneden niet met rust laten.'

'En wie is daar dan, beneden?'

'Bazen. Legers. Priesters. Afdelingshoofden. Hangt ervan af.'

De toon van zijn antwoord was niet helemaal serieus. Hij maakte zijn nek nat bij de fontein en was al vrolijker dan 's ochtends vroeg. Hij schudde het water van zijn hoofd, streek het uit zijn baard en keek omhoog. In de dalen die ons wachtten was er niets wat het zicht belemmerde, dus vroeg of laat zag hij altijd iemand voor ons op het pad. Met zijn scherpe jagersblik ontwaarde hij rode of gele vlekjes, de kleur van een rugzak of een windjack. Hij wees me erop, en hoe verder weg we waren, des te driester klonk de stem waarmee hij vroeg: 'Wat denk jij, Pietro, kunnen we ze hebben?'

'Natuurlijk,' antwoordde ik, waar ze ook waren.

En dan veranderde onze klim in een achtervolging. Onze spieren waren goed opgewarmd en we hadden energie te over. We klommen omhoog door zomerweides, langs afgelegen almen, kuddes onverschillige koeien, honden die gromden naar onze kuiten, enorme velden brandnetels die in mijn blote benen prikten.

'Afsnijden,' zei mijn vader op plekken waar de loop van het pad naar zijn smaak niet steil genoeg was. 'Rechtuit. Daar omhoog.'

Ten slotte werd het weer steiler en daar, op die meedogenloze slothellingen, bereikten we onze prooien. Doorgaans waren het twee of drie mannen van mijn vaders leeftijd, en net zo gekleed als hij. Ze bevestigden mijn idee dat bergwandelen iets was van vroeger tijden, waarvoor verouderde wetten golden. Ook de manier waarop ze ons lieten passeren had iets plechtstatigs: ze gingen opzij, bleven naast het pad staan en lieten ons door. Ze hadden ons vanuit de hoogte beslist gezien, hadden geprobeerd stand te houden en waren niet blij dat ze werden ingehaald.

'Gegroet,' zei er een. 'Dat joch houdt er flink de vaart in, hè?'

'Hij leidt,' zei mijn vader. 'Ik volg.'

'Je zal maar zulke benen hebben.'

'Zegt u dat. Maar die hadden wij vroeger ook.'

'Nou... Misschien een eeuw geleden, ja. Gaan jullie helemaal naar de top?'

'Als het lukt.'

'Succes,' zei de ander, en dat was het einde van de hoffelijkheden. We liepen zwijgend door, net zoals we waren gekomen. Op gejuich hoefde ik niet te rekenen, maar als we even later ver genoeg bij hen vandaan waren, voelde ik een hand op mijn schouder, dat was alles; een hand die daar werd neergelegd en even kneep, meer niet.

Misschien is het waar, zoals mijn moeder beweerde, dat ieder van ons een favoriete hoogte heeft in de bergen, een landschap dat op ons lijkt en waar we ons goed voelen. Het hare was ongetwijfeld het bos op vijftienhonderd meter hoogte, met schaduwrijke sparren en lariksen, waaronder bosbessen, jeneverbessen en rododendrons groeien en waar de reebokken zich verschansen. Ik voelde me meer aangetrokken tot de bergen die daarna komen: alpenweiden, bergbeken, veengronden, hooglandgrassen en grazende beesten. Nog iets hoger verdwijnt de vegetatie, is alles tot het begin van de zomer bedolven onder de sneeuw en is het grijs van met kwarts dooraderde en met geel korstmos ingelegde rotsen de voornaamste kleur. Daar begon de wereld van mijn vader. Na drie uur lopen maakten weiden en bossen plaats voor puinhellingen, in gletsjerkommen verscholen meertjes, door lawines uitgesleten couloirs en ijskoude bronnen. De bergen werden ruiger, onherbergzamer, puurder: daar boven werd hij gelukkig. Hij werd weer jong, wellicht omdat hij er terugkeerde naar andere bergen en naar andere tijden. Zelfs zijn pas leek aan zwaarte te verliezen en een verloren soepelheid te hervinden.

Ik daarentegen was uitgeput. Mijn maag trok samen door vermoeidheid en zuurstofgebrek, waardoor ik misselijk werd. Daardoor werd elke meter tot een kwelling. Mijn vader was niet in staat dat op te merken: rond de drieduizend meter werd het pad onduidelijker, op de puinhelling zag je alleen nog maar steenmannetjes en met verf aangebrachte tekens, en eindelijk ging hij zelf op kop lopen. Hij keek niet achterom om te zien hoe het mij verging. Als hij dat al deed, was het om 'Kijk!' te roepen en omhoog te wijzen, naar de horens van de steenbokken die ons vanaf de berggraat strak in de gaten hielden, als bewakers van die minerale wereld. Ik keek op, maar de top leek me nog ontzettend ver weg. De geur van bevroren sneeuw en vuursteen drong mijn neus binnen.

Het einde van mijn lijdensweg kwam onverwachts. Ik klom nog een laatste stuk omhoog, liep om een rotspunt heen en stond ineens voor een stapel stenen, of voor een door de bliksem getroffen ijzeren kruis, de op de grond gesmakte rugzak van mijn vader en verder alleen maar lucht. Het gaf eerder een gevoel van opluchting dan van euforie. Er wachtte ons daar boven geen enkele beloning: afgezien van het feit dat we vanaf dat punt niet verder omhoog konden, was er werkelijk niets speciaals aan de top. Ik had het leuker gevonden bij een bergbeek uit te komen, of bij een dorpje.

Op bergtoppen werd mijn vader contemplatief. Hij trok zijn shirt en zijn hemd uit en hing die aan het kruis te drogen. Ik zag hem maar zelden met ontbloot bovenlijf, en zijn lichaam had iets kwetsbaars, met die rode onderarmen, de sterke, witte schouders, het gouden kettinkje dat hij nooit afdeed en zijn rood geworden, bestofte nek. We gingen zitten, aten brood met kaas en bewonderden het uitzicht. Voor ons ontvouwde het Monte Rosa-massief zich in al zijn glorie, en zo dichtbij dat je de berghutten, de kabelbanen, de stuwmeren en de lange optocht van touwgroepen op de terugweg van de Margherita-hut kon onderscheiden. Dan schroefde mijn vader de dop van zijn met wijn gevulde veldfles en stak zijn enige sigaret van de ochtend op.

'Hij heet echt niet Rosa omdat hij roze is, hoor,' zei hij. 'Dat komt van een oud woord dat ijs betekent. De ijsberg.'

Daarna somde hij de vierduizenders van oost naar west voor me op, elke keer weer opnieuw, omdat het belangrijk was dat je ze, voordat je erheen ging, uit elkaar kon houden én er lang naar had uitgezien: de bescheiden Punta Giordani, de Piramide Vincent die daarboven uitsteekt, de Balmenhorn met op de top het enorme Christusbeeld, de Parrotspitze die zo'n zacht glooiend zijaanzicht heeft dat je hem bijna niet ziet; de voorname Signalkuppe, Zumsteinspitze en Dufourspitze, drie puntige gezusters; de Lyskamm, ook wel de Menseneter genoemd, met de graat die Lyskamm Oost en Lyskamm West verbindt, en ten slotte de elegante welving van de Castor, de nukkige Pollux, het profiel van de Roccia Nera en de zo onschuldig ogende Breithorn Tweelingen. En als laatste tekent zich, in het westen, scherp de eenzame Matterhorn af, die mijn vader oneerbiedig de Grote Piek noemde. Hij keek niet graag zuidwaarts, in de richting van het laagland: daar hing de augustusnevel, en ergens onder die grijze kap zinderde Milaan.

'Wat lijkt het klein allemaal, hè?' zei hij, en ik begreep het niet. Ik begreep niet hoe hij dat majestueuze landschap klein kon vinden. Of misschien waren het andere dingen die hem klein toeschenen, dingen waar hij aan moest denken als hij daar boven was. Maar zijn weemoed duurde nooit lang. Als hij was uitgerookt, trok hij zich omhoog uit het moeras van zijn gedachten, pakte zijn spullen bij elkaar en zei: 'Zullen we?'

De afdaling deden we hollend, halsoverkop elke helling af, hoe steil ook, onder het slaken van oorlogskreten en indianengehuil, en binnen twee uur zaten we met onze voeten in het water van een of andere dorpsfontein.

In Grana had mijn moeder vorderingen gemaakt met haar speurwerk. Ik zag haar vaak in het veld waar Bruno's moeder haar dagen doorbracht. Altijd als je bergopwaarts keek, zag je daar de voorovergebogen, knokige gestalte van een vrouw met een gele muts die met haar uien en haar aardappels in de weer was. Ze wisselde met niemand ooit een woord, en niemand ging haar daar ooit opzoeken, totdat mijn moeder dat deed: de een in de moestuin, de ander ernaast, zittend op een boomstronk – van veraf zag het eruit of ze hele gesprekken voerden.

'Dus ze praat,' zei mijn vader, die we over die vreemde vrouw hadden verteld.

'Natuurlijk praat ze. Stomme mensen ben ik nog nooit tegengekomen,' antwoordde mijn moeder.

'Jammer,' was zijn commentaar, maar ze was niet in de stemming voor grapjes. Ze was erachter gekomen dat Bruno was blijven zitten, en daar was ze erg kwaad over. Sinds april hielden ze hem al thuis. Het was duidelijk dat hij met school zou stoppen als niemand zich ermee bemoeide, en dat soort dingen wekte mijn moeders verontwaardiging, of het nu in Milaan was of in een bergdorpje.

'Je kunt niet altijd iedereen redden,' zei mijn vader.

'Iemand heeft jou toch ook gered, of niet soms?'

'Zeker. Maar daarna moest ik het alsnog alleen zien te redden.'

'Maar ondertussen heb je wel doorgeleerd. Ze lieten je geen koeien hoeden op je elfde. Als je elf bent hoor je naar school te gaan.'

'Ik zeg alleen maar dat de situatie hier anders is. Hier zijn de ouders er gelukkig wel.'

'Nou, wat je gelukkig noemt,' zei mijn moeder, en mijn vader vermeed te antwoorden. Het gebeurde bijna nooit dat ze het over zijn jeugd hadden, en de paar keer dat het gebeurde schudde hij zijn hoofd en haakte snel af.

En dus werden mijn vader en ik eropuit gestuurd om contact te leggen met de mannen van de familie Guglielmina. De alm met de drie hutten waar ze 's zomers woonden lag iets meer dan een uur gaans van Grana, aan het pad dat door het dal omhoogliep. We zagen de almhutten van veraf liggen, verschanst halverwege de rechterflank, precies op het punt waar de berghelling enigszins glooide alvorens opnieuw steil af te dalen naar de beek die ook door ons dorp liep. Ik hield van dat riviertje en was blij dat ik het daar boven weer tegenkwam. Iets verder stroomopwaarts leek het alsof het dal door een geweldige aardverschuiving was afgedamd, waardoor er zich een kletsnatte, met talloze kreekjes dooraderde kom had gevormd die dicht begroeid was met varens, rabarberstruiken en brandnetels. Als je erdoorheen liep, werd het pad steeds drassiger. Daarna liet het de zompigheid achter zich, kruiste de beek en liep over droge grond in de zon omhoog naar de hutten. Boven de beek lagen allemaal goed onderhouden weidegronden.

'Hé,' zei Bruno. 'Dat werd tijd!'

'Sorry. Ik moest dingen met mijn vader doen.'

'Is hij daar je vader? Hoe is-ie?'

'Kweenie,' zei ik. 'Oké.'

Ik begon al net zo te praten als hij. We hadden elkaar twee weken niet gezien, maar het voelde al alsof we oude vrienden waren. Mijn vader begroette hem alsof dat ook zo was, en Bruno's oom deed zijn best om zich gastvrij te betonen: hij liep een van de hutten in en kwam eruit met een stuk kaas, een droge worst en een tweeliterfles wijn, maar zijn gezicht strookte niet met dat hartelijke onthaal. Hij was een man aan wiens gelaatstrekken je zijn slechte inborst kon aflezen. Hij had een woeste, borstelige, bijna witte baard, een dikke, grijze snor, in eeuwige achterdocht opgetrokken wenkbrauwen en hemelsblauwe ogen. De hand die mijn vader hem toestak had hem verrast en het schudden ervan was hem niet gemakkelijk, niet natuurlijk afgegaan, maar toen hij de fles ontkurkte en de glazen vulde, bevond hij zich weer op hem bekend terrein.

Bruno wilde me iets laten zien, dus we lieten ze drinken en ik liep met hem mee. Ik keek aandachtig naar het almdorp waarover hij me zoveel had verteld. Het ademde een oeroude waardigheid, die nog viel af te lezen aan de stapelmuren, de enorme hoekstenen en de handgezaagde vierkante dakbalken, en ook een recente malaise, die in de vorm van een laag vet en stof over alles heen lag. De langste almhut was in gebruik als stal; het zoemde er van de vliegen, en de aangekoekte stront lag tot op de drempel. In de tweede, waarvan de kapotte ramen waren afgedekt met oude lappen en het dak was opgekalefaterd met stukken golfplaat, woonde Luigi Guglielmina met zijn nakomelingen. De derde deed dienst als opslagruimte. Dáár nam Bruno me mee naartoe, en niet naar de kamer waar hij sliep. Ook in Grana had hij me nooit bij hem thuis uitgenodigd.

Hij zei: 'Ik leer voor kazer.'

'Wat is dat?'

'Iemand die kaas maakt. Kom.'

De opslagruimte verbaasde me. Het was er fris en donker, de enige echt schone plek op de hele alm. De dikke planken van larikshout waren net schoongeboend: erop lagen kazen te rijpen, hun korst vochtig van het pekelnat. Ze waren zo glanzend, rond en netjes geordend dat het leek alsof ze waren uitgestald voor een of andere wedstrijd.

'Heb jij die gemaakt?' vroeg ik.

'Nee, nee. Ik keer ze alleen nog maar. Mooi zijn ze, hè?'

'Hoe bedoel je, je keert ze?'

'Eenmaal in de week draai ik ze om en bestrooi ze met zout. Dan boen ik alles schoon en ruim ik hier op.'

'Ze zijn mooi,' zei ik.

Buiten daarentegen lagen plastic emmers en een stapel half verrot hout; er stonden een van een olievat gemaakte kachel en een badkuip die dienstdeed als trog, en op de grond lagen aardappelschillen en een paar door honden afgekloven botten. Het was niet louter gebrek aan decorum: er sprak ook een zeker misprijzen uit voor de dingen, een zeker genoegen er slecht mee om te springen en ze naar de donder te laten gaan, iets wat me in Grana inmiddels ook steeds vaker begon op te vallen. Het was alsof het lot van die plekken al vastlag en onderhoud louter nog verspilde moeite was.

Toen we terugkwamen zaten mijn vader en Bruno's oom aan hun tweede glas en waren in een gesprek gewikkeld over de financiële kanten van het almleven. Ongetwijfeld aangekaart door mijn vader, die van andermans leven met name wilde weten hoe het in elkaar stak: hoeveel beesten, hoeveel hectare weidegrond, hoeveel liter melk per dag, hoeveel de kaas opbracht. Het deed Luigi Guglielmina duidelijk goed het erover te hebben met iemand die ter zake kundig was, en hij rekende mijn vader hardop voor dat zijn werk, gelet op de prijzen die werden gehanteerd en de absurde regels die veehouders kregen opgelegd, totaal geen zin meer had, en dat hij het alleen maar deed uit liefde.

Hij zei: 'Als ik doodga, is het hier binnen tien jaar weer een en al bos. Dan zullen ze tevreden zijn.'

'Voelen uw kinderen er dan niets voor?' vroeg mijn vader.

'Nou, ze voelen er vooral niets voor zich uit de naad te werken.'

Ik was eerder getroffen door die voorspelling dan door het feit dat hij er zo over sprak. Ik had er nooit bij stilgestaan dat weidegrond ooit bos was geweest, en ook niet dat het dat weer kon worden. Ik keek naar de her en der op de alm grazende koeien en deed een verwoede poging mezelf voor te stellen hoe die velden werden gekoloniseerd door de eerste struiken, die vervolgens groeiden en elk spoor van wat er ooit was geweest wegvaagden. De waterlopen, de muurtjes, de paden en uiteindelijk ook de huizen.

Bruno had intussen het vuur in de buitenkachel aangemaakt. Zonder dat iemand hem iets vroeg liep hij naar de badkuip om een pan met water te vullen en begon met zijn mesje aardappels te schillen. Hij kon allerlei dingen: hij maakte pasta klaar en zette die op tafel, samen met de gekookte aardappels, kaas, worst en wijn. Toen kwamen ook zijn neven tevoorschijn, twee uit de kluiten gewassen knapen van een jaar of vijfentwintig, die bij ons aanschoven, met gebogen hoofd aten, ons een tijdje aanstaarden en daarna verdwenen om te gaan slapen. Bruno's oom keek hen na; van de trek rond zijn mond viel de grote minachting af te lezen die hij voor hen voelde.

Mijn vader sloeg geen acht op dat soort dingen. Na het eten rekte hij zich uit, legde beide handen in zijn nek en keek omhoog naar de lucht om van het schouwspel te genieten. Zo zei hij het ook: 'Wat een schouwspel.' Zijn vakantie was bijna voorbij en hij bekeek de bergen al vol weemoed. Een aantal toppen zou hij dat jaar aan zich voorbij moeten laten gaan. Er torenden er verschillende boven ons uit, een en al keienvelden, rotspijlers, kammen, puinkanalen en kartelgraten. Het leken wel de ruïnes van een immens, door kanonschoten verwoest fort waarvan de wankele overblijfselen op instorten stonden: zoiets kon inderdaad uitsluitend voor iemand als mijn vader een schouwspel zijn.

'Hoe heten die bergen?' vroeg hij. Ik vond het maar een vreemde vraag voor iemand die de hele tijd op zijn aan de muur geprikte kaart stond te turen.

Bruno's oom keek op alsof hij wilde zien of het ging regenen, en zei met een vaag gebaar: 'Grenon.'

'Welke is de Grenon?'

'Dat daar. Voor ons zijn dat de bergen van Grana.'

'Al die toppen samen?'

'Ja. Wij geven de toppen hier geen namen. Het is dit hele gebied.' Nu hij had gegeten en gedronken, begon hij genoeg te krijgen van onze aanwezigheid.

'Bent u er weleens geweest?' drong mijn vader aan. 'Daar boven, bedoel ik.'

'Toen ik jong was. Ik ging met mijn vader mee op jacht.'

'Bent u ook op de gletsjer geweest?'

'Nee. Nooit de kans gekregen. Maar ik had het graag gedaan,' gaf Bruno's oom spijtig toe.

'Ik denk erover om morgen te gaan,' zei mijn vader. 'Ik neem mijn zoon mee voor een beetje sneeuwstampen. Als u het goedvindt, kan ik de uwe ook meenemen.'

Aha, dat was waar hij op aanstuurde! Luigi Guglielmina had even nodig om te snappen wat hij bedoelde. De mijne? Toen bedacht hij opeens dat Bruno er ook nog was: we waren met een van de honden aan het spelen, een dat jaar geboren puppy, maar er ontging ons geen woord.

'Wil je?' vroeg hij hem.

'Ja!' zei Bruno.

Zijn oom fronste. Hij was eerder gewend nee te zeggen dan ja. Maar wellicht voelde hij zich door die vreemdeling klemgezet, of wie weet had hij wel even te doen met het joch.

'Nou, ga dan maar,' zei hij. Daarna deed hij de kurk terug op de fles en stond op van tafel, niet langer van zins iets te lijken wat hij niet was.

Gletsjers fascineerden niet zozeer de alpinist in mijn vader als wel de wetenschapper. Ze deden hem denken aan zijn studie natuur- en scheikunde, de mythologie waardoor hij was gevormd. Toen we de dag daarop omhoogklommen naar de Mezzalama-hut, vertelde hij ons een verhaal dat leek op een van die mythes: gletsjers, vertelde hij Bruno en mij op het pad naar boven, zijn de nagedachtenis aan voorbije winters die de berg voor ons bewaart. Boven een bepaalde hoogte houden ze die herinnering vast, dus als we iets van een winter uit het verleden willen weten, dan moeten we naar boven.

'We noemen dat de eeuwige sneeuwgrens,' legde hij uit. 'Dat is de hoogte waarop de zomer niet meer in staat is alle sneeuw die 's winters valt te laten smelten. Een deel blijft tot de herfst liggen, en wordt vervolgens begraven onder de sneeuw van de daaropvolgende winter. Dan is hij veilig. Daaronder verandert hij langzaam in ijs, en wordt een groeilaag van de gletsjer, precies zoals de jaarringen bij bomen, en door ze te tellen kunnen we erachter komen hoe oud die is. Met dien verstande dat een gletsjer niet rustig boven op een berg blijft liggen. Die beweegt, doet de hele tijd niets anders dan omlaag schuiven.'

'Waarom?' vroeg ik.

'Waarom denk je?'

'Omdat hij zwaar is,' zei Bruno.

'Precies,' zei mijn vader. 'Gletsjers zijn zwaar, en de rotsen waar ze op liggen zijn heel glad. Dus zakken ze naar beneden. Traag, maar onherroepelijk. Ze schuiven de berg af totdat ze een hoogte bereiken waar het te warm voor ze is. Dat heet de smeltgrens. Zien jullie die, daar verderop?'

We liepen over een morene die uit zand leek te bestaan. Een tong van ijs en bergpuin liep door tot ver onder ons, een stuk lager dan het pad, en werd doorsneden door waterstroompjes die samenkwamen in een ondoorzichtig, metalig meertje dat een ijskoude aanblik bood.

'Dat water daar komt echt niet van de sneeuw van afgelopen winter,' zei mijn vader. 'Het is sneeuw die de berg al ik weet niet hoe lang heeft bewaard. Misschien stamt het water van nu wel uit een winter van honderd jaar terug.'

'Honderd jaar? Echt?' vroeg Bruno.

'Misschien nog wel meer. Dat valt moeilijk te berekenen. Je zou de exacte hellingshoek en de wrijving moeten kennen. Met een proefje gaat het een stuk sneller.'

'Hoe dan?'

'O, heel simpel. Zie je die gletsjerspleten daar boven? Morgen gaan we daarheen, gooien er een muntje in en dan gaan we bij de beek zitten wachten tot het langskomt.'

Mijn vader lachte. Bruno keek naar de spleten en de gletsjertong, en je kon zien dat het idee hem intrigeerde. Ik was minder geïnteresseerd in voorbije winters dan hij. Ik voelde aan mijn maag dat we de hoogte passeerden waarop onze beklimmingen de vorige keren waren geëindigd. Ook het tijdstip was ongebruikelijk. Nu, tegen de avond, liepen we de mist in en in de namiddag waren er een paar druppels regen gevallen. Het was heel eigenaardig dat er aan het einde van de morene ineens een houten gebouw van twee verdiepingen bleek te staan. Het werd aangekondigd door de uitlaatgassen van een dieselaggregaat. En vervolgens door geroep in een taal die ik niet kende: het plankier bij de ingang zat door de punten van de vele stijgijzers vol gaatjes en was bezaaid met rugzakken en touwen; overal hingen truien en kousen te drogen en liepen alpinisten op schoenen met losse veters en was in hun hand.

De berghut was vol, die avond, maar niemand werd de deur gewezen; zo nodig zouden ze mensen zelfs op banken en tafels laten slapen. Bruno en ik waren verreweg de jongsten van het gezelschap: we aten als eersten, en om plaats te maken gingen we meteen daarna naar boven, naar de slaapzaal waar we een bed deelden. Daar lagen we geheel gekleed onder een paar ruwe dekens lang op de slaap te wachten. Door het raam zagen we geen sterren, noch het schijnsel van beneden uit het dal, maar alleen de gloeiende sigaretten van degenen die buiten stonden te roken. We hoorden de mannen op de begane grond: na het eten vergeleken ze hun plannen voor de volgende dag, bespraken het wisselvallige weer of vertelden over eerdere nachten in hutten en over andere tochten. Af en toe herkende ik mijn vaders stem; hij had een liter wijn besteld en zich bij de anderen gevoegd. Omdat er voor hem geen toppen te bedwingen waren, was hij nu voor iedereen 'die vent die twee jongens mee de gletsjer op neemt' en daar was hij trots op. Hij had mensen uit zijn streek ontdekt met wie ik hem in zijn Veneto-dialect grapjes hoorde maken. Verlegen als ik was, schaamde ik me voor hem.

Bruno zei: 'Je vader weet wel veel, hè?'

'Best wel.'

'Wat goed dat hij je dat allemaal leert.'

'Doet de jouwe dat niet dan?'

'Kweenie... het lijkt wel of hij zich altijd aan me ergert.'

Ik bedacht dat mijn vader inderdaad goed kon praten, maar dat luisteren niet zijn sterkste kant was. En naar me kijken ook niet, anders had hij wel gesnapt hoe ik me voelde: ik had met moeite iets naar binnen kunnen krijgen en had beter helemaal niet kunnen eten, want nu was ik ontzettend misselijk. De geur van soep die uit de keuken opsteeg maakte de zaak er alleen maar erger op. Ik ademde verschillende keren diep in en uit om mijn maag tot bedaren te brengen, en Bruno merkte het: 'Voel je je niet lekker?'

'Niet zo, nee.'

'Wil je dat ik je vader ga halen?'

'Nee, doe maar niet. Het gaat alweer.'

Ik hield mijn buik warm met mijn handen. Wat ik het allerliefste wilde, was in mijn eigen bed liggen en mijn moeder horen die bij de kachel zat. Verder zwegen we. Om tien uur luidde de huttenwaard de avondklok en deed het aggregaat uit zodat het pikkedonker werd in de hut. Kort daarop zag je het zaklantaarnschijnsel van de mannen die naar boven kwamen, op zoek naar een bed. Mijn vader kwam met een zware grappakegel kijken hoe het ging: ik hield mijn ogen dicht en deed of ik sliep.

De ochtend daarop vertrokken we voor zonsopgang. Nu waren de dalen onder ons gevuld met mist en was de lucht helder en parelmoerkleurig, met nog wat laatste sterren die verbleekten naarmate het lichter werd. De zon zou niet lang op zich laten wachten: de alpinisten die naar de verste toppen gingen waren al een tijdje op pad, we hadden ze midden in de nacht horen rommelen en nu ontwaarden we een paar van die touwgroepen op grote hoogte: piepkleine schipbreukelingen in het wit.

Mijn vader deed ons de stijgijzers onder die hij had gehuurd en bond ons met een touw aan elkaar, hij voorop, dan Bruno en dan ik, met steeds vijf meter ertussen. Hij snoerde ons op borsthoogte vast met een ingewikkelde lus over onze windjacks, maar hij had die knopen al jaren niet gelegd, dus de operatie duurde lang en had heel wat voeten in de aarde. Uiteindelijk waren we de laatsten die de hut verlieten: eerst moesten we nog over een stuk puinhelling waar onze stijgijzers hard op afketsten en de neiging hadden in elkaar te haken. Het touw hinderde me bij het lopen en ik voelde me stuntelig en te zwaar bepakt. Maar dat gevoel sloeg meteen om toen ik mijn eerste stappen op de sneeuw zette. Van mijn doop op de gletsjer herinner ik me dit: een plotse stevigheid in mijn benen, de stalen punten die in de harde sneeuw beten, de ijzers die perfecte grip boden.

Bij het wakker worden had ik me redelijk goed gevoeld, maar na een tijdje vervloog de warmte van de hut en kwam de misselijkheid weer opzetten. Mijn vader liep voorop, trok de groep. Ik zag dat hij haast had. Hoewel hij beweerde alleen maar een eindje te willen lopen, koesterde hij volgens mij de geheime wens een top te bereiken en andere alpinisten te verrassen door daar ineens samen met ons te verschijnen. Maar ik sleepte me met moeite voort. Tussen mijn passen in leek het of een hand mijn maag samenkneep. Als ik even stopte om diep in en uit te ademen, trok het touw tussen Bruno en mij strak en werd hij gedwongen ook stil te blijven staan, en ten slotte voelde ook mijn vader dat het touw zich spande. Hij draaide zich om en wierp me een geërgerde blik toe.

'Wat is er?' vroeg hij. Hij dacht dat ik me aanstelde. 'Hup, lopen.'

Bij het opkomen van de zon verschenen er naast ons drie donkere schaduwen op de gletsjer. De sneeuw verloor haar blauwe glans, werd verblindend wit en begon bijna meteen mee te geven onder onze stijgijzers. De wolken beneden ons zwollen op door de ochtendwarmte en zelfs ik begreep dat ze al snel zouden opstijgen, net als de dag daarvoor. Het idee ergens aan te komen werd steeds minder realistisch, maar mijn vader was niet iemand om dat toe te geven en om te keren: hij moest en zou door. Op een bepaald moment stond hij bij een gletsjerspleet, mat met zijn ogen de breedte en stapte er met een ferme pas overheen. Daarna plantte hij zijn pickel in de sneeuw en sloeg het touw om de steel om Bruno binnen te halen.

Ik had geen enkele belangstelling meer voor wat we aan het doen waren. De dageraad, de gletsjer, de keten van bergtoppen rondom ons, de wolken die ons van de wereld scheidden: al die onverdraaglijke schoonheid liet me koud. Ik wilde alleen maar dat iemand me vertelde hoe ver we nog moesten. Ik kwam bij de rand van de spleet toen Bruno zich vooroverboog om erin te kijken. Mijn vader zei tegen hem dat hij diep adem moest halen en moest springen. Terwijl ik op mijn beurt wachtte, keek ik om: onder ons werd de berg aan een kant steiler en waren door het openbarsten van de gletsjer overal seracs ontstaan; en onder die ellendige opeenhoping van gespleten en gebarsten ijsbrokken werd de hut waarvandaan we waren vertrokken opgeslokt door de mist. Ik had ineens het gevoel dat we niet meer terug zouden kunnen, keek naar Bruno voor steun en zag dat hij al aan de andere kant van de spleet stond. Mijn vader sloeg hem op zijn schouder om hem te feliciteren. Maar ik, nee, het ging me nooit lukken eroverheen te springen: mijn maag gaf zich gewonnen en ik kotste mijn ontbijt uit in de sneeuw. En toen was mijn hoogteziekte niet langer een geheim.

Mijn vader schrok hevig en schoot me bezorgd te hulp:

hij sprong terug over de spleet, waardoor de touwen die ons drieën verbonden volkomen in de war raakten. Zijn angst verraste me, want ik had eerder woede verwacht, maar op dat moment gaf ik me geen rekenschap van de risico's die hij had genomen door ons mee naar boven te nemen: we waren elf en sleepten onszelf achtervolgd door slecht weer en met een geïmproviseerde uitrusting de gletsjer op, zijn koppigheid achterna. De enige remedie tegen hoogteziekte was afdalen, wist hij, en dat deed hij dan ook meteen. Hij draaide onze touwgroep om, zodat ik nu voorop liep en kon blijven staan als ik me niet lekker voelde: ik had niets meer in mijn maag, maar af en toe had ik nog heftige braakaanvallen, en dan spuugde ik alleen maar slijm.

Kort daarop liepen we de mist in. Vanaf het einde van het touw vroeg mijn vader: 'Hoe gaat het? Heb je hoofdpijn?'

'Ik geloof het niet.'

'En hoe gaat het met je buik?'

'Wat beter,' antwoordde ik, al voelde ik me nu vooral zwakjes.

'Hier,' zei Bruno. Hij gaf me een handje sneeuw dat hij in zijn vuist tot een ijslolly had samengeperst. Ik zoog er voorzichtig aan. Deels daardoor, en deels omdat ik opgelucht was dat we afdaalden, kwam mijn maag gaandeweg tot bedaren.

Het was een augustusochtend in 1984. Het is mijn laatste herinnering van die zomer: de dag daarop zou Bruno teruggaan naar de alm, en mijn vader naar Milaan. Maar op dat moment bevonden we ons samen op de gletsjer, alleen wij drieën, wat daarna nooit meer zou gebeuren, met een touw dat ons onderling verbond, of we dat nu wilden of niet.

Ik strompelde voort op mijn stijgijzers en kon niet in een rechte lijn lopen. Bruno liep vlak achter me, en na een tijdje hoorde ik boven het geluid van onze stappen in de sneeuw uit zijn stem: 'Ho, ho, ho!', de roep waarmee hij de koeien naar de stal terugleidde. 'Hé, hé, hé! Ho, ho, ho!' Nu gebruikte hij die om mij terug te leiden naar de hut, omdat ik bijna niet meer overeind kon blijven: ik vertrouwde me toe aan zijn roep en liet mijn benen de cadans ervan overnemen, zodat ik nergens meer aan hoefde te denken.

'Heb je die spleet gezien?' vroeg hij. 'Kanonnen, wat was die diep!'

Ik antwoordde niet. Ik had nog het moment voor ogen dat ik ze daar samen opgetogen had zien staan, naast elkaar, als vader en zoon. Nu vormden de mist en de sneeuw een egaal witte vlakte, en paste ik alleen maar op dat ik niet viel. Bruno zei niets meer en ging door met zijn roep.

Drie

In die tijd werd de winter mijn heimweeseizoen. Mijn vader had de pest aan skiërs, hij wilde absoluut niets met ze te maken hebben: hij vond het niet kunnen dat mensen voor de lol over een door bulldozers geëgaliseerde en met een gemotoriseerde kabelbaan uitgeruste helling een berg afdaalden zonder zich eerst de moeite te hebben getroost die te beklimmen. Hij minachtte hen omdat ze zo massaal toestroomden en alleen maar ravages aanrichtten. Soms stuitten we 's zomers op de pyloon van een stoeltjeslift, of op een werkeloos rupsvoertuig op een kale piste, of op de resten van een ontmanteld station op grote hoogte, een verroest rad op een blok cement halverwege de puinhelling.

'Ze zouden er een bom op moeten gooien,' zei mijn vader, en hij maakte geen grapje.

Met dezelfde gemoedstoestand keek hij met Kerstmis naar journaalitems over skivakanties. Duizenden stedelingen overspoelden de Alpenvalleien, gingen in de rij staan voor al die toestellen en stoven over onze paden naar beneden, en hij distantieerde zich ervan door zich op te sluiten in onze flat in Milaan. Mijn moeder stelde een keer voor me op een zondag mee te nemen voor een tochtje, alleen maar om me Grana met sneeuw te laten zien, maar mijn vader zei kortaf: 'Nee. Daar vindt hij toch niets aan.' Bergen waren 's winters niet bedoeld voor mensen en moesten met rust worden gelaten. In zijn filosofie van klimmen en dalen, of liever, van het op grote hoogte ontvluchten van dingen die je beneden kwelden, diende op een licht seizoen onvermijdelijk een zwaar seizoen te volgen: een periode van werk, leven in de vlakte en een donker gemoed.

En nu kende ook ik dus de heimwee naar de bergen, de kwaal waarmee ik hem jaren had zien worstelen zonder het te snappen. Ook ik kon nu betoverd raken als ik aan het eind van een uitvalsweg de Grigna zag opdoemen. Ik las en herlas de gids van de Alpenclub alsof het een dagboek was, me lavend aan dat proza uit andere tijden, en ik verbeeldde me dat ik daar zelf over die paden liep: 'omhoog over grasrijke steile hellingen tot aan een verlaten alpenweide', 'en van daaraf het pad vervolgend over steenslag en resten eeuwige sneeuw', 'om ten slotte uit te komen op de hoogste kam, in de nabijheid van een geprononceerde zadelrug'. Maar intussen werden mijn benen weer wit, genazen de schrammen en korsten die erop zaten en vergaten ze de jeuk van de brandnetels, de ijzige kou van zonder sokken en schoenen doorwaad water, de verlichting van lakens na een middag in de felle zon. Niets in het winterse Milaan raakte me met eenzelfde kracht. Ik bekeek het door een filter dat het in mijn optiek nondescript en kleurloos maakte: een mistwolk van personen en auto's waar je twee keer per dag doorheen moest; en als ik naar buiten keek leken de dagen in Grana zo ver weg dat ik me afvroeg of ze wel echt hadden bestaan. Kon ik ze hebben verzonnen, ze alleen maar hebben gedroomd? Totdat ik op het balkon een nieuwe lichtinval ontwaarde, een kiem in het miezerige gras tussen de rijbanen, en de lente zelfs in de stad terugkeerde en mijn heimwee overging in wachten tot het moment aanbrak dat we er weer heen konden.

Net als ik wachtte Bruno die dag gespannen af. Met dien verstande dat ik kwam en ging, en hij bleef: ik denk dat hij vanaf een of ander uitkijkpunt de haarspeldbochten in de gaten hield, want hij kwam me al binnen een uur na onze aankomst ophalen. 'Berio!' riep hij vanaf de binnenplaats. Dat was de nieuwe naam die hij me had gegeven. 'Kom op, mee naar buiten,' zei hij, zonder me ook maar te begroeten, alsof we elkaar de dag ervoor nog hadden gezien. En zo was het ook: de laatste maanden werden in één klap uitgewist, en onze vriendschap leek één eindeloze zomer te beslaan.

Maar Bruno groeide in de tussentijd sneller dan ik. Hij kwam bijna altijd nog helemaal vuil uit de stal en weigerde ons huis te betreden. Hij wachtte op de veranda, leunend tegen de rand waar niemand van ons ooit tegenaan leunde omdat die al wiebelde als je er maar even aankwam en we er zeker van waren dat hij het vroeg of laat zou begeven. Hij keek achterom, als om te controleren of iemand hem was gevolgd: hij was weggeglipt bij zijn koeien en haalde *míj* weg bij mijn boeken, voor avonturen waar hij van tevoren niets over wilde loslaten.

'Waar gaan we heen?' vroeg ik, terwijl ik mijn bergschoenen aantrok.

'De bergen in,' was alles wat hij zei, op de spottende toon die hij zich had aangemeten, wellicht dezelfde waarop hij zijn oom van repliek diende. Hij glimlachte. Ik moest hem gewoon vertrouwen. Mijn moeder vertrouwde mij ook, dat zei ze vaak: dat ze zich geen zorgen maakte omdat ze wist dat ik geen gevaarlijke dingen zou doen. Niets gevaarlijks, niets onbezonnens of stoms, waarmee ze leek te zinspelen op ander onheil waarmee ik in mijn leven nog in aanraking zou kunnen komen. Ze vond het niet nodig ons iets te verbieden of ergens voor te waarschuwen voordat ze ons liet gaan.

Met Bruno de bergen in trekken had niets te maken met

het bedwingen van toppen. We sloegen weliswaar een pad in, betraden het bos en holden een halfuur bergopwaarts, maar dan, op een plek die alleen hij kende, verlieten we dat en klommen bijvoorbeeld omhoog door een couloir, of vervolgden onze weg dwars door dicht opeenstaande sparren. Het was me een raadsel hoe het hem lukte zich te oriënteren. Hij liep snel en volgde een inwendige kaart die hem doorgangen wees waar ik alleen een ingestorte oever of een te steile rots gewaarwerd. Maar helemaal op het laatst bleek er tussen twee scheve dennen een spleet in de rots te zitten waarlangs we omhoog konden klimmen, en verschafte een eerst niet zichtbare richel ons een gemakkelijke doortocht. Een aantal van die paden was met een pikhouweel uitgehakt. Als ik hem vroeg wie ze had gebruikt antwoordde hij: 'Mijnwerkers', of 'Houthakkers', en toonde me bewijzen die mijzelf niet waren opgevallen. Het eindpunt van een gammele en door struikgewas overwoekerde kabelbaan. Nog altijd zwartgeblakerde grond, vlak onder een drogere laag waar ooit een meiler had gestaan. Het wemelde in het bos van de afgravingen, bulten en troep, die Bruno voor me vertaalde als betrof het tekens van een dode taal. En tegelijk met die tekens leerde hij me een dialect dat ik passender vond dan het Italiaans, alsof ik in de bergen de abstracte taal uit boeken moest vervangen door de concrete taal der dingen, nu ik die met eigen ogen zag. De lariks: *brenga*. De fijnspar: *pezza*. De alpenden: *arula*. Een overhangende rots waaronder je kunt schuilen voor de regen was een *barma*. Een steen was een *berio* en dat was ik, Pietro, van het Griekse *petros*, dat 'rots' betekent: ik was erg blij met die nieuwe naam. Elke bergbeek doorsneed een vallei en werd daarom *valey* genoemd, en elke vallei had twee hellingen met een tegengesteld karakter: de aan de zonzijde liggende *adret* waar zich de dorpen en de velden bevonden, en de vochtige en beschaduwde *envers*, die het domein was van het bos en de wilde dieren. Wij gaven de voorkeur aan de envers.

Daar kwam niemand ons storen en konden we op schattenjacht. Er waren daadwerkelijk mijnen in de bossen rond Grana: gangen die met een paar planken waren dichtgetimmerd en waar anderen vóór ons al waren binnengedrongen. In vroeger tijden hadden ze er volgens Bruno goud gedolven en overal in de berg naar aders gezocht, maar ze konden het onmogelijk allemaal hebben weggehaald, er was vast nog wat achtergebleven. En dus gingen we onderaardse gangen in die na een paar meter dood bleken te lopen, en andere die naarmate je dieper kwam steeds bochtiger en donkerder werden. Het plafond was zo laag dat je er amper rechtop kon staan. Het water dat langs de wanden liep gaf je het idee dat alles elk moment kon instorten: ik wist dat het gevaarlijk was en ik wist ook dat ik het vertrouwen van mijn moeder beschaamde, want er was niets verstandigs aan je in situaties begeven waar je als ratten in de val kon komen te zitten, en terwijl ik het deed, voelde ik me zo schuldig dat mijn hele plezier erdoor werd vergald. Ik had net zo willen zijn als Bruno, de moed willen hebben openlijk te rebelleren en mijn straf vervolgens met opgeheven hoofd te aanvaarden. Maar ik was in het geniep ongehoorzaam, kwam daarmee weg en schaamde me ervoor. Daar dacht ik aan terwijl de plassen me doorweekte voeten bezorgden. Goud vonden we nooit: vroeg of laat bleek de gang geblokkeerd door een instorting, of werd het te donker om verder te gaan, en dan restte ons niets anders dan om te keren.

We kwamen de teleurstelling te boven door op de terugweg een paar bouwvallen te plunderen. Herdershutten die we tegenkwamen in het bos, opgetrokken met wat er voorhanden was, meer een soort holen. Bruno deed alsof hij ze samen met mij ontdekte. Ik denk dat hij al die overwoekerde kotten stuk voor stuk kende, maar het was leuker om je schouder tegen een deur te zetten alsof het de eerste keer was. Binnen drukten we een gebutst bord of een afgesleten zeismes achterover en verbeeldden ons dat het uiterst waardevolle vondsten waren, en vlak voordat we in het dorp uit elkaar gingen verdeelden we de buit.

’s Avonds vroeg mijn moeder waar we waren geweest.

‘Gewoon, in de buurt,’ antwoordde ik schouderophalend. Met dat antwoord was ze niet erg ingenomen, daar bij de kachel.

‘Heb je iets leuks gezien?’

‘Ja, mam, het bos.’

Ze keek me weemoedig aan, alsof ze bezig was me te verliezen. Ze dacht echt dat zwijgen tussen twee mensen de oorsprong was van alle ellende.

‘Ik hoef alleen maar te weten of het goed met je gaat’ – ze gaf zich gewonnen en liet me verder, verzonken in mijn eigen gedachten.

Maar in de andere strijd die ze in Grana leverde hield ze haar poot stijf. Van meet af aan lag Bruno’s onderricht haar na aan het hart, maar ze wist dat ze het niet alleen afkon, ze moest een verbond sluiten met de vrouwen uit zijn familie. Ze had ingezien dat zijn moeder haar niet zou helpen, en dus richtte ze zich vooral op zijn tante. Mijn moeders werkwijze was als volgt: ze klopte op deuren, kwam bij de mensen over de vloer, sprak vriendelijk met ze en hield dat net zo lang vol tot zijn tante toezegde dat ze hem in de winter naar school zou sturen en in de zomer naar ons, om zijn huiswerk te maken. Dat was al een overwinning. Ik weet niet wat zijn oom ervan dacht, misschien vervloekte hij ons allemaal, daar boven op zijn alm. Of misschien was niemand eigenlijk écht geïnteresseerd in dat kind.

En zo herinner ik me de lange uren dat Bruno en ik in onze keuken geschiedenis en aardrijkskunde zaten te leren terwijl buiten het bos, de beek en de blauwe lucht wachtten. Hij werd drie keer per week naar ons toe gestuurd, voor de gelegenheid gewassen en netjes gekleed. Mijn moeder liet hem hardop uit mijn boeken voorlezen – Stevenson, Verne, Twain, London – en gaf ze na de les aan hem mee, zodat hij verder kon oefenen als hij de koeien weidde. Bruno vond romans leuk, maar van grammatica kreeg hij het benauwd: voor hem was het alsof hij een vreemde taal leerde. En als ik hem hoorde stuntelen met de regels van het Italiaans, een woord verkeerd spellen of struikelen over een aanvoegende wijs, voelde ik me in zijn plaats vernederd en ergerde me aan mijn moeder. Ik zag helemaal niets in al die dingen die we hem oplegden. En toch kwam er van Bruno's kant nooit een klacht of een woord van protest. Hij begreep hoe zij eraan hechtte, misschien was het hem nog nooit overkomen dat hij zoveel voor iemand betekende, en hij ging koppig door met leren.

Soms kreeg hij in de zomer toestemming om er met ons op uit te trekken, en voor hem waren dat feestdagen, de beloning voor het inspannende leren, of het nu een top was waar mijn vader ons mee naartoe nam of gewoon een wei waar mijn moeder een plaid uitspreidde voor de lunch. Dan zag ik hoe zich in Bruno een transformatie voltrok. Van nature ongedisciplineerd als hij was, voegde hij zich naar de regels en de riten van ons gezin. En terwijl hij zich tegenover mij gedroeg als een volwassene, viel hij bij mijn ouders tevreden terug in zijn echte leeftijd: door mijn moeder liet hij zich volstoppen, aankleden en aanhalen, voor mijn vader voelde hij een respect dat veel weg had van bewondering. Ik zag het aan de manier waarop hij op het pad achter hem liep, aan hoe hij zwijgend naar hem luisterde als hij iets uitlegde. Voor een gezin waren het normale momenten, maar Bruno had die nooit meegemaakt, en een deel van me was er trots op, als waren het cadeaus die ík hem gaf. Aan de andere kant gebeurde het ook wel dat ik, als ik hem zo samen met mijn vader zag, een zeker begrip tussen hen bespeurde en het gevoel had dat hij een goede zoon voor hem zou zijn geweest; niet beter dan ik, misschien, maar in zekere zin geschikter. Hij zat vol vragen en stelde die onbevreesd. Hij had de zelfverzekerdheid die nodig was om met mijn vader op vertrouwelijke voet te geraken, en benen die hem overal zouden zijn gevolgd. Dat soort denkbeelden kwamen bij me op en dan verjoeg ik die weer, alsof het gedachten waren waarvoor je je moest schamen.

Uiteindelijk ging Bruno zowel in de eerste, de tweede als de derde klas over, haalde zijn examen en kreeg de beoordeling ‘redelijk’. Het was zulk groot nieuws bij hem thuis dat zijn tante meteen naar Milaan belde om het ons te vertellen. Wat een woord, dacht ik: wie zou dat hebben gekozen, wat zouden ze ermee bedoelen? Want er was werkelijk niets redelijks aan Bruno. Maar mijn moeder was buitengewoon opgetogen, en toen we naar Grana gingen nam ze een beloning voor hem mee: een doos met gutsen en beitels om hout mee te bewerken. Daarna begon ze zich af te vragen wat ze nog meer voor hem kon doen.

De zomer van 1987 brak aan, het jaar dat we veertien waren. Een maand lang wijdden we ons aan het methodisch verkennen van de beek. Niet uit de hoogte, vanaf de oevers, noch langs de paden die hem hier en daar in het bos kruisten, maar erin, door het water wadend of springend van steen tot steen. Van canyoning, als dat in die tijd al bestond, hadden we nog nooit gehoord, en hoe dan ook gingen we in tegenovergestelde richting: vanaf de brug in Grana stroomopwaarts het dal in. Vlak na het dorp belandden we in een lange kloof met rustig water, in de schaduw van dichtbegroeide oevers. Grote, van insecten en gezonken takken en twijgen vergeven poelen waarin oude, schrikachtige forellen wegschoten als we eraan kwamen. Hogerop werd het steeds steiler en stortte het water door het toenemende verval steeds onstuimiger omlaag. Waar het ons niet lukte om langs de stroomversnelling omhoog te klauteren, gebruikten we een stuk touw, of een omgevallen boomstronk die we door het water verplaatsten en tussen de rotsblokken klemden zodat die ons tot trap kon dienen. Soms kostte een watervalletje ons uren. Maar dat was het mooie van de onderneming. Ons plan was steeds een oplossing voor één etappe te vinden en ze op een glorieuze dag aan het eind van de zomer ten slotte allemaal met elkaar te verbinden en in één keer de hele beek stroomopwaarts te volgen.

Maar eerst moesten we ontdekken waar hij ontsprong. Tegen half augustus waren we het land van Bruno's oom voorbij. Er voegde zich een flinke zijstroom bij de beek, die de alm bewaterde, en vlak daarna kwamen we bij een laatste, primitieve brug die uit niet meer dan een paar planken bestond; daarna werd de beek steeds smaller en was hij verder makkelijk te volgen. Ik maakte uit het dunner worden van het bos op dat we de tweeduizend meter naderden. De elzen en berken verdwenen van de oevers, alle andere bomen maakten plaats voor lariksen en boven onze hoofden openbaarde zich die stenen wereld die Luigi

Guglielmina 'Grenon' had genoemd. Daar verloor de bedding haar normale aanzien – dat van een door het water uitgeholde en gemodelleerde geul – en werd louter keienveld. Het water verdween letterlijk onder onze voeten. Het kwam hier uit de stenen omhoog, tussen de kronkelige wortels van een jeneverstruik.

Het was niet hoe ik me mijn bron had voorgesteld, en ik was teleurgesteld. Ik keek om naar Bruno, die een paar passen achter me liep. Hij was al de hele middag in zichzelf gekeerd geweest, verdiept in een of andere gedachte. Als hij in zo'n bui was, wist ik niets anders te doen dan zwijgend door te lopen en te hopen dat het over zou gaan.

Maar zodra hij de bron zag, was hij er weer helemaal bij. Hij begreep in een oogopslag waarom ik teleurgesteld was. 'Wacht,' zei hij. Hij gebaarde me te zwijgen en ging zitten luisteren. Daarna wees hij naar zijn oor en bestudeerde het keienveld onder onze voeten.

De lucht stond die dag niet stil, zoals midden in de zomer. Boven de warme stenen woei een koelere wind die plukken pluizige zaden van uitgebloeide planten blies en hun bladeren beroerde. Toen ik goed luisterde, hoorde ik naast die bries ook geborrel. Niet het geluid dat water bovengronds produceert, maar lager en donkerder. Het leek alsof het onder het keienveld vandaan kwam. Ik snapte wat het was en begon het te volgen, verder omhoog, op jacht naar het water dat ik hoorde en niet zag, als een wichelroedeloper. Bruno, die al wist wat we zouden vinden, liet me vooropgaan.

Wat we vonden was een meer, verscholen in een kom aan de voet van de Grenon. Het was twee- of driehonderd meter breed, het grootste dat ik ooit in de bergen had gezien, en rond. Het mooie van alpenmeren is dat je ze al klimmend niet verwacht als je niet weet dat ze er zijn, en dat je ze niet ziet totdat je een laatste stap zet: je klimt over een rand en voor je ogen ontvouwt zich opeens een nieuw landschap. Aan de zonkant was de kom een en al puinhelling, en naarmate je blik zich verplaatste naar de schaduwkant nam de begroeiing toe, eerst wilgen en rododendrons, en verderop bos. Daartussen lag het meer. Toen ik ernaar keek begreep ik hoe het was ontstaan: de oude steenlawine die je vanaf de alm van Bruno's oom boven je zag liggen, had het dal als een dam afgesloten. Daarna had zich achter de steenlawine een meer gevormd met het smeltwater van de sneeuwvelden rondom, en lager in het dal kwam datzelfde water, na eerst onder het keienveld door gesijpeld te zijn, aan de oppervlakte om vervolgens onze beek te worden. Ik vond het leuk dat die zo ontstond, het leek me een oorsprong die een grootse rivier waardig was.

'Hoe heet dit meer?' vroeg ik.

'Weet ik het,' zei Bruno. 'Grenon. Alles heet hier zo.'

Zijn humeur van daarvoor was weer terug. Hij ging in het gras zitten en ik bleef naast hem staan. Elkaar aankijken was moeilijker dan naar het meer kijken: een paar meter verderop stak een rotsblok uit het water dat op een eilandje leek, en dat kon prima dienstdoen als iets om onze blik op te richten.

'Je ouders hebben met mijn oom gepraat,' zei Bruno na een tijdje. 'Wist je dat?'

'Nee,' loog ik.

'Raar. Hoe dan ook, ik snap er niks van.'

'Waarvan?'

'Van de geheimen die jullie onder elkaar hebben.'

'Waar hebben ze het dan met je oom over gehad?'

'Over mij,' antwoordde hij.

Ik ging naast hem zitten. Wat hij vervolgens vertelde,

kwam niet als een verrassing. Mijn ouders hadden het er al een hele tijd over, en ik had niet aan deuren hoeven luisteren om achter hun bedoelingen te komen: de dag daarvoor hadden ze Luigi Guglielmina voorgesteld dat Bruno in september met ons mee naar Milaan zou komen. Ze hadden aangeboden hem in huis te nemen en hem in te schrijven voor een vervolgopleiding. Een technische school of een beroepsopleiding, wat hij maar wilde. Ze hadden gedacht aan een proefjaar: als Bruno het niet naar zijn zin had, kon hij ermee ophouden en de zomer erop teruggaan naar Grana; in het tegenovergestelde geval zouden mijn ouders hem met alle plezier onderdak bieden tot hij zijn diploma had gehaald. En dan zou hij helemaal zelf kunnen beslissen wat hij verder wilde met zijn leven.

In het verhaal van Bruno hoorde ik de stem van mijn moeder doorklinken. *Hem onderdak bieden. Helemaal zelf. Met zijn leven.*

Ik zei: 'Dat vindt je oom nooit goed.'

'Jawel hoor,' zei Bruno. 'En weet je waarom?'

'Nou?'

'Vanwege het geld.'

Hij wroette met een vinger in de aarde, pulkte een steentje los en voegde eraan toe: 'Wie betaalt er? Dat is wat mijn oom interesseert. Je ouders hebben gezegd dat zij overal voor zullen zorgen. Eten, onderdak, school, de hele zooi. Voor hem is het een buitenkans.'

'En je tante, wat zegt die?'

'Die vindt het best.'

'En je moeder?'

Bruno snoof. Hij gooide het steentje in het water. Het was zo klein dat het helemaal geen geluid maakte. 'Wat zegt mijn moeder. Wat ze altijd zegt. Helemaal niks.'

De rotsen langs de oever waren bedekt met een laag opgedroogde modder. Een zwarte korst van een handbreedte hoog waaruit je kon opmaken tot waar het water in de lente had gestaan. Nu waren de sneeuwvelden die het meer voedden gereduceerd tot grijze vlekken in de couloirs, en met het vorderen van de zomer zouden ze uiteindelijk helemaal verdwijnen. Wie weet wat er van het meer zou worden als de sneeuw weg was.

'En jij?' vroeg ik.

'Ik wat?'

'Zou je het leuk vinden?'

'Naar Milaan gaan?' zei Bruno. 'Weet ik het. Weet je dat ik het me sinds gisteren al probeer voor te stellen? Maar het lukt me niet, ik weet helemaal niet hoe het daar is.'

We zwegen. Ik, die wel wist hoe het er was, hoefde me helemaal niets voor te stellen om me tegen het idee te keren. Bruno zou Milaan haten en Milaan zou Bruno verpesten, net als wanneer zijn tante hem waste en aankleedde en naar ons toe stuurde om werkwoorden te leren. Ik begreep echt niet waarom ze er alles aan deden om hem te transformeren tot iets wat hij niet was. Wat voor kwaad school erin om hem de rest van zijn leven koeien te laten weiden? Ik besefte niet dat het een verschrikkelijk egoïstische gedachte was, omdat die niets te maken had met Bruno, met zíjn verlangens, zíjn toekomst, maar alles met de manier waarop ik hem wilde blijven gebruiken: mijn zomer, mijn vriend, mijn bergen. Ik hoopte dat er daar nooit iets zou veranderen, zelfs de uitgebrande bouwvallen niet, of de mesthopen langs de weg. Dat hij en de bouwvallen en de mest altijd hetzelfde zouden blijven en stilstaand in de tijd op me zouden wachten.

'Misschien moet je het tegen ze zeggen,' zei ik.

'Wat?'

'Dat je niet naar Milaan wilt. Dat je hier wilt blijven.'

Bruno draaide zich naar me toe en keek me aan. Hij fronste zijn wenkbrauwen. Dat advies had hij van mij niet verwacht. Misschien dacht hij het zelf ook wel, maar het beviel hem niet dat ik er ook zo over dacht. 'Ben je gek?' zei hij. 'Ik blijf hier niet. Ik ga al mijn hele leven deze berg op en af.'

Daarna ging hij staan, daar op dat veld, zette zijn handen aan zijn mond en schreeuwde: 'Hé! Hoor je me? Ik ben het, Bruno! Ik ga hier weg.'

Aan de andere kant van het meer weerkaatste de helling van de Grenon zijn geschreeuw. We hoorden stenen omlaag rollen. Zijn geschreeuw had enige gemzen verstoord die nu over de puinhelling omhoogklommen.

Bruno wees me erop. Ze liepen tussen de rotsen die hen bijna onzichtbaar maakten, maar toen ze een sneeuwveld overstaken lukte het me ze te tellen. Het was een kleine kudde, vijf stuks. Ze liepen in ganzenpas over het sneeuwveld omhoog, kwamen bij de kam en bleven daar even staan, als om ons een laatste keer te bekijken alvorens door te lopen. Daarna verdwenen ze een voor een aan de andere kant van berg.

De vierduizender van die zomer moest de Castor worden. Om het seizoen in schoonheid af te sluiten beklommen mijn vader en ik één top van het Monte Rosa-massief per jaar, als we eenmaal heel goed getraind waren. Ik was niet gestopt met het beklimmen van gletsjers, al had ik nog steeds last van de bijwerkingen: ik was er gewoon aan gewend geraakt dat ik me er ellendig voelde en dat dat ellendige gevoel deel uitmaakte van die wereld, net als het wakker worden voor zonsopgang, of het gevriesdroogde eten in de hutten, of het gekras van de kraaien op grote hoogte. Het was een vorm van bergbeklimmen die niets avontuurlijks meer had. Het was domweg de ene voet voor de andere zetten en je hart uit je lijf kotsen tot je op de top was. Ik haatte het, en elke keer weer haatte ik ook die witte woestenij, en toch was ik trots op mijn vierduizenders, alsof het bewijzen van moed waren. In 1985 had de zwarte viltstift van mijn vader de Piramide Vincent bereikt, in '86 de Signalkuppe. Hij zag die toppen als een training. Hij had informatie ingewonnen bij een of andere dokter en was ervan overtuigd dat ik over mijn hoogteziekte heen zou groeien, zodat we ons binnen drie of vier jaar op het echte werk konden richten, zoals de rotsen van de Dufourspitze of de oversteek van de oostelijke naar de westelijke top van de Lyskamm.

Maar van de Castor herinner ik me, meer dan de lange graat, de avond tevoren in de hut, hij en ik samen. Een bord pasta, een halve liter wijn op tafel, de alpinisten naast ons die met elkaar zaten te praten, hun gezichten rood van vermoeidheid en van de zon. De gedachte aan de volgende dag zorgde voor een contemplatieve sfeer. Tegenover me bladerde mijn vader in het gastenboek, in hutten zijn lievelingslectuur. Hij sprak goed Duits en begreep Frans, en af en toe vertaalde hij een passage voor me uit die Alpentalen. In het boek was iemand na dertig jaar teruggekeerd op een top en dankte God daarvoor. Iemand anders miste een vriend die er niet bij was. Die dingen raakten hem zozeer dat hij de pen pakte en zich aansloot bij dat collectieve dagboek.

Toen hij opstond om de karaf te laten bijvullen keek ik stiekem wat hij had opgeschreven. Hij had een priegelig, nerveus handschrift dat moeilijk te ontcijferen was als je het niet kende. Ik las: *Hier met mijn veertienjarige zoon Pietro. Waarschijnlijk een van de laatste keren als kopklimmer want over een tijdje trekt hij mij omhoog. Weinig zin om terug te gaan naar de stad, maar de herinnering aan deze dagen zal altijd mijn mooiste toevluchtsoord zijn.* Getekend: Giovanni Guasti.

In plaats van erdoor ontroerd te raken of trots te zijn, werkten die woorden op mijn zenuwen. Ik vond dat ze iets onechts en sentimenteels hadden, bergretoriek die niet strookte met de werkelijkheid. Als het daar boven een paradijs was, waarom bleven we er dan niet wonen? Waarom haalden we er een vriend weg die er was geboren en getogen? En als de stad vreselijk was, waarom dwongen we hem dan om bij ons te komen wonen? Dát had ik mijn vader willen vragen. En mijn moeder ook trouwens. Hoe kunnen jullie zo zeker weten wat goed is voor het leven van een ander? Hoe kan het dat jullie je niet afvragen of hij het zelf misschien niet beter weet?

Mijn vader daarentegen keek innig tevreden toen hij terugkwam. Het was zijn drie na laatste vakantiedag, een vrijdag in augustus in zijn vijfenveertigste levensjaar, en hij zat in een alpenhut met zijn enige zoon. Hij had een tweede glas meegenomen en schonk dat tot de helft voor me vol. Misschien dat we in zijn fantasie, nu ik ouder werd en van mijn hoogteziekte afraakte, van vader en zoon veranderden in wat anders. Klimmaatjes, zoals hij in het boek had beschreven. Drinkmaatjes. Misschien zag hij werkelijk voor zich hoe wij over een paar jaar op vijfendertighonderd meter aan een tafel rode wijn zouden zitten drinken en de wandelkaarten zouden bestuderen, zonder nog een enkel geheim.

'Hoe is het met je buik?' vroeg hij.

'Gaat wel.'

'En je benen?'

'Heel goed.'

'Prima. Dat wordt dan een fijn dagje morgen.'

Mijn vader hief het glas. Ik deed hetzelfde, nam een klein slokje wijn en merkte dat ik het lekker vond. Terwijl ik het doorslikte, barstte de kerel die naast me zat in lachen uit, zei iets in het Duits en sloeg me op de schouder, alsof ik zojuist was opgenomen in de grote familie van de mannen, en hij me welkom heette.

De avond daarop kwamen we als gletsjerveteranen terug in Grana. Mijn vader met openhangend overhemd, zijn rugzak over slechts één schouder en hinkend vanwege de blaren op zijn voeten; ik uitgehongerd omdat mijn maag zodra ik ging afdalen had gemerkt dat hij al twee dagen leeg was. Mijn moeder wachtte ons op met een warm bad en het eten op tafel. Later zou het moment van de verhalen komen: mijn vader die poogde haar de kleur van het ijs in de gletsjerspleten te beschrijven, de duizelingwekkend steile noordwanden en de pracht van de sneeuwrichels op de kammen, terwijl ik aan al die beelden slechts wazige, door de misselijkheid benevelde herinneringen had. Ik zweeg meestal. Ik had al iets geleerd waar mijn vader nooit in had berust, namelijk dat je de thuisblijvers onmogelijk duidelijk kunt maken hoe je je daar boven voelt.

Maar die avond kwamen we er niet toe om ook maar iets te vertellen. Ik stond op het punt in bad te gaan toen ik beneden op de binnenplaats een mannenstem hoorde tieren. Ik liep naar het raam en schoof de gordijnen opzij: ik zag een kerel die druk stond te gebaren en woorden schreeuwde die ik niet verstond. Alleen mijn vader was buiten. Hij had zijn sokken over de rand van de veranda gehangen en stond bij de drinktrog zijn pijnlijke voeten te wassen. Hij richtte zich op van de rand van de kuip om de onbekende van repliek te dienen.

Even dacht ik dat het een boer was die woedend was omdat we zijn water gebruikten. In Grana grepen ze elk excuus aan om ruzie te maken met mensen van buiten. De lokale bevolking was makkelijk te herkennen: ze hadden allemaal dezelfde motoriek en dezelfde krachtige gelaatstrekken, met tussen voorhoofd en jukbeenderen twee opvallend blauwe ogen. Deze man was kleiner dan mijn vader maar had buitenproportioneel gespierde armen en enorme handen. Daarmee greep hij hem bij zijn overhemd, vlak onder het boordje. Het leek wel of hij hem wilde optillen.

Mijn vader spreidde zijn armen. Ik zag hem op de rug en stelde me voor dat hij zei: hoho, kalm aan. De man mompelde iets, waarbij hij zijn gehavende tanden ontblootte. Ook zijn gezicht was gehavend, waardoor weet ik niet, want ik was nog te jong om drankhoofden te herkennen. Hij trok net zo'n grimas als Luigi Guglielmina altijd deed, en op dat moment zag ik hoeveel ze op elkaar leken. Mijn vader begon rustig te gebaren. Ik begreep dat hij iets uitlegde, en omdat ik hem kende wist ik dat zijn argumenten onweerlegbaar waren. De man sloeg zijn ogen neer, net als ik altijd deed. Het leek of hij van gedachten was veranderd, maar hij hield hem nog steeds vast bij zijn boordje. Mijn vader draaide zijn handpalmen omhoog als om te zeggen: oké, zijn we het eens? En wat nu? Het had iets belachelijks hem in die situatie te zien, op blote voeten. Op zijn kuiten, vlak onder de knieholtes, op het stuk dat zijn knickerbocker en zijn kousen onbedekt hadden gelaten, tekende zich een smalle strook vuurrood vel af dat scherp contrasteerde met zijn witte enkels. Het toonbeeld van een goed opgeleide, zelfverzekerde stedeling die gewend was anderen te zeggen wat ze moesten doen en die net zijn kuiten had verbrand op de gletsjer en nu een zinnig gesprek met een dronken bergbewoner probeerde te voeren.

De man besloot dat hij er genoeg van had. Van het ene op het andere moment liet hij zonder waarschuwing zijn rechterhand zakken, balde die tot een vuist en verkocht mijn vader een klap ter hoogte van zijn slaap. Het was de eerste keer in mijn leven dat ik een echte vuistslag zag. Het geluid van knokkels op een jukbeen drong door tot in de badkamer, droog als een stokslag. Mijn vader deed een paar passen achteruit, wankelde, doch slaagde erin overeind te blijven. Maar meteen daarna vielen zijn armen slap langs zijn lijf omlaag en kromden zijn schouders zich een beetje. Het was de rug van een diepbedroefd man. De ander voegde hem nog iets toe voordat hij vertrok, een dreigement of een belofte, en het verbaasde me niet dat ik hem ten slotte in de richting van het huis van de Guglielmina's zag lopen. Tijdens die korte aanvaring had ik begrepen wie hij was.

Hij was teruggekeerd om op te eisen wat van hem was. Hij wist niet dat hij tegen de verkeerde tekeer was gegaan. Maar in wezen veranderde dat niets: de vuistslag die mijn vader tegen zijn slaap had gekregen was als een klap in het gezicht van mijn moeder. Zo drong de werkelijkheid haar idealisme binnen, en misschien ook haar arrogantie. De dag daarop waren Bruno en zijn vader verdwenen; de mijne had een dik, blauw oog. Maar ik geloof niet dat dat hem het meest pijn deed toen hij 's avonds in de auto stapte en naar Milaan vertrok.

De week die volgde was onze laatste in Grana. Bruno's tante kwam met mijn moeder praten, terneergeslagen, op haar hoede, bezorgd, wellicht vooral dat ze trouwe huurders zoals wij zou kwijtraken. Mijn moeder stelde haar gerust. Ze was al bezig te bedenken hoe ze de schade kon beperken, de moeizaam opgebouwde betrekkingen kon redden.

Voor mij was het een week waar geen einde aan kwam. Het regende vaak: een laaghangend wolkendek onttrok de bergen aan het zicht; soms werd het dunner en onthulde de eerste sneeuw op ongeveer drieduizend meter. Ik was graag zonder iemand iets te zeggen een van de mij vertrouwde paden ingeslagen, de hoogte in. Maar ik bleef in het dorp, overdacht wat ik had gezien en voelde me schuldig over wat ik had gevoeld – en die zondag sloten we het huis af en vertrokken ook wij.

Vier

Die stomp kreeg ik niet meer uit mijn hoofd totdat ik twee jaar later de moed had er zelf een uit te delen. Het was eerlijk gezegd de eerste in een hele reeks, en de hardste klappen zou ik op later datum in het laagland uitdelen, maar nu lijkt het me passend mijn rebelse jaren te laten beginnen in de bergen, net als al het andere dat ooit iets voor me heeft betekend. Op zich stelde het niets voor: ik was zestien en op een dag besloot mijn vader me mee uit kamperen te nemen. Hij had een oude, loodzware tent aangeschaft bij een vaag stalletje met legerspullen. Hij wilde hem opzetten bij een meertje, wat forellen vangen zonder zich door houtvesters te laten betrappen, bij het invallen van de duisternis een vuur stoken en de vis erop roosteren, en daarna misschien wel tot diep in de nacht drinken en zingen bij de smeulende houtskool.

Hij had nooit ook maar enige belangstelling getoond voor kamperen en daarom vermoedde ik dat er ook nog iets op het programma stond voor mij. De afgelopen tijd had ik me teruggetrokken in een hoekje van waaruit ik met onbarmhartige blik ons gezinsleven observeerde. De onuitroeibare gewoontes van mijn ouders, de onschadelijke woede-uitbarstingen van mijn vader en de handigheidjes waarmee mijn moeder die indamde, de pesterijtjes en de foefjes waartoe ze zonder het nog te weten hun toevlucht namen. Hij emotioneel, autoritair, onverdraagzaam, zij sterk, rustig en behoudend. De geruststelling die uitgaat van altijd dezelfde rol spelen, in de wetenschap dat de ander de zijne zal spelen: ze hadden geen discussies, maar voerden een toneelstukje op waarvan ik het slot elke keer zag aankomen, en ook ik zat uiteindelijk gevangen in dat stramien. Ik had wel de drang gevoeld om de situatie te ontvluchten, maar het was me nooit gelukt ze dat te zeggen: nooit kwam er ook maar een woord over mijn lippen, nooit liet ik ook maar een zweem van protest horen tegen wat dan ook, en ik geloof dat het dáárom was, om me te laten praten, dat nu die verdomde tent ten tonele was verschenen.

Na het eten spreidde mijn vader de spullen op de keukenvloer uit en deelde ze op om de last onder ons te verdelen. De tentstokken en de haringen alleen al wogen waarschijnlijk tien kilo. Verder slaapzakken, windjacks, truien, eten: de rugzakken zaten meteen vol. Op zijn knieën maakte mijn vader alle riemen een stukje losser en begon te duwen, samen te persen en te trekken, in gevecht met massa's en volumes, en ik voelde al hoe ik straks in de drukkende middaghitte onder die last zou lopen te zweten. Maar het was niet eens het gewicht dat me onverdraaglijk leek. Nee, het was het plaatje dat hij, of liever zij beiden, zich hadden voorgesteld: het kampvuur, het meertje, de forellen, de sterrenhemel, dat hele nader-tot-elkaar-komen.

'Toe, pap,' zei ik, 'laat nou maar.'

'Wacht, wacht,' zei hij terwijl hij geconcentreerd nog iets in een rugzak probeerde te proppen.

'Nee, ik meen het, het heeft geen zin.'

Mijn vader stopte en keek op. Door al dat geworstel had hij een woeste uitdrukking op zijn gezicht, en door de manier waarop hij me opnam voelde ook ik me een tegenstribbelende rugzak, een riem die hem niet wilde gehoorzamen.

Ik haalde mijn schouders op.

Als ik mijn mond hield, betekende dat voor mijn vader dat *híj* kon praten. Zijn voorhoofd ontspande en hij zei: 'Laten we er dan wat spullen uit halen. Help me even, oké?'

'Nee,' zei ik. 'Het is juist niet oké.'

'Wat is er niet oké? De tent?'

'De tent, het meer, alles.'

'Hoezo, alles?'

'Ik heb er geen zin in. Ik ga niet mee.'

Ik had hem geen grotere slag kunnen toebrengen. Weigeren met hem mee de bergen in te gaan: het was onvermijdelijk dat het ooit zou gebeuren, hij had het moeten zien aankomen. Soms denk ik dat hij, omdat hij zelf geen vader had gehad, nooit zo in de aanval was gegaan en dat hij er daarom ook niet op was voorbereid. Hij was diep gekwetst. Had hij nog maar wat doorgevraagd, want het zou een goede gelegenheid zijn geweest om te horen wat ik te zeggen had. Maar blijkbaar was hij daar niet toe in staat, of leek het hem niet nodig, of voelde hij zich op dat moment te verbolgen om daaraan te denken. Hij liet rugzakken, tent en slaapzakken liggen waar ze lagen en ging alleen op pad. Voor mij was het een bevrijding.

Bruno was het precies tegenovergesteld vergaan: die werkte nu samen met zijn vader in de bouw. Ik zag hem bijna nooit. Ze werkten in het hooggebergte, waar ze berg- en almhutten bouwden, en bleven daar door de week ook slapen. We kwamen elkaar vrijdags of zaterdags weleens tegen, niet in Grana maar in een of ander café beneden in het dal. Nu ik verlost was van het verplichte alpinisme had ik alle tijd aan mezelf, en terwijl mijn vader toppen beklom, daalde ik af, op zoek naar iemand van mijn eigen leeftijd. Twee of drie tochtjes volstonden om te worden opgenomen in een groepje vakantievierders: ik sleet mijn middagen op een bankje van een tennisbaan of aan een tafeltje van een café in de hoop dat het niemand opviel dat ik geen cent te verteren had. Ik luisterde naar het geklets, keek naar de meisjes en wierp af en toe een blik omhoog naar de bergen. Ik herkende de weiden en de piepkleine witte vlekjes van de gepleisterde almhutten. Het oplichtende groen van de lariksen dat overging in het donkere groen van de sparren, en de adret en de envers. Ik wist dat ik weinig gemeen had met die vakantie vierende jongeren, maar ik wilde me verzetten tegen mijn neiging om me af te zonderen, wilde proberen gezelschap op te zoeken en te zien wat er dan gebeurde.

’s Avonds rond zevenen stroomde het café vol met bouwvakkers en boeren. Ze stapten uit busjes en terreinwagens, besmeurd met modder, kalk of zaagsel, met de zwaaiende tred die ze zich van kindsbeen af hadden eigen gemaakt, als moesten ze bij elke stap naast hun lichaam ook een groot gewicht meetorsen. Ze gingen aan de toog staan klagen en vloeken, maakten grapjes met de serveersters en gaven rondjes. Bruno was er ook bij. Zo te zien had hij flink wat spieren gekweekt, die hij met genoegen showde door zijn hemdsmouwen op te stropen. Hij had een hele verzameling petten, en uit de zak van zijn spijkerbroek piepte een portefeuille. Dat trof me nog het meest: geld verdienen was voor mij nog toekomstmuziek. Hij gaf het uit zonder het te tellen, betaalde zijn rondje met een paar verfrommelde bankbiljetten, in navolging van de anderen.

Maar op een gegeven moment keek hij met diezelfde nonchalante houding vanaf de toog mijn kant uit. Hij wist al dat zijn blik de mijne zou kruisen. Hij knikte, en ten antwoord stak ik even mijn hand op. We keken elkaar kort aan. Dat was het. Niemand had iets in de gaten en het gebeurde de rest van de avond niet nog eens, en ik wist niet precies hoe ik die groet moest interpreteren. Misschien betekende die: ik herinner me je, ik mis je. Of: het is nog maar twee jaar geleden, maar het lijkt wel een mensenleven, vind je niet? Of misschien: hé, Berio, wat spook jij in godsnaam uit tussen die types? Ik wist niet wat Bruno vond van de aanvaring tussen onze vaders. Of hij betreurde hoe het gelopen was, of dat die geschiedenis hem, vanuit zijn huidige gezichtspunt, net zo ver weg en onwerkelijk voorkwam als mij. Hij zag er bepaald niet ongelukkig uit. Ik mogelijkerwijs wel.

Zijn vader stond ook in die rij, tussen de mannen met het onaangenaamste stemgeluid en een altijd leeg glas. Hij praatte met Bruno alsof die een van zijn maten was. Ik mocht die man niet, maar wat dat betreft benijdde ik ze: je kon niets aan ze zien, er klonk geen norsheid of zorgzaamheid in hun stem door, geen enkel gebaar verried ergernis, vertrouwelijkheid of gêne, en als je het niet wist zou je niet zeggen dat ze vader en zoon waren.

Niet alle jongens uit het dal verdeden hun zomer in het café. Een paar dagen daarna nam iemand me mee naar een gebied aan de overkant van de rivier, een dennenbos waarin een aantal enorme rotsblokken verscholen lag, als vreemde, in het landschap verdwaalde meteorieten. De gletsjer had ze daar vermoedelijk in het begin der tijden naartoe opgestuwd. Daarna waren ze gaandeweg bedolven geraakt onder aarde, bladeren en mos en waren er dennen op en omheen gegroeid; maar sommige waren weer blootgelegd, met staalborstels schoongeboend, en hadden zelfs een naam gekregen. Om het hardst probeerden de jongens manieren te vinden om ze te beklimmen. Zonder touwen of knopen zochten ze op een meter van de grond steeds weer opnieuw hun weg, of vielen terug op de zachte bosgrond. Het was een genot om naar de twee, drie sterksten te kijken: ze hadden die sport vanuit de stad meegenomen naar de bergen en waren soepel als turners, hun geschaafde handen wit van het magnesium. Ze leerden het anderen graag, en dus vroeg ik of ik het ook mocht proberen. Ik voelde meteen dat ik gemaakt was om te klimmen. Natuurlijk had ik samen met Bruno zonder er iets vanaf te weten al allerlei soorten rotsen beklommen, terwijl mijn vader me altijd had gewaarschuwd me niet op plekken te wagen waar ik mijn handen moest gebruiken. Misschien dat ik ook dáárom besloot er goed in te worden.

Tegen zonsondergang breidde de groep zich uit met jongens en meisjes die kwamen feesten. Sommigen maakten een vuur, anderen namen te roken en te drinken mee. We gingen in een kring zitten, en terwijl de wijnfles rondging luisterde ik naar gesprekken die volkomen nieuw voor me waren en die me net zo fascineerden als de meisjes aan de andere kant van het kampvuur. Ik kwam te weten dat hippies in Californië het vrijklimmen hadden uitgevonden door hele zomers lang aan de voet van de rotswanden van het Yosemite Park te bivakkeren en die half ontkleed te beklimmen, dat Fransen trainden op de rotskusten in de Provence, dat ze lang haar hadden en gewend waren lichtvoetig en snel omhoog te klimmen en dat ze, als ze de zee verruilden voor de pieken van de Mont Blanc, oude alpinisten als mijn vader het nakijken gaven. Klimmen stond voor het plezier om samen te zijn, vrij te zijn en te experimenteren, en daarom deed een twee meter hoog rotsblok op een rivieroever niet onder voor een achtduizender; het had niets uit te staan met de cultus van het afzien of met het bedwingen van toppen. Ik luisterde, en ondertussen viel in het bos de duisternis in. De verwrongen stammen van de dennen, de sterke harsgeur en de rotsblokken die wit oplichtten in het schijnsel van de vlammen, maakten het tot de gezelligste plek van de hele Monte Rosa. Later op de avond waagde iemand nog een klimpoging, sigaret tussen de lippen, wankel van de alcohol; een ander kneep ertussenuit met het meisje dat naast hem zat.

In het bos gaf ik me geen rekenschap van de verschillen tussen ons, wellicht omdat die daar minder duidelijk uitkwamen dan elders. Het waren allemaal rijkeluiskinderen uit Milaan, Genua en Turijn. De minst rijken woonden in de in een vloek en een zucht opgetrokken vakantiechalets hogerop in het dal, aan de voet van de skipistes; de rijksten in oude, statige berghuizen en in afgelegen gehuchten waar elke steen en elke plank voor het afbreken was genummerd en vervolgens hergebruikt naar het ontwerp van een architect. In eentje was ik een keer binnen geweest toen ik met een vriend mee naar huis ging om drank te halen voor 's avonds. Vanbuiten leek het net een oude, uit boomstammen opgetrokken hooischuur, vanbinnen zag het eruit als het huis van een antiquair of een verzamelaar, één grote uitstalling van kunstboeken, schilderijen, meubels en beeldhouwwerken. En flessen, dat ook: mijn vriend trok een kast open en we vulden ieder een rugzak.

'Wordt je vader niet razend als we zijn wijn pikken?' vroeg ik.

'Mijn vader!' zei hij, alsof hij alleen het woord al belachelijk vond. We verlieten de geplunderde voorraadkelder en holden het bos in.

Intussen was die van mij de verongelijktheid zelve. Hij ging nu weer in zijn eentje de bergen in, stond bij zonsopgang op en vertrok nog voordat wij wakker waren, en als hij weg was keek ik soms stiekem op de kaart om zijn nieuwe veroveringen te bekijken. Hij was begonnen een gedeelte van het dal te exploreren dat we altijd hadden gemeden omdat je van beneden af al kon zien dat er daar boven helemaal niets was: geen dorpen, geen water, geen hutten en geen mooie toppen; uitsluitend kale flanken die tweeduizend meter steil omhoogliepen, en eindeloze puinhellingen. Ik denk dat hij erheen ging om zijn teleurstelling te laten betijen, of om een landschap te vinden dat aansloot bij zijn humeur. Hij had me niet meer gevraagd of ik meeging. Wat hem betreft was het nu mijn beurt om over de brug te komen: omdat ik de moed had gehad om 'nee' te zeggen, was het nu ook aan mij om 'sorry' te zeggen en 'alsjeblieft'.

Het gletsjermoment brak aan, onze twee gloriedagen rond Maria-Hemelvaart, en ik zag hem zijn stijgijzers klaarleggen, zijn als een wapen zo vervaarlijke pickel, zijn gebutste veldfles. Hij leek wel de laatst overlevende uit de tijd dat de aanval op de bergen werd geopend, een van die strijdvaardige klimmers uit de jaren dertig die in hun lukrake pogingen om de noordwanden van de Alpen te bedwingen massaal het leven lieten.

'Je moet erover praten,' zei mijn moeder die ochtend. 'Je ziet dat hij erover in zit.'

'Maar moet hij dan niet eerder iets tegen míj zeggen?'

'Jij kan het, hij niet.'

'Ik kan wat?'

'Toe, dat weet je best. Hij wacht alleen maar tot je naar hem toe komt en vraagt of je mee mag.'

Dat wist ik, ja, maar ik deed het niet. Ik ging naar mijn kamer en vanuit mijn raam zag ik mijn vader kort daarop vertrekken, met zware tred en een rugzak bomvol ijzerwaar. Je gaat niet in je eentje de gletsjer op, en ik wist dat hem die avond een vernederende zoektocht wachtte. In elke berghut liep er altijd wel zo iemand rond: hij ging van tafel naar tafel, luisterde een tijdje naar de verhalen, mengde zich in het gesprek en stelde ten slotte voor om zich de volgende dag aan te sluiten, ofschoon hij best wist dat niemand erop zat te wachten om een vreemde aan zijn touwgroep toe te voegen. Op dat moment leek me dat de volmaakte afstraffing voor hem.

En ook ik kreeg er een, die zomer. Na heel veel trainen op de rotsblokken ging ik met twee jongens op pad voor mijn eerste echte vrije klim. De ene was die jongen van de wijn, de zoon van de verzamelaar, een jongen uit Genua die tot de sterksten van het groepje behoorde, en de ander was een vriend van hem die pas een paar maanden daarvoor was begonnen, zonder al te veel enthousiasme, wellicht alleen om hem na te doen. De wand lag dermate dicht bij de weg dat we alleen maar een weiland hoefden over te steken om bij het beginpunt te komen, en hij ging zo loodrecht omhoog dat het vee hem gebruikte om beschutting te zoeken tegen de regen en de zon. Tussen de koeien trokken we onze klimschoenen aan, daarna gaf de Genuees me een klimgordel en een schroefkarabiner, bond ons tweeën in aan de uiteinden van het touw en zichzelf in het midden, zei zonder verdere omhaal tegen de ander dat hij hem moest zekeren en vertrok.

Hij klom licht, soepel, wekte de indruk dat hij gewichtloos was en dat zijn bewegingen hem geen enkele inspanning kostten. Hij hoefde niet te zoeken naar plekken om grip te krijgen, maar was steeds zeker van zijn zaak: om de zoveel tijd klikte hij een klimsetje van zijn klimgordel, haakte dat aan een van de rotshaken die de weg wezen, haalde het touw door de karabiner; daarna stak hij zijn hand in zijn pofzakje, blies tegen zijn vingers en klom weer moeiteloos verder. Het zag er ontzettend sierlijk uit. Sierlijkheid, gratie, lichtheid, dat waren allemaal deugden die ik graag van hem zou leren.

Zijn vriend bezat daar geen enkele van. Terwijl we omhoogklommen kon ik dat goed zien, want telkens als de Genuees op een relais aankwam, riep hij dat we samen omhoog moesten klimmen en een paar meter afstand moesten bewaren. En zo zat ik, touwlengte na touwlengte, met dat klimmaatje boven mijn hoofd. Vaak moest ik inhouden omdat ik vlak onder zijn schoenen zat, dus dan keek ik over mijn schouder naar de wereld onder me: de geel geworden velden van eind augustus, de rivier die glinsterde in de zon, de kleine autootjes op de provinciale weg. De leegte boezemde me geen angst in. Ver van de aarde, in de lucht, voelde ik me goed, en mijn lichaam had geen enkele moeite met de klimbewegingen, die weliswaar concentratie vereisten, maar geen spieren of longen.

Mijn klimmaatje daarentegen gebruikte zijn armen te veel en zijn voeten te weinig. Hij zat tegen de rots geplakt en zag zich dus gedwongen op de tast naar grepen te zoeken, en vond hij een klimsetje, dan klampte hij zich daar zonder de minste scrupules aan vast.

'Dat hoort niet,' maakte ik de fout te zeggen. Ik had hem zijn gang moeten laten gaan.

Hij keek me geërgerd aan en zei: 'Wat moet je? Wil je me soms voorbij, dat je altijd zo vlak onder me zit?'

Vanaf dat moment was ik zijn tegenstander. Als we op een relais waren zei hij tegen de ander: 'Pietro heeft haast, hij denkt dat we een wedstrijdje doen.' Ik zei niet: 'Je vriend is een valsspeler die zich vasthoudt aan de rotshaken', want ik snapte dat het twee tegen een zou worden. Vanaf dat moment hield ik afstand, maar hij bleef er duidelijk de pest in houden. Hij maakte af en toe een toespeling en mijn competitieve instelling werd dé mop van de dag: ik zat ze op de hielen, zat vlak onder ze en ze moesten me van zich afschoppen om me beneden te houden, om me af te schudden. De zoon van de verzamelaar lachte. Toen ik op het laatste relais aankwam, zei hij tegen me: 'Je gaat echt hard. Wil je het als voorklimmer proberen?'

'Prima,' zei ik. Eigenlijk wilde ik alleen maar dat het snel voorbij zou zijn en dat ze me met rust lieten. Ik was al gezekerd en had alle klimsetjes, we hoefden niet eens de gebruikelijke handelingen te verrichten om te wisselen, dus ik keek naar boven, zag een rotshaak in een spleet en vertrok.

De weg vinden met een touw boven je is makkelijk, maar als je het onder je hebt, is het andere koek. De rotshaak waar ik mijn eerste karabiner aan vastklikte was een oud exemplaar, niet een van die stalen plaquettes die je overal op de wand zag blikkeren. Ik besloot er geen acht op te slaan en volgde de rotsspleet, want ik ging net lekker. Met dien verstande dat de spleet naarmate ik hoger kwam allengs smaller werd en even later als het ware onder mijn handen oploste. Nu had ik een vochtige, zwarte overhang boven me, en ik had geen idee hoe ik daar voorbij moest komen.

'Waar moet ik heen?' riep ik.

'Ik zie het niet van hieraf,' schreeuwde de Genuees. 'Zijn er rotshaken?'

Nee, die waren er niet. Ik verstevigde mijn grip op het laatste stuk van de spleet en hing eerst naar de ene en daarna naar de andere kant over om te kijken of ik ergens haken zag. En toen ontdekte ik dat ik een verkeerde route had gekozen: de rij plaquettes liep enkele meters rechts van me schuin omhoog, om de overhang heen, naar de top.

'Ik zit verkeerd!' riep ik.

'O? Echt?' riep hij terug. 'En hoe is het daar? Kun je traverseren?'

'Nee. Het is allemaal glad hier.'

'Nou, dan moet je terug.' Ik zag het niet, maar ik voelde dat ze daaronder de grootste lol hadden.

Ik was nog nooit naar beneden geklommen. Toen ik van bovenaf in de spleet keek waarlangs ik omhoog was gekomen, leek het me onmogelijk. Ik klemde me nog steviger vast en op datzelfde moment realiseerde ik me dat die geroeste ijzeren haak wel vier of vijf meter onder me zat. Een van mijn benen begon te trillen: een oncontroleerbaar getril dat begon bij mijn knie en doorliep tot aan mijn hiel. Mijn hak gehoorzaamde niet meer. Ook mijn handen zweetten en ik had het gevoel dat de rots onder me weggleed.

'Ik val,' riep ik. 'Hou vast!'

Daarna duikelde ik naar beneden. Een vlucht van een tiental meters is niet echt iets heel ernstigs, maar je moet wel weten te vallen: je moet jezelf afduwen van de wand en aan het einde van elke zwaai de klap opvangen met je benen. Maar dat had niemand me ooit geleerd, dus ik viel recht naar beneden en haalde mezelf open aan de rotswand in een poging me vast te grijpen. Opeens voelde ik een schok en een steek in mijn kruis. Maar die pijn nam ik graag voor lief, want die betekende dat iemand het touw had geblokkeerd. Nu lachten ze niet meer.

Korte tijd later bereikten we de top van de wand, waar we eigenaardig genoeg weer werden omgeven door weilanden. Met een afrastering op een meter afstand van het ravijn, grazende koeien, een half vervallen almdorp en een blaffende hond. We lieten ons op de grond zakken. Ik was geschrokken, alles deed me zeer en ik zat onder het bloed.

Volgens mij voelden de twee vrienden zich schuldig, want een van hen vroeg: 'Weet je zeker dat het gaat?'

'Ja, hoor.'

'Wil je een sigaret?'

'Graag.'

Ik besloot dat dat het laatste was wat we zouden delen. Ik rookte, languit liggend in het gras, en keek naar de lucht. Ze zeiden nog iets tegen me, maar ik luisterde al niet meer.

Zoals elke zomer sloeg het weer tegen het einde van de maand om. Het regende en het was koud, en het waren de bergen zelf die maakten dat je zin kreeg naar het dal af te dalen en van de milde septemberzoelte te genieten. Mijn vader was al terug naar huis. Mijn moeder stak al af en toe de kachel aan: tijdens de schaarse opklaringen ging ik in het bos hout sprokkelen, trok de droge takken van de lariksen, die knappend afbraken. Ik vond het fijn in Grana, maar dit keer popelde ook ik om terug te gaan naar de stad. Ik voelde dat er een heleboel dingen waren die ik wilde ontdekken, mensen naar wie ik op zoek wilde, en dat de nabije toekomst grootse veranderingen voor me in petto had; ik beleefde die laatste dagen in de wetenschap dat het in vele opzichten de laatste waren, nu al een herinnering aan de bergen zoals die ooit waren. Ik was blij met hoe ze verliepen: mijn moeder en ik weer met zijn tweetjes, het vuur dat knetterde in de keuken, de vroege ochtendkou, de lange uren dat ik las en door het bos zwierf. In Grana waren geen rotsblokken die ik kon beklimmen, maar ik kwam erachter dat ik prima kon trainen op de stenen muren van de huizen. Ik klom via de hoeken systematisch omhoog en omlaag, vermeed al te gemakkelijke grepen en probeerde alleen met mijn vingertoppen in de smalste kepen houvast te vinden. Daarna traverseerde ik van de ene hoek naar de andere en weer terug. Ik moet op die manier alle vervallen huizen van het dorp beklommen hebben.

Toen we op een zondag dat het helder weer was zaten te ontbijten, werd er geklopt. Het was Bruno. Hij stond op de veranda en glimlachte.

'Hé, Berio,' zei hij. 'Ga je mee de bergen in?'

Hij vertelde me zonder omhaal van woorden dat zijn oom dat voorjaar het plan had opgevat geiten te nemen. Hij liet ze los grazen op de berghelling tegenover de alm, zodat hij 's avonds niets anders hoefde te doen dan door zijn verrekijker te controleren of ze er allemaal nog waren en of ze niet wegliepen van de plek waar hij ze zien kon. Nu had het de afgelopen nachten daarboven gesneeuwd en zag zijn oom ze niet meer. Waarschijnlijk waren ze ergens gaan schuilen, of misschien waren ze wel achter een kudde voorbijtrekkende steenbokken aan gelopen. Bruno sprak erover als was het de zoveelste onzinnige onderneming van zijn oom.

Hij had nu een motor, een stuk oud roest zonder nummerplaat waarmee we helemaal tot aan de alm reden, waarbij we onderweg laaghangende larikstakken ontweken en door modderpoelen crosten, waardoor we helemaal onder de smurrie kwamen te zitten. Ik vond het fijn me aan zijn rug vast te houden, en merkte ook geen enkele gêne van zijn kant. Daarna vervolgden we onze weg te voet, over een pad dat recht naar de helling tegenover zijn ooms weidegronden liep: in het tussen de stenen uit piekende gras lagen overal geitenkeutels. We klommen verder omhoog, langs een oever vol rododendrons en langs rotsblokken waar een bijna droge berkbeek overheen stroomde. En daarna begon de sneeuw.

Tot op dat moment kende ik slechts één seizoen in de bergen. Een korte zomer die begin juli op de lente leek en eind augustus op de herfst. Maar van de winter had ik totaal geen weet. Toen we nog klein waren, hadden Bruno en ik het daar vaak over als voor mij het moment naderde om terug naar de stad te gaan en ik weemoedig werd en me voorstelde daar het hele jaar samen met hem te wonen.

'Maar je weet helemaal niet hoe het hier is in de winter,' zei hij dan. 'Dan is er alleen maar sneeuw.'

'Dat zou ik zo graag eens zien,' antwoordde ik dan.

En nu was het zover. Dit was niet de bevroren sneeuw in de couloirs op drieduizend meter hoogte: dit was verse, zachte sneeuw die in je schoenen kroop en waar je natte voeten van kreeg, en het was eigenaardig dat je, als je die optilde, platgetrapte zomerbloemen in je voetafdruk zag zitten. De sneeuw kwam amper tot je enkels, maar dat volstond om elk spoor van het pad uit te wissen. Hij bedekte heesters, gaten en stenen, zodat elke stap een val kon betekenen, en omdat ik niet wist hoe je over sneeuw moest lopen volgde ik Bruno en zette mijn voeten waar hij de zijne had gezet. Net als vroeger begreep ik niet door welk instinct of door welk geheugen hij werd geleid. Ik liep gewoon maar achter hem aan.

We bereikten de graat die zicht bood op de andere berghelling, en zodra de wind draaide bracht die ons het geluid van bellen. De geiten hadden zich iets lager onder de eerste rotsen verschanst. Afdalen was niet moeilijk: ze hadden in groepjes van drie of vier – de moeders met hun jongen – op sneeuwvrije plekken beschutting gezocht. Bruno telde ze en zag dat er geen een ontbrak. Ze waren minder gezeglijk dan koeien, verwilderd door een zomer in de bergen, en toen we via ons spoor terug naar boven liepen moest hij schreeuwen om ze bij elkaar te houden; hij bekogelde de geiten die afdwaalden met sneeuwballen en vervloekte zijn oom en diens geniale ideeën. In die ongeordende, luidruchtige optocht liepen we terug naar de graat en vervolgens door de sneeuw naar beneden.

Het zal tegen twaalf uur zijn geweest dat we opnieuw gras onder onze voeten hadden. Van het ene op het andere moment was het weer zomer. De uitgehongerde geiten verspreidden zich over de weiden. Wij tweeën vervolgden rennend onze weg, niet omdat we haast hadden, maar omdat dat voor ons de enige manier was waarop we ons in de bergen konden verplaatsen en omdat we van afdalen altijd helemaal euforisch werden.

Toen we bij zijn motor kwamen zei Bruno: 'Ik heb gezien hoe je naar boven klom. Je bent goed.'

'Ik ben deze zomer begonnen.'

'Vind je het leuk?'

'Enorm.'

'Net zo leuk als het beekspel?'

Ik begon te lachen. 'Nee,' zei ik. 'Zo leuk niet.'

'Ik heb deze zomer een muur gebouwd.'

'Waar?'

'Boven in de bergen, in een stal. Hij stond op instorten en we hebben hem helemaal opnieuw moeten optrekken. Er was alleen geen weg, dus ik moest op en neer met de motor. We moesten het doen zoals ze het vroeger deden, met schep, emmer en pikhouweel.'

'En vond je het leuk?'

'Ja,' zei hij, na er even over te hebben nagedacht. 'Het werk tenminste wel. Het is moeilijk om zo een muur te bouwen.'

Iets anders had hij niet zo leuk gevonden, maar hij zei me niet wat het was en ik vroeg het hem niet. Ik vroeg hem niet hoe het met zijn vader ging, niet hoeveel geld hij verdiende, niet of hij een vriendin had of plannen voor de toekomst, niet wat hij dacht van hetgeen er tussen ons was voorgevallen. En hij deed het evenmin. Hij vroeg me niet hoe het met mij en mijn familie ging, en ik zei niet: met mijn moeder gaat het goed, mijn vader is nog steeds kwaad op me. Er is deze zomer het een en ander veranderd. Ik dacht dat ik vrienden had gemaakt, maar vergiste me. Ik heb op één avond met twee meisje gezoend.

In plaats daarvan zei ik dat ik te voet terug wilde naar Grana.

'Weet je 't zeker?'

'Ja, morgen ga ik weg, ik heb zin om te lopen.'

'Oké. Dag dan.'

Het was mijn zomereinde-ritueel: een laatste wandeling, alleen, om de bergen gedag te zeggen. Ik zag hoe Bruno op zijn motor ging zitten en die na een paar pogingen met een plof startte, waarbij er een dot zwarte rook uit de uitlaat kwam. Een zekere zwier kon hem als motorrijder niet worden ontzegd. Hij hief zijn hand op om me te groeten en gaf gas. Ik zwaaide terug, ook al keek hij al niet meer naar me.

Toen kon ik dat niet weten, maar het zou heel lang duren voordat we elkaar terugzagen. Het jaar erop zou ik zeventien worden en slechts voor een paar dagen naar Grana komen, en daarna zou ik helemaal ophouden erheen te gaan. De toekomst verwijderde me van de bergen uit mijn kindertijd: het was treurig en mooi en onvermijdelijk, dat realiseerde ik me toen al wél. Toen Bruno en zijn motor het bos in verdwenen keek ik om naar de helling waarlangs we waren afgedaald, en voordat ik op pad ging bleef ik een tijdje naar ons lange spoor in de sneeuw staan kijken.

Deel II

Het huis van verzoening

Vijf

Mijn vader stierf toen hij tweeënzestig was, en ik eenendertig. Pas tijdens de begrafenis besefte ik dat ik net zo oud was als hij toen ik werd geboren. Maar ik leek op mijn eenendertigste niet erg op hem toen hij eenendertig was: ik was niet getrouwd, was niet bij een fabriek gaan werken, had geen kind gekregen, en mijn leven leek half op dat van een man, half op dat van een jongen. Ik woonde alleen in een eenkamerflat en dat was een luxe die ik me ternauwernood kon permitteren. Het was de bedoeling dat ik mijn brood verdiende als documentairemaker, maar om de huur te kunnen betalen nam ik elk soort werk aan. Wel was ook ik vertrokken: van mijn ouders had ik het idee geërfd dat je in je jonge jaren op een bepaald moment de plek waar je geboren en getogen bent vaarwel moet zeggen en ergens anders volwassen moet worden, en dus was ik op mijn drieëntwintigste, meteen na mijn militaire dienst, naar een meisje in Turijn afgereisd. De relatie met het meisje had niet beklijfd, die met de stad wel. Tussen de oude rivieren en de oude cafés onder de arcades had ik me meteen op mijn gemak gevoeld. Ik las in die tijd Hemingway, zwierf rond zonder een cent en probeerde mezelf open te stellen voor ontmoetingen, voor mogelijk werk en voor andere opties, met de bergen als decor voor mijn leven na het afscheid van de wapenen: ook al was ik er nooit naar teruggegaan, als ik de deur uit ging en ze aan de horizon zag liggen, voelde ik me een gezegend mens.

En dus scheidden honderdtwintig kilometer akkers en

rijstvelden me nu van mijn vader. Een eindje van niks, maar je moet wel zin hebben om die afstand af te leggen. Een paar jaar eerder had ik hem een laatste grote teleurstelling bezorgd door met mijn studie te stoppen – ik die in wiskunde altijd het hoogste cijfer had gehaald, hij die me altijd een toekomst had toegedacht die vergelijkbaar was met de zijne. Mijn vader zei dat ik mijn leven vergooide, ik antwoordde dat hij het zijne had vergooid. Een jaar lang praatten we niet met elkaar, het jaar waarin ik op en neer reisde naar de kazerne, en nadat ik was afgezwaaid vertrok ik zo goed als zonder te groeten. Voor hem én voor mij was het beter dat ik mijn eigen weg ging en op een andere plek een leven opbouwde dat anders was dan het zijne; en toen we eenmaal ver van elkaar zaten deed geen van tweeën meer iets om de afstand te overbruggen.

Met mijn moeder was het anders. Omdat ik aan de telefoon weinig spraakzaam was, kwam ze op het idee me brieven te schrijven. Ze ontdekte dat ik die beantwoordde. Ik vond het fijn om 's avonds aan tafel te gaan zitten, pen en papier te pakken en haar te vertellen wat ik allemaal meemaakte. Het was per brief dat ik haar vertelde over mijn besluit om me in te schrijven op een filmacademie. Daar vond ik mijn eerste vrienden in Turijn. Ik was gefascineerd door documentaires, ik had volgens mij aanleg voor observeren en luisteren, en het deed me deugd dat ze antwoordde: *Ja, daar ben je altijd goed in geweest*. Ik wist dat het heel erg lang zou duren voordat ik er mijn beroep van kon maken, maar vanaf het eerste begin moedigde mijn moeder me aan. Jarenlang stuurde ze me geld en stuurde ik haar in ruil alles wat ik draaide, portretten van personen en plekken, stadsimpressies, filmpjes die niemand zag maar waar ik trots op was. Ik hield van de vorm die mijn leven begon te krijgen. Dat zei ik haar ook, als ze me vroeg of ik gelukkig was. Andere vragen vermeed ik te beantwoorden – die over meisjes met wie het nooit langer duurde dan een paar maanden, want zodra het serieus begon te worden was ik weg.

En jij? schreef ik.

Met mij gaat het goed, maar papa werkt te hard en dat is slecht voor hem, antwoordde mijn moeder. Ze vertelde meer over hem dan over zichzelf. Het ging slecht met de fabriek, en in plaats van het er na een loopbaan van dertig jaar bij te laten zitten en zijn pensioen af te wachten, werkte mijn vader twee keer zo hard. Hij was veel onderweg, in zijn eentje in de auto, en reed dan honderden kilometers van de ene vestiging naar de andere, kwam uitgeput thuis en verdween meteen na het eten zijn bed in. Hij sliep nooit lang: 's nachts stond hij op en ging weer aan het werk, want zijn gepieker belette hem te slapen, maar volgens mijn moeder piekerde hij niet alleen over de fabriek. *Hij heeft zich altijd zorgen gemaakt, maar nu neemt het ziekelijke vormen aan.* Hij maakte zich zorgen over zijn werk, over de naderende ouderdom, over mijn moeder zodra ze maar verkouden werd, en ook over mij. Hij schrok wakker met de gedachte dat het slecht met me ging. Dan vroeg hij haar me te bellen, ook al zou ik daardoor mijn bed uit moeten komen; zij wist hem ervan te overtuigen dat ze een paar uur moesten wachten en probeerde hem te kalmeren, te laten slapen, hem af te remmen. Niet dat zijn eigen lichaam niet al signalen had afgegeven, maar het was nu eenmaal de enige manier waarop hij kon leven, voortdurend opgejaagd: hem opleggen het rustig aan te doen was als hem in de bergen dwingen langzamer te lopen, van de frisse lucht te genieten en niet met iedereen wedstrijdjes aan te gaan.

Hij was deels de man die ik kende en deels een ander, die ik ontdekte in mijn moeders brieven. Naar die ander was ik nieuwsgierig. Ik herinnerde me dat ik soms een zekere breekbaarheid bij hem had bespeurd, bepaalde momenten van ontreddering die hij dan schielijk verborg. Als ik me op een rots vooroverboog en hij me instinctief bij mijn broekriem greep. Als ik me ziek voelde op de gletsjer en hij bezorgder was dan ik. Ik dacht bij mezelf dat die andere vader er misschien altijd was geweest, maar dat ik die nooit had opgemerkt omdat die ene zo overheersend was, en langzamerhand kreeg ik het idee dat ik het in de toekomst wellicht weer eens met hem zou moeten, of kunnen, proberen.

Maar toen verdween die toekomst opeens, samen met de mogelijkheden die ze in zich sloot. Op een avond in maart 2004 belde mijn moeder me om te vertellen dat mijn vader op de snelweg een hartaanval had gekregen. Ze hadden hem gevonden op een parkeerhaven. Hij had geen ongelukken veroorzaakt, sterker nog, het was hem gelukt alles te doen zoals het hoorde: hij had zijn alarmlichten aangezet en had geremd en geparkeerd alsof hij een lekke band of een lege tank had. Maar het was zijn hart dat het had begeven. Te veel kilometers plankgas, te weinig onderhoud: waarschijnlijk had mijn vader een enorme pijnscheut in zijn borst gevoeld en op tijd begrepen wat er mis was. Op de parkeerhaven had hij de motor uitgezet. Hij had niet eens zijn gordel losgeklikt. Hij was blijven zitten en zo hadden ze hem gevonden, als een coureur die uit de race is gestapt, het meest potsierlijke einde denkbaar voor iemand als hij, met zijn handen op het stuur terwijl iedereen hem voorbijreed.

Dat voorjaar ging ik een paar weken naar mijn moeder in Milaan. Er waren zaken waar we ons om moesten bekommeren, maar daarnaast voelde ik de behoefte een tijdje bij haar te zijn. Na de hectische dagen van de begrafenis, in de rust van de periode die erop volgde, ontdekten we tot mijn verbazing dat mijn vader over de dood had nagedacht, en niet zo'n beetje ook. Er lag een lijst met instructies in zijn la waarop hij zijn bankgegevens had genoteerd, en alles wat mijn moeder en ik nodig hadden om de beschikking te krijgen over zijn bezittingen. Omdat wij de enige twee erfgenamen waren, had hij geen echt testament hoeven maken, en op hetzelfde vel had hij geschreven dat hij háár zijn helft van het huis in Milaan naliet, terwijl het 'perceel in Grana' – *ik wil graag dat Pietro dat krijgt* – voor mij was. Geen epitafen en geen afscheidsgroet, het was allemaal kil, zakelijk en notarieel.

Mijn moeder wist bijna niets over die erfenis. Je bent geneigd te geloven dat je ouders alles delen wat er in ze opkomt, vooral als ze ouder worden, maar ik kwam er in die dagen achter dat zij tweeën na mijn vertrek in vele opzichten gescheiden levens hadden geleid. Hij werkte en was altijd op reis. Zij was met pensioen, was vrijwillig verpleegster in een polikliniek voor buitenlanders, hielp bij zwangerschapscursussen en bracht meer tijd door met haar vriendinnen dan met mijn vader. Ze wist alleen dat hij een jaar eerder voor weinig geld een stukje grond in de bergen had gekocht. Hij had haar geen toestemming gevraagd om dat bedrag uit te geven en had haar ook niet gevraagd om de plek met hem te gaan bekijken – het was inmiddels al lang geleden dat ze samen gingen wandelen – en zij had geen bezwaar gemaakt, omdat ze het als een privézaak beschouwde.

Tussen mijn vaders papieren vond ik de koopakte en een kadastrale kaart die me niet veel verder hielpen. Er stond een bouwsel van vier bij zeven meter op, met de vermelding 'landbouwbestemming', midden op een grillig gevormd terrein. De kaart was te gedetailleerd om te snappen waar het precies was, en week te zeer af van de kaarten die ik kende: er stonden geen hoogteaanduidingen en paden op maar alleen percelen, en toen ik ernaar keek wist ik ook niet of er bossen omheen lagen of velden, of iets anders.

Mijn moeder zei: 'Bruno zal wel weten waar het is.'

'Bruno?'

'Ze trokken er altijd samen op uit.'

'Ik wist niet eens dat jullie hem ooit nog hadden gezien.'

'Natuurlijk hebben we hem gezien. Het is een beetje moeilijk om elkaar in Grana níet tegen te komen, toch?'

'En wat doet hij?' vroeg ik, al wilde ik eigenlijk vragen: en hoe is het met hem? Herinnert hij zich mij? Heeft hij in al die jaren net zoveel aan mij gedacht als ik aan hem? Maar inmiddels had ik geleerd vragen te stellen zoals volwassenen dat doen, waarin je het ene vraagt om het andere aan de weet te komen.

'Bouwvakker,' antwoordde mijn moeder.

'Is hij er nooit weggegaan?'

'Bruno? Waar zou die heen moeten? In Grana is niet veel veranderd, dat zul je wel zien.'

Ik wist niet of ik daarop kon vertrouwen, want in de tussentijd was ikzelf veranderd. Tegen een plek waar je als jongen van hield kun je als volwassene heel anders aan kijken: je kunt erdoor teleurgesteld raken, of herinnerd worden aan wat je niet langer bent, waardoor je door treurigheid kunt worden overvallen. Niet dat ik erg veel zin had om dat allemaal te ontdekken. Maar er was nu eenmaal dat perceel dat me was toegevallen, en mijn nieuwsgierigheid kreeg de overhand: eind april ging ik erheen, alleen, met de auto van mijn vader. Het was avond toen ik het dal in reed, en ik zag niet meer dan het stuk weg dat verlicht werd door de koplampen. Maar toch merkte ik verschillende veranderingen op: de plekken waar de weg was gerepareerd en verbreed, het beschermgaas tegen vallend gesteente, de enorme stapels omgezaagde bomen. Ergens was iemand bezig vakantiechalets in Tiroler stijl te bouwen, en een ander om zand en grind uit de beek te scheppen die vroeger tussen stenen en bomen door stroomde maar nu lag ingedamd tussen betonnen randen. De donkere weekendhuizen, de voor het laagseizoen of voor altijd gesloten hotels, de roerloze bulldozers en de met hun arm op de grond rustende graafmachines gaven de dorpen het aanzien van plekken waar de industriële teloorgang had toegeslagen – net als halverwege door een faillissement in de steek gelaten bouwplaatsen.

Al die ontdekkingen maakten me gaandeweg steeds neerslachtiger, maar toen was er iets wat mijn aandacht trok: ik boog me voorover en keek door de voorruit omhoog. In de nachtelijke hemel verspreidden witte vormen een soort schijnsel. Het duurde even voordat ik snapte dat het geen wolken waren: het waren de nog met sneeuw bedekte bergen. Ik had het kunnen verwachten, in april. Maar in de stad was de lente al verder en ik was er niet meer op verdacht dat de seizoenen achterlopen als je de hoogte in gaat. De sneeuw daar boven verzoende me met de ellende beneden in het dal.

Meteen daarna besefte ik dat ik zojuist iets had gedaan wat mijn vader ook altijd deed. Hoe vaak had ik niet gezien dat hij zich al rijdend vooroverboog en naar de lucht keek? Om te kijken wat voor weer het was of om een bergflank te bestuderen of om alleen maar de vorm ervan te bewonderen. Hij hield zijn handen hoog op het stuur en legde zijn slaap erop. Dus deed ik het nog een keer, nu bewust, waarbij ik me voorstelde dat ik mijn vader was, op zijn veertigste, en dat ik net het dal was binnengereden, met een vrouw naast me en een zoon op de achterbank, op zoek naar een geschikte plek voor ons drieën. Ik stelde me mijn zoon voor die sliep. Mijn vrouw wees me op de dorpen en de huizen, en ik deed of ik luisterde. Maar zodra zij zich afwendde, boog ik me voorover en keek omhoog, gehoorzamend aan de krachtige roep van de toppen. Hoe grimmiger en dreigender ze oprezen, hoe mooier ik ze vond. Daar op die berg zag de sneeuw er het veelbelovendst uit. Ja, misschien was dat een geschikte plek voor ons.

Het weggetje dat omhoogliep naar Grana was geasfalteerd, maar voor de rest had mijn moeder gelijk: er leek helemaal niets veranderd. De bouwvallen waren er nog steeds, net als de stallen, de hooischuren en de mesthopen. Ik zette de auto op de plek die ik me herinnerde en wandelde te voet het in duisternis gehulde dorp binnen, liet me leiden door het geklater in de trog; in het donker vond ik de trap terug, de huisdeur, de grote ijzeren sleutel in het slot. Binnen werd ik verwelkomd door de vertrouwde lucht van vocht en rook. In de keuken deed ik het deurtje van de kachel open en zag dat er nog een hoopje smeulende houtskool in lag: ik gooide er wat droog hout op dat ernaast lag en blies tot het vuur weer opvlamde.

Ook mijn vaders brouwsels stonden op de gebruikelijke plek. Gewoonlijk kocht hij een grote fles witte grappa en bracht die dan in potten op smaak met bessen, dennenappels en door hem in de bergen geplukte kruiden. Ik koos op goed geluk een pot uit en schonk een bodempje grappa in om mezelf een beetje te verwarmen. Hij smaakte erg bitter, gentiaan wellicht, en ik ging ermee bij de kachel zitten, rolde een sigaret, en terwijl ik rokend in de oude keuken om me heen keek, wachtte ik tot de herinneringen boven kwamen drijven.

Mijn moeder had er in die twintig jaar iets moois van gemaakt: waar ik ook keek zag ik haar hand, die van een vrouw met duidelijke ideeën over hoe je een huis gezellig maakt. Ze had altijd van houten lepels en koperen pannen gehouden, en juist niet van gordijnen die het uitzicht belemmerden. Op de vensterbank van haar favoriete raam had ze een bos droogbloemen in een kan gezet, naast het radiootje waar ze de hele dag naar luisterde en een foto waarop Bruno en ik rug aan rug op de stam van een lariks zitten, vermoedelijk op de alm van zijn oom, met onze armen over elkaar en stoere gezichten. Ik herinnerde me niet wanneer en door wie die foto was genomen, maar we droegen dezelfde kleren, zaten in dezelfde lachwekkende houding en iedereen zou er het portret van twee broertjes in hebben gezien. Ook ik vond het een mooie foto. Ik rookte mijn sigaret op en gooide de peuk in de kachel. Ik pakte het lege glas en stond op om mezelf nog eens in te schenken toen ik de kaart van mijn vader zag, nog steeds met punaises op de muur geprikt, maar heel anders dan ik me die herinnerde.

Ik liep ernaartoe om hem beter te bekijken. Meteen werd ik overvallen door een vreemde gewaarwording, namelijk dat die van wat hij eerst was, te weten de kaart met de paden in het dal, was veranderd in iets anders, iets wat leek op een roman. Of misschien, beter nog, op een biografie: na twintig jaar wandelingen was er geen top, geen alm, geen hut die niet door mijn vaders viltstift was bereikt, en dat netwerk van routes was zo dicht dat de kaart voor ieder ander onleesbaar was geworden. Alleen was zwart nu niet meer de enige kleur. Soms liep er een streep in rode viltstift langs, soms in groene viltstift. En soms ook kwamen zwart, rood en groen samen, ook al werden de zéér lange tochten het vaakst alleen met zwart gemarkeerd. Er lag vast een code aan ten grondslag, en ik bleef staan kijken in een poging te snappen welke dat was.

Na een tijdje bedacht ik dat het leek op zo'n raadsel dat mijn vader me altijd opgaf toen ik klein was. Ik vulde mijn glas nog eens bij en liep terug naar de kaart. Als het een cryptografisch probleem was geweest, zoals ik die tijdens mijn studie had bestudeerd, zou ik allereerst zijn nagegaan wat het meeste en wat het minste voorkwam: het meest voorkomend was zwart alleen, het minst de drie kleuren samen. En het waren de drie kleuren die me hielpen, want ik herinnerde me heel goed waar we die keer op de gletsjer hadden moeten omkeren, hij, Bruno en ik. De rode en de groene lijn stopten precies op dat punt, terwijl de zwarte doorliep: daaruit maakte ik op dat mijn vader de rest van de klim later alsnog had gedaan. De zwarte was hij natuurlijk. De rode vergezelde hem naar de toppen van onze vierduizenders, dus dat moest ik zijn. Ergo, de groene was Bruno. Mijn moeder had me inderdaad verteld dat ze er vaak samen op uit waren getrokken. Ik zag dat er een heleboel zwart-groene paden waren, misschien wel meer dan zwart-rode, en ik was een beetje jaloers. En ook een beetje blij te weten dat mijn vader al die jaren niet in zijn eentje de bergen in was gegaan. Ik bedacht dat die kaart aan de muur op een of andere indirecte manier als boodschap voor mij bedoeld zou kunnen zijn.

Later ging ik naar mijn oude kamer, maar daar was het te koud om er de nacht door te brengen. Ik trok het matras van het bed, sleepte het naar de keuken en legde mijn slaapzak erop. Ik hield de grappa en mijn shag onder handbereik. Voordat ik het licht uitdeed stouwde ik de kachel goed vol, en in het donker lag ik lang te luisteren hoe die brandde, zonder in slaap te vallen.

De volgende ochtend vroeg kwam Bruno me ophalen. Hij was een man die ik niet meer kende, maar ergens in hem school nog de jongen die ik wél kende.

'Bedankt voor het vuur,' zei ik.

'Niks te danken,' zei hij.

Op de veranda schudde hij me de hand, onder het uitspreken van zo'n rituele frase waaraan ik de laatste twee maanden noodgedwongen gewend was geraakt en die ik inmiddels niet meer echt hoorde. Tussen oude vrienden zouden die niet nodig hoeven zijn, maar god weet wat Bruno en ik nu van elkaar waren. Oprechter leek me zijn handdruk; zijn rechterhand was droog, ruw en eeltig, en er was iets vreemds aan wat ik niet begreep. Hij bespeurde mijn ongemak en hief zijn hand op om me die te laten zien: het was een bouwvakkershand waaraan de laatste kootjes van de wijs- en middelvinger ontbraken.

'Kijk,' zei hij. 'Ik heb een keer iets stoms uitgehaald met het geweer van mijn opa. Ik wilde een vos schieten en boem, daar gingen mijn vingers.'

'Is het in je hand ontploft?'

'Niet echt. Defecte trekker.'

'Oei,' zei ik. 'Dat zal wel flink pijn hebben gedaan.'

Bruno haalde zijn schouders op, als om te zeggen dat er wel ergere dingen waren in het leven. Hij keek naar mijn kin en vroeg: 'Scheer jij je nooit?'

'Al iets van tien jaar niet meer,' antwoordde ik, langs mijn baard strijkend.

'Ik heb ook eens geprobeerd 'm te laten staan. Maar ja, ik had een vriendin, en je weet hoe dat gaat.'

'Hield ze niet van baarden?'

'Niet echt, nee. Maar jou staat-ie goed, je lijkt op je vader.'

Hij zei het glimlachend. We waren bezig het ijs te breken, en ik dwong mezelf geen aandacht te schenken aan de betekenis van die zin en glimlachte terug. Daarna trok ik de deur dicht en ging met hem mee.

De laaghangende lucht in het dal was zwaar van voorjaarswolken. Het leek of het net was opgehouden met regenen en het elk moment weer kon beginnen. De rook slaagde er zelfs niet in uit de schoorstenen op te stijgen: hij gleed omlaag langs de natte daken en krulde op in de goten. In dat koude licht zag ik, toen we door het dorp liepen, dat elk kot, elk kippenhok, elke houtopslag er nog net zo bij stond als toen ik was vertrokken. Maar even later, toen we de laatste huizen voorbij waren, zag ik iets wat wél volstrekt anders was: de bedding van de beek was minstens twee keer zo breed als ik me herinnerde. Het leek wel of die recent door een gigantische ploeg was bewerkt. De beek stroomde nu door een stenige vlakte, en bood daardoor zelfs in het smeltseizoen een bloedeloze aanblik.

'Kijk,' zei Bruno.

'Wat is er gebeurd?'

'De overstroming in 2000, weet je dat niet meer? Er is zoveel water naar beneden gekomen dat ze ons hier met een helikopter moesten weghalen.'

Beneden was een graafmachine aan het werk. Waar was ik in 2000? Zo ver weg in lichaam en geest dat die overstroming in Grana me volledig was ontgaan. De beek lag nog bezaaid met stammen, balken, brokken beton en allerlei troep die bergafwaarts was meegesleurd. Bij de in de bochten afgekalfde oevers waren blootgelegde boomwortels op zoek naar aarde die er niet meer was. Ik had ontzettend te doen met ons oude stroompje.

Maar wat hogerop, vlak bij de molen, ontwaarde ik een grote witte, ronde steen in de vorm van een wiel die half uit het water stak, waardoor mijn humeur weer opklaarde.

'Heeft de overstroming die ook meegenomen?' vroeg ik.
'Nee, nee,' zei Bruno. 'Die had ik al eerder naar beneden gegooid.'
'Wanneer?'
'Ik wilde vieren dat ik achttien werd.'
'Hoe heb je het gedaan?'
'Met de krik van de auto.'
Ik begon te lachen. Ik stelde me Bruno voor die met de krik de molen binnenging, en even later de steen die naar buiten kwam rollen. Ik wou dat ik erbij was geweest.
'Was het leuk?' vroeg ik.
'Fantastisch.'
Ook Bruno lachte. Daarna liepen we verder naar mijn perceel.

We klommen een stuk langzamer dan vroeger, want ik was totaal niet in vorm en had de vorige avond uiteindelijk te veel gedronken. Hogerop in het compleet door het water verwoeste dal, waar de weilanden langs de oever waren gereduceerd tot zanderige vlaktes vol stenen, moest Bruno zich vaak omdraaien, verbaasd constateren dat ik zo'n eind achter hem liep en stoppen om op me te wachten. Tussen twee hoestbuien door zei ik: 'Ga maar vast als je wilt. Ik kom wel.'
'Nee, nee,' zei hij, alsof hij zichzelf een duidelijke taak had gegeven en die naar behoren moest uitvoeren.
Ook de alm van zijn oom was er niet best aan toe: toen we erlangs liepen zag ik dat het dak van een van de hutten was doorgezakt, waardoor de muur waarop de balken rustten naar buiten werd geduwd. Zo op het oog zou een flinke sneeuwbui volstaan om het de genadeslag te geven. De badkuip stond op zijn kop te roesten naast de stal, de deuren waren uit hun hengsels gerukt en hingen half tegen de

muren. Net als in de voorspelling van Luigi Guglielmina staken overal in de weilanden de eerste kleine lariksen de kop op. God weet hoeveel jaar ze erover hadden gedaan, en god weet wat er met Bruno's oom was gebeurd. Ik had het Bruno wel willen vragen maar hij bleef niet staan, en dus staken we de alm over en vervolgden zonder een woord te zeggen onze weg.

Voorbij de alm had de overstroming de grootste schade aangericht. Boven ons, waar ooit op het hoogtepunt van het seizoen de koeien omhoogklommen, had de regen een heel stuk berg weggeslagen. De aardverschuiving had bomen en rotsblokken meegevoerd, één grote chaos aan materie die ook vier jaar na dato nog wegschoot onder onze voeten. Bruno bleef zwijgen. Hij ging voorop, zakte met zijn bergschoenen in de modder, sprong van steen tot steen of liep balancerend over omgevallen boomstammen en keek niet om. Ik moest hollen om hem bij te houden. Ten slotte lieten we de aardverschuiving achter ons, het bos omsloot ons weer en eindelijk vond hij zijn spraakvermogen terug.

'Hier kwamen vroeger al weinig mensen,' zei hij, 'maar nu er geen pad meer is, ben ik volgens mij nog de enige.'

'Kom je hier vaak?'

'Ja, 's avonds.'

''s Avonds?'

'Als ik na m'n werk zin heb in een wandeling. Ik neem mijn hoofdlamp mee voor het geval dat het donker wordt.'

'Ach, andere mensen gaan naar het café.'

'Dat heb ik ook gedaan. Maar nu ben ik wel klaar met cafés, geef mij maar het bos.'

Toen stelde ik hem de verboden vraag, die ik nooit mocht stellen als ik met mijn vader wandelde. 'Is het nog ver?'

'Nee hoor. Alleen gaat het zo sneeuwen.'

In de schaduw van de rotsen had ik al oude sneeuw zien liggen die door de regen was veranderd in pap. Maar toen ik omhoogkeek, ontwaarde ik op de hoger gelegen puinhellingen sneeuwvlekken, en ook grote delen van de kommen van de Grenon waren ermee gevuld. Op de hele noordhelling was het nog winter. De sneeuw volgde de vorm van de bergen als op het negatief van een filmrolletje, waarop het zwart van de rotsen zonovergoten was en het wit van de sneeuw zieltoogde in de schaduw: ik liep hierover na te denken toen we bij het meer kwamen. Net als de eerste keer ontvouwde het zich plotseling voor mijn ogen.

'Herinner je je deze plek?' zei Bruno.

'Jazeker.'

'Het is anders dan 's zomers, hè?'

'Ja.'

Ons meer was in april nog bedekt met een dofwitte laag ijs, dooraderd met blauwe scheuren, zoals je dat ook wel ziet bij porselein. Er zat geen geometrische logica in de barsten, en het waren ook geen logische breuklijnen. Hier en daar waren platen ijs door het water omhooggeduwd, en langs de oevers aan de zonzijde zag je al de eerste donkere tinten, het begin van de zomer.

Maar als je je blik rondom langs de kom liet gaan, leek het of je twee seizoenen zag. Aan de ene kant puinhellingen, jenever- en rododendronstruiken en een enkele lariks; aan de andere kant bos en sneeuw. Daar liep ook het spoor van een lawine langs de Grenon omlaag, dat eindigde in het meer. Die kant liep Bruno op: we lieten de oever achter ons en begonnen de sneeuwhelling te beklimmen, een ijskorst die bijna altijd hield onder onze voeten, maar het soms opeens begaf. Dan zakten we er tot onze dijen in.

Na elke verkeerde stap kostte het veel moeite er weer uit te komen, en pas na een halfuur van dergelijk gestrompel stond Bruno een pauze toe: hij vond een stenen muurtje dat uit de sneeuw stak, klom erop en klopte zijn schoenen schoon door ze tegen elkaar te slaan. Ik ging zitten zonder acht te slaan op mijn natte voeten. Ik kon niet meer. Ik had erg veel zin om terug te keren naar de kachel, te eten en te slapen.

'Daar zijn we dan,' zei hij.

'Waar?'

'Hoezo, waar? Bij je huis.'

Pas toen keek ik om me heen. Hoewel alles er door de sneeuw anders uitzag, was duidelijk te zien dat de helling op de plek waar we zaten een soort bebost terras vormde. Dit plateau, dat uitkeek op het meer, werd aan de achterkant begrensd door een steile, gladde, ongebruikelijk witte rotswand. Boven de sneeuw staken de resten uit van drie stapelmuren van hetzelfde witte steen, en op eentje daarvan zat ik. Twee korte muren en aan de voorkant een lange, vier bij zeven, zoals mijn kadastrale kaart vermeldde: de vierde muur was de rotswand zelf, die het materiaal had geleverd en de andere drie tot steun diende. Van het ingestorte dak was geen spoor meer te bekennen. Maar in de bouwval had een alpendennetje kans gezien midden in de sneeuw te ontspruiten, had zich een weg gebaand door de troep en was inmiddels even hoog als de muren. Dat was dus mijn erfenis: een rotswand, sneeuw, een enorme hoeveelheid vierkante stenen en een den.

'We kwamen hier op een keer terecht in september,' zei Bruno. 'Je vader zei meteen: "Dit is het." We hadden er al een heleboel gezien, ik ging al een tijdje met hem mee zoeken, maar deze beviel hem direct.'

'Was dat vorig jaar?'

'Nee, nee, drie jaar geleden al. Vervolgens moest ik de eigenaars zien te vinden en ze overhalen. Hier verkoopt nooit iemand wat. Het is oké om je hele leven een bouwval te bezitten, maar het is niet oké om die aan een ander te geven zodat die er wat van kan maken.'

'En wat wilde hij ervan maken?'

'Nou, een huis.'

'Een huis?'

'Precies.'

'Mijn vader had altijd de pest aan huizen.'

'Tja, dan was hij blijkbaar van gedachten veranderd.'

Intussen begon het te regenen: ik voelde een druppel op de rug van mijn hand en zag dat het water was vermengd met sneeuw. Zelfs de lucht leek niet te kunnen kiezen tussen winter en lente. De wolken onttrokken de bergen aan het zicht en deden de dingen in omvang afnemen, maar ook op een ochtend als deze was ik in staat de schoonheid van de plek te zien. Een donkere, rauwe schoonheid die eerder kracht schonk dan rust, en die ook iets angstaanjagends had. De schoonheid van de envers.

'Heeft deze plek ook een naam?' vroeg ik.

'Ik geloof het wel. Volgens mijn moeder noemden ze het hier ooit *barma drola*. Zij vergist zich niet in die dingen, namen herinnert ze zich altijd precies.'

'Is de barma die rots daar?'

'Ja.'

'En drola?'

'Dat betekent vreemd.'

'Vreemd omdat hij zo wit is?'

'Ik denk van wel.'

'De vreemde rots,' zei ik, om te horen hoe het klonk.

Ik bleef een tijdje om me heen zitten kijken en dacht na over de betekenis van die erfenis. Mijn vader, uitgerekend hij, die zijn leven lang huizen was ontvlucht, had het verlangen gekoesterd om er hier boven een te bouwen. Het was hem niet gelukt zijn plan te verwezenlijken. Maar toen hij zich realiseerde dat hij wel eens zou kunnen sterven, had hij besloten die plek aan mij na te laten. God weet wat hij van me wilde.

Bruno zei: 'Ik ben er van de zomer klaar voor.'

'Klaar voor wat?'

'Nou, om aan het werk te gaan.'

En omdat ik het niet begreep, legde hij uit: 'Je vader heeft het huis ontworpen, zoals hij het wilde hebben. En hij heeft me laten beloven dat ik het zou bouwen. Hij zat precies daar waar jij nu zit, toen hij het me vroeg.'

Er kwam die dagen maar geen eind aan de ontdekkingen. De kaart met de paden, het rood en het groen die het zwart vergezelden: ik bedacht dat er nog zoveel andere verhalen waren die Bruno me moest vertellen. Wat het huis betreft, als mijn vader alles op die manier had beschikt, zag ik geen reden om me tegen zijn wil te verzetten – op ééntje na.

'Maar ik heb geen rooie cent,' zei ik. Het geld dat ik had geërfd had ik gebruikt om mijn rampzalige financiën op orde te brengen. Er was nog wel wat over, maar dat was niet genoeg om een huis van te bouwen, en ik had bovendien geen zin om het daarvoor te gebruiken. Er viel nog een lange lijst achterstallige wensen te vervullen.

Bruno knikte. Hij had die tegenwerping verwacht. Hij zei: 'We hoeven alleen maar het materiaal te kopen. En ook daar kunnen we volgens mij flink op besparen.'

'Ja, maar wie betaalt jou dan?'

'Maak je om mij maar geen zorgen. Dit is niet het soort werk om je voor te laten betalen.'

Hij legde niet uit wat hij bedoelde, en toen ik op het

punt stond het te vragen voegde hij eraan toe: 'Maar het zou wel handig zijn als je me een handje hielp. Met een knecht erbij zou ik het in drie, vier maanden af kunnen hebben. Wat zeg je ervan? Doen?'

In het laagland zou ik in lachen zijn uitgebarsten. Ik zou hem hebben geantwoord dat ik niets kon en dat hij helemaal niets aan me zou hebben. Maar ik zat op een muurtje midden in de sneeuw, voor een bevroren meer op tweeduizend meter hoogte. Er bekroop me een gevoel van onvermijdelijkheid: om redenen die ik niet kende had mijn vader gewild dat ik hiernaartoe zou komen, naar dit door lawines geteisterde plateau onder die vreemde rotswand, om samen met deze man aan die bouwval te werken. En ik dacht bij mezelf: oké, pa, kom maar op met je raadsel, laten we kijken wat je voor me in petto hebt. Laten we kijken wat er voor nieuws te leren valt.

'Drie of vier maanden?' vroeg ik.

'Welja. Het is een heel eenvoudig huis.'

'En wanneer wil je beginnen?'

'Zodra de sneeuw weg is,' antwoordde Bruno. Daarna sprong hij van het muurtje en begon me uit te leggen hoe hij het dacht te gaan doen.

Zes

De sneeuw verdween vroeg dat jaar. Ik kwam begin juni weer in Grana, midden in de dooiperiode: de beek was gezwollen en overal in het dal kwamen watervallen en tijdelijke stroompjes naar beneden die ik nooit eerder had gezien. Het leek wel of je de sneeuw die boven in de bergen smolt ook duizend meter lager onder je voeten voelde, omdat die de aarde zacht als mos maakte. Het regende elke dag maar daar besloten we ons niet aan te storen: op een maandagochtend haalden we tegen zonsopgang bij Bruno thuis een schep, een pikhouweel, een grote bijl, een kettingzaag en een halve jerrycan dieselolie op, en met al dat spul op onze rug klommen we naar de barma, zoals we mijn erfenis waren gaan noemen. Alhoewel hij zwaarder bepakt was dan ik, moest ik elk kwartier stoppen om op adem te komen. Ik zette mijn rugzak neer en ging op de grond zitten – allemaal fouten die mijn vader me ooit had geleerd niet te maken – en dan zwegen we een tijdje en vermeden het elkaar aan te kijken terwijl mijn hartslag weer tot bedaren kwam.

Boven had de sneeuw plaatsgemaakt voor modder en dor gras, en daardoor had ik beter zicht op de staat waarin de bouwval verkeerde. De muren leken tot op een meter hoogte solide dankzij hoekstenen die we zelfs met zijn tweeën niet van hun plaats zouden kunnen krijgen, maar daarboven stulpte de muur aan de lange kant uit, naar buiten geduwd door de dakbalken voordat die naar beneden stortten, en de muren aan de korte kant waren volkomen ontwricht, met op manshoogte nog slechts een enkele rij wankele stenen. Bruno zei dat we ze bijna tot op de grond zouden moeten afbreken. Dat het zinloos was je tijd te verdoen met het rechten van scheve muren: beter om ze maar neer te halen en opnieuw op te bouwen.

Maar eerst moest de bouwplaats in gereedheid worden gebracht. Het was tien uur 's ochtends toen we de bouwval binnengingen om die te ontdoen van al de daarbinnen opgehoopte troep. Het betrof voor het merendeel latten die ooit als dakspanen hadden gediend, maar ook planken van de oude vloer tussen de begane grond en de eerste verdieping, en tussen al dat doornatte hout lagen zes tot zeven meter lange balken die nog half in de muren staken of vastzaten in de grond. Sommige waren bestand gebleken tegen het vocht en Bruno probeerde erachter te komen of we ze konden hergebruiken. We waren er eindeloos mee bezig de balken die nog goed waren te bevrijden en ze, met behulp van twee schuine planken, over de muur naar buiten te rollen. Onbruikbare balken werden verzaagd en apart gelegd als brandhout.

Vanwege zijn missende vingers had Bruno geleerd een linkshandige kettingzaag te bedienen. Hij hield de stam met één voet op zijn plaats en werkte met de punt van het zaagblad, vlak bij de zool van zijn werkschoen, waarbij hij een achter hem opstuivende zaagselwolk veroorzaakte. Er verspreidde zich een heerlijke geur van schroeiend hout. Als het brok viel, pakte ik het op en legde het op de stapel.

Ik werd snel moe. Ik was nog minder gewend mijn armen te gebruiken dan mijn benen. Tegen het middaguur kwamen we onder het stof en het zaagsel de bouwval uit. Aan de voet van de grote rotswand lagen vier mooie lariksstammen die al een jaar geleden waren omgehakt en daar hadden liggen drogen: als de tijd daar was zouden dat de balken worden voor het nieuwe dak, maar voorlopig gebruikte ik er eentje om op te zitten.

'Ik ben nu al doodop,' zei ik. 'En we zijn nog niet eens begonnen.'

'We zijn wel degelijk begonnen,' zei Bruno.

'Het kost minstens een week om alle troep weg te krijgen. En om de muren neer te halen en hier rondom wat ruimte te scheppen.'

'Zou kunnen. Wie weet.'

Intussen had hij met stenen een stookplaats gebouwd en met wat spaanders een vuurtje gemaakt. Ik was bezweet en vond het fijn om bij het vuur op te drogen. Ik zocht in mijn zakken, vond mijn shag en rolde een sigaret. Ik vroeg of hij ook wilde, maar hij zei: 'Ik kan het niet. Als jij er een voor me rolt, wil ik het wel proberen.'

Toen ik de sigaret voor hem had aangestoken moest hij moeite doen om niet te hoesten. Je zag dat hij het niet gewend was.

'Rook je al lang?' vroeg hij.

'Ik ben hier op een keer in de zomer begonnen. Dus wat zal ik geweest zijn... zestien, zeventien.'

'Echt? Ik heb je nooit zien roken.'

'Omdat ik het stiekem deed. Ik ging het bos in zodat niemand me zag. Of het dak van ons huis op.'

'En voor wie moest dat dan stiekem? Voor je moeder?'

'Ik weet het niet. Ik deed het gewoon stiekem.'

Bruno pakte twee stokjes en sneed er met zijn zakmes een punt aan. Hij haalde een verse worst uit zijn rugzak, sneed die in stukken die hij op de spiesen stak, en legde ze op het vuur. Hij had ook brood bij zich, een rond donker vloerbrood waar hij twee hompen van afsneed, waarvan hij er een aan mij gaf.

Hij zei: 'Weet je, het geeft niet hoe lang het duurt. Je

moet met dit soort werk niet te veel vooruitdenken, anders word je gek.'

'Waar moet ik dán aan denken?'

'Aan vandaag. Moet je kijken wat een mooie dag.'

Ik keek om me heen. Er was enige goede wil voor nodig om de dag zo te definiëren. Het was zo'n late lentedag waarop er in de bergen altijd wind staat. Wolkenbanken zeilden voor de zon langs en de lucht was nog koud, als wilde een obstinate winter van geen wijken weten. Het meer beneden ons leek op door de wind gerimpelde zwarte zijde. Of nee, het was het tegenovergestelde van rimpelen: de wind was als een ijskoude hand die er de plooien van gladstreek, zodat ik zin kreeg de mijne uit te strekken naar het vuur en ze daar vervolgens te houden om het wat warmte te ontstelen.

's Middags gingen we door met troep naar buiten sjouwen en ten slotte kwam de bodem van de bouwval bloot te liggen: een plankenvloer waaraan je duidelijk zag waar het huis voor had gediend. Aan de ene kant, langs de lange muur, vonden we de ruiven, en een geul in het midden van de ruimte had gediend als mestgoot. De vloerdelen waren drie duim dik en gladgepolijst doordat er heel lang dierensnuiten en hoeven langs hadden gewreven. Bruno zei dat we ze konden schoonmaken en gebruiken om iets van te bouwen en probeerde ze vervolgens op te lichten, met het pikhouweel als hefboom. Ik zag iets op de grond liggen, en raapte het op: het was een gladde, holle, houten kegel die leek op de hoorn van een dier.

'Die is voor de zeissteen,' zei Bruno toen ik hem het ding liet zien.

'De zeissteen?'

'Dat is een steen waarmee je een zeis slijpt. Die zal ook wel weer een naam hebben, maar al sla je me dood. Ik zou het mijn moeder moeten vragen. Het is geloof ik een riviersteen.'

'Een riviersteen?'

Ik voelde me net een kind dat je alles moest uitleggen. Bij al mijn vragen was hij een toonbeeld van geduld: hij nam de kegel van me over en hield hem tegen zijn zij. Daarna legde hij uit: 'Het is een gladde, ronde steen, bijna zwart. Hij moet nat zijn, anders doet hij het niet goed. Dit ding hier hang je dan aan je riem met wat water erin, zodat je de steen onder het zeisen af en toe kunt natmaken en het blad kunt slijpen, kijk, zo.'

Met een breed, soepel armgebaar tekende hij een halvemaan boven zijn hoofd. Ik zag de denkbeeldige zeis en de denkbeeldige wetsteen waarmee hij werd geslepen helemaal voor me. Pas op dat moment realiseerde ik me dat we weer een van onze favoriete spelletjes deden: ik weet niet waarom ik er niet eerder aan had gedacht, maar we waren al in heel veel bouwvallen als deze geweest. Dan klommen we naar binnen door openingen in de wankele muren, en liepen over planken die wiebelden onder onze voeten. We stalen oude troep en deden net of het schatten waren. Dat hadden we jarenlang gedaan.

Nu begon ik de klus die we op ons hadden genomen in een wat ander licht te zien. Tot dan toe had ik gedacht dat ik daar alleen voor mijn vader was: om zijn laatste wensen te vervullen, om mijn fouten goed te maken. Maar toen ik Bruno de denkbeeldige zeis zag slijpen, zag ik de erfenis die ik had gekregen veeleer als een soort schadeloosstelling, of een tweede kans voor onze onderbroken vriendschap. Was dat wat mijn vader me had willen geven? Bruno wierp een laatste blik op de kegel en gooide hem toen op de stapel brandhout. Ik viste hem er weer uit en legde hem apart met het idee dat ik er ooit wel een bestemming voor zou vinden.

Hetzelfde deed ik met de alpenden die in de bouwval was ontkiemd. Om vijf uur, toen ik inmiddels te moe was om ook maar íets anders te doen, hakte ik met de pikhouweel de aarde rondom het boompje los en zag kans het met wortel en al uit de grond te krijgen. De stam was iel en verwrongen omdat die door alle troep heen naar het licht had moeten groeien. De blootliggende wortels gaven de boom het aanzien van een stervende en ik haastte me hem een eindje verderop weer in de grond te zetten. Ik groef een gat aan de rand van het plateau, op een plek waar je het meer beter kon zien, en plantte hem daar; ik bedekte de wortels met aarde en stampte die stevig aan. Maar toen ik bij het boompje wegliep begon het in de wind, waaraan het niet gewend was, vervaarlijk heen en weer zwaaien. Het kwam me voor als een te fragiel wezen dat lange tijd beschut was geweest door stenen en dat nu plotseling werd overgeleverd aan de elementen.

'Denk je dat-ie het redt?' vroeg ik.

'Mwah,' zei Bruno. 'Het zijn rare bomen. Heel sterk op de plek waar ze ontspruiten, maar zwak als je ze op een andere plek zet.'

'Heb je dat al eens geprobeerd dan?'

'Een paar keer.'

'En hoe liep het af?'

'Slecht.'

Hij keek naar de grond, zoals hij altijd deed als hij dacht aan iets van vroeger. Hij zei: 'Mijn oom wilde een alpenden voor zijn huis. Ik weet niet waarom, misschien dacht hij dat die geluk bracht. En dat kon hij wel gebruiken, om eerlijk te zijn. Dus elk jaar stuurde hij me de bergen in om een jong boompje te gaan halen. Maar het werd altijd vertrapt door de koeien, en na een tijdje hebben we het opgegeven.'

'Hoe noemden jullie ze?'

'Alpendennen? Arula's.'

'O ja. En die brengen geluk?'

'Dat zeggen ze, ja. Als je erin gelooft is het misschien ook wel zo.'

Of het nu geluk bracht of niet, ik had een zwak voor dat boompje. Naast de stam stak ik een stevige stok in de grond en bond beide op meerdere plaatsen met touw aan elkaar. Daarna liep ik naar het meer om mijn veldfles te vullen zodat ik het boompje kon begieten. Toen ik weer bovenkwam, zag ik dat Bruno onder aan de grote rotswand een soort vlonder had gemaakt. Hij had twee balken van het oude dak op de grond gelegd en er een aantal oude vloerplanken op vastgespijkerd. Nu haalde hij een stuk touw uit zijn rugzak, en een zeildoek van het soort dat ze in Grana gebruikten om het hooi op de velden mee af te dekken. Twee hoeken van het doek klemde hij met houten pinnen vast in spleten in de rotswand, en de andere twee zette hij vast in de grond; zo had hij een beschutte plek gecreëerd waar hij zijn rugzak en de voorraden neerzette.

'Laten we dat hier achter?' vroeg ik.

'Nee, we laten het niet achter, want ik blijf ook hier.'

'Hoe bedoel je, je blijft hier?'

'Ik bedoel dat ik hier blijf slapen.'

'Slapen?'

Dit keer reageerde hij wél ongeduldig. Hij antwoordde bruusk: 'Je dacht toch niet dat ik elke dag vier werkuren ga verspillen? Een beetje bouwvakker blijft van maandag tot zaterdag op de bouwplaats. De knecht gaat op en neer met de spullen. Zo hoort het.'

Ik keek naar het bivak dat hij had gebouwd. Nu pas snapte ik waarom zijn rugzak zo boordevol had gezeten.

'En daaronder wil je vier maanden gaan slapen?'

‘Drie maanden, vier maanden, zo lang als nodig is. Het is zomer. Zaterdags ga ik naar beneden en slaap ik in een bed.’

‘Maar zou ik dan niet ook hier moeten blijven?’

‘Later misschien. Maar er is nog een hoop materiaal dat naar boven moet. Ik heb een muildier geleend.’

Bruno had uitgebreid nagedacht over het werk dat ons wachtte. Ik was aan het improviseren, hij niet. Hij had elke fase gepland, mijn taken en de zijne, de duur en het transport. Hij vertelde me waar hij de spullen had klaargezet en wat ik de volgende dag mee terug moest nemen. Zijn moeder zou me voordoen hoe ik het muildier moest beladen.

Hij zei: ‘Ik verwacht je rond negen uur ’s ochtends. Om zes uur ’s avonds ben je vrij. Als je dat oké vindt, tenminste.’

‘Natuurlijk vind ik het oké.’

‘Red je het, denk je?’

‘Ja hoor.’

‘Mooi. Nou, dag dan maar!’

Ik keek hoe laat het was: halfzeven. Bruno pakte een handdoek en een stuk zeep en vertrok bergopwaarts om zich ergens te gaan wassen op een plek die hij blijkbaar kende. Ik keek naar de bouwval, die er nog steeds precies zo uitzag als we hem die ochtend hadden aangetroffen – met dien verstande dat hij nu vanbinnen leeg was en dat er buiten een enorme stapel brandhout lag. Niet gek voor de eerste werkdag, dacht ik. Daarna pakte ik mijn rugzak, zei mijn boompje gedag en liep terug naar Grana.

In die junimaand was er één uur waar ik meer van hield dan van alle andere, en dat was het uur dat ik aan het eind van de dag terug naar beneden ging. ’s Ochtends was het anders, dan had ik haast, gehoorzaamde het muildier niet en was mijn enige zorg dat ik boven moest komen. Maar 's avonds was er geen enkele reden om me te haasten. Ik vertrok om zes uur, of om zeven uur, als de zon beneden in het dal nog volop scheen; het was tot tien uur licht en er zat thuis niemand op me te wachten. Ik liep op m'n gemak, ik was zo moe dat ik te duf was om na te denken en ik hoefde niet op het muildier te letten want dat kwam vanzelf achter me aan. Van het meer tot aan de plek van de aardverschuiving stonden de berghellingen vol met bloeiende rododendrons. Op de alm van de Guglielmina's verraste ik reeën die op de ongebruikte weidegrond rond de verlaten almhutten graasden, hun oren spitsten, me gealarmeerd aankeken en vervolgens als dieven het bos in vluchtten. Soms pauzeerde ik er even om te roken. Het muildier begon te grazen en ik ging op de lariksstronk zitten waar de foto van Bruno en mij was gemaakt. Ik liet mijn blik over de alm gaan en constateerde het vreemde contrast tussen de troosteloosheid van de menselijke dingen en de weelderigheid van de lente: de drie hutten verkommerden, de muren bolden als oude ruggen, de daken begaven het bijna onder het gewicht van de winters; overal rondom schoten grassen en bloemen op.

Ik had wel willen weten wat Bruno op dat moment deed. Had hij zijn vuurtje aangestoken, of liep hij in zijn eentje door de bergen, of werkte hij door tot het donker werd? De man die hij was geworden verbaasde me in meerdere opzichten. Ik had verwacht dat hij het evenbeeld van zijn vader zou zijn of op zijn minst van een van zijn neven, of van een van de bouwvakkers met wie ik hem vroeger in het café zag. Maar hij had niets met die mensen gemeen. Hij wekte de indruk van iemand die op een bepaald moment in zijn leven had afgezien van het gezelschap van anderen, die een uithoek van de wereld had gevonden en zich daar had teruggetrokken. Hij deed me aan zijn moeder denken: ik zag haar in die tijd vaak als ik 's ochtends het muildier belaadde. Ze liet me zien hoe ik het pakzadel moest vastzetten, hoe ik gereedschap of planken op de flanken van het dier moest binden en hoe ik het moest aansporen als het weigerde door te lopen. Maar ze had niets gezegd over mijn terugkomst, en ook niet over de klus waar ik met haar zoon aan bezig was. Al sinds ik klein was leek het erop dat onze levens haar niets interesseerden, dat zij prima op haar plek was en dat de anderen als seizoenen aan haar voorbijtrokken. Ik vroeg me af of ze heimelijk niet heel andere gevoelens koesterde.

Ik liep altijd terug via het pad langs de beek en kwam tegen donker in Grana aan; eenmaal thuis bond ik het muildier vast, stak de kachel aan en zette een pan water op het vuur. Ik kon een fles wijn opentrekken als ik eraan had gedacht de voorraad aan te vullen. In de provisiekast lagen alleen pasta en conserven, wat blikjes voor noodgevallen. Na de eerste twee glazen was ik doodop. Soms deed ik de pasta wel in de pan maar viel ik in slaap terwijl die kookte, en als ik dan 's nachts wakker werd, was de kachel uit, de fles halfleeg en mijn maaltijd verworden tot een oneetbare brij. Dan trok ik een blikje bonen open en lepelde dat zo leeg, zonder de moeite te nemen ze op een bord te doen. Daarna ging ik op het matras onder de tafel liggen, ritste mijn slaapzak dicht en viel meteen weer in diepe slaap.

Rond eind juni arriveerde mijn moeder met een vriendin. De hele zomer zouden haar vriendinnen haar om beurten gezelschap houden, hoewel ze op mij helemaal niet de indruk maakte van een ontroostbare weduwe. Maar zijzelf zei dat ze het fijn vond als er iemand in de buurt was, en mij viel haar stilzwijgende vertrouwdheid met die vrouwen op: ze spraken weinig als ik erbij was, hadden genoeg aan een blik. Ik zag hoe ze het oude huis deelden met een intimiteit die me waardevoller leek dan woorden. Na de sobere begrafenis van mijn vader had ik lang nagedacht over zijn eenzaamheid, over dat eeuwige conflict tussen hem en de rest van de wereld: hij was gestorven in zijn auto en er was geen vriend die hem miste. Bij mijn moeder daarentegen zag ik de vrucht van de vriendschappen die ze haar hele leven met net zoveel zorg had gekoesterd als de bloemen op haar balkon. Ik vroeg me af of je dat kon aanleren, zo'n talent, of dat je er gewoon mee geboren werd. En of het voor mij nog niet te laat zou zijn om het te leren.

Dus nu waren er, als ik van de berg kwam, twee vrouwen die zich om me bekommerden, was de tafel gedekt en lagen er schone lakens op mijn bed: niks bonen en slaapzak meer. Na het eten bleven mijn moeder en ik in de keuken zitten praten. Met haar viel het me gemakkelijk, maar toen ik op een keer zei dat het net leek of we járen terug waren in de tijd, ontdekte ik dat we andere herinneringen hadden aan die avonden van toen. In de hare hield ik altijd mijn mond. Zij herinnerde zich dat ik altijd verzonken was in mijn eigen wereld waarin onmogelijk door te dringen viel en waarover ik haar maar heel zelden iets vertelde. Ze was blij dat ze nu de kans had de schade in te halen.

Op de barma waren Bruno en ik begonnen de muren op te trekken. Ik beschreef mijn moeder de manier waarop we werkten, enthousiast over mijn ontdekkingen op bouwvakkersgebied: elke muur bestond eigenlijk uit twee parallelle rijen steen, gescheiden door een ruimte die we opvulden met kleinere stenen. Een af en toe dwars neergelegde grote steen verbond de twee rijen. We gebruikten ook cement, maar zo min mogelijk, niet uit ecologisch oogpunt maar omdat ik het in zakken van vijfentwintig kilo naar boven moest sjouwen. We vermengden het cement met zand uit het meer en goten het mengsel tussen de stenen zodat je het van buitenaf bijna niet zag. Dagen achtereen was ik daarvoor op en neer gelopen tussen de barma en het meer: aan de overkant ervan was een strandje waar ik de zadeltassen van het muildier vulde. Ik vond het een geweldig idee dat het dát zand was dat het huis bij elkaar hield.

Mijn moeder luisterde aandachtig, maar het was niet het klussen dat haar interesseerde.

'En hoe gaat het met Bruno?' vroeg ze.

'Het is raar: soms heb ik het idee dat we elkaar al een eeuwigheid kennen, maar als ik erover nadenk weet ik bijna niets van hem.'

'Wat is er dan zo raar?'

'De manier waarop hij tegen me praat. Hij is heel vriendelijk tegen me. Of eigenlijk is hij méér dan vriendelijk, hij is liefdevol. Dat herinnerde ik me niet van hem. Ik heb steeds het idee dat er iets is wat ik niet begrijp.'

Ik gooide nog een houtblok op het vuur. Ik had zin in een sigaret. Ik geneerde me ervoor in het bijzijn van mijn moeder te roken. Ik had dat idiote geheim graag willen opbiechten, maar het lukte me niet. Dus schonk ik mezelf nog maar een bodempje grappa in. Ik weet niet waarom, maar voor grappa geneerde ik me niet.

Toen ik weer ging zitten, zei mijn moeder: 'Weet je, we hadden de laatste jaren heel veel contact met Bruno. Soms zat hij hier elke avond. Papa heeft hem vaak geholpen.'

'Waarmee dan?'

'Hoe zal ik het zeggen? Niet in praktische zin. Ja, hij heeft hem vermoedelijk ook weleens geld geleend, maar dat bedoel ik niet. Op een gegeven moment kreeg Bruno ruzie met zijn vader. Hij wilde niet meer met hem samenwerken, ik geloof dat hij hem al in jaren niet meer heeft gezien. Dus als hij raad nodig had kwam hij hierheen. Hij hechtte veel waarde aan alles wat papa tegen hem zei.'

'Dat wist ik niet.'

'En hij vroeg altijd naar je, hoe het met je ging, wat je deed. Ik vertelde hem wat je me schreef in je brieven. Ik ben hem altijd op de hoogte blijven houden.'

'Dat wist ik niet,' zei ik nogmaals.

Zo leerde ik wat er gebeurt met iemand die weggaat: de anderen leven zonder hem door. Ik stelde me voor hoe Bruno op twintig-, vijfentwintigjarige leeftijd in mijn plaats 's avonds met mijn vader zat te praten. Misschien was dat niet gebeurd als ik was gebleven, of hadden we die momenten wellicht gedeeld; ik voelde niet zozeer jaloezie als wel spijt dat ik er niet bij was geweest. Ik had het gevoel de belangrijkste dingen te hebben gemist omdat ik druk in de weer was met dingen die zo futiel waren dat ik ze me niet eens herinnerde.

Toen we klaar waren met de muren, brak het moment aan om het dak te maken. Het was inmiddels juli toen ik naar een smid beneden in het dorp ging om daar de acht door Bruno bestelde en op zijn verzoek op een bepaalde manier gebogen stalen beugels op te halen, alsmede enkele tientallen keilbouten van twintig centimeter lang. Ik laadde het materiaal op het muildier, plus een klein aggregaat met de daarvoor benodigde dieselolie en mijn oude klimspullen. Toen alles boven was klom ik naar de top van de rotswand, waar ik nog nooit was geweest. Er stonden lariksen. Ik zekerde me aan een van de dikste, liet me met dubbeltouw en gewapend met een elektrische boor tot halverwege de wand zakken en hoorde de hele verdere dag niets anders dan de orders die Bruno me van onderaf toeschreeuwde, het gebrom van het aggregaat en het oorverdovende gegier van de boor in de rots.

Voor elke beugel waren er vier bouten nodig. Acht beugels betekende tweeëndertig gaten. Volgens Bruno stond of viel de constructie bij dat aantal, want in de winter zou er van de rotswand continu sneeuw naar beneden komen, en dus had hij eindeloos zitten rekenen hoe hij een dak moest maken dat die klappen kon opvangen. Verschillende keren hees ik me aan de touwen omhoog, verplaatste mijn verankering een stukje, liet me weer zakken en boorde op zijn aanwijzingen verder; tegen de avond zaten alle acht beugels vast, keurig op gelijke afstand van elkaar, op ongeveer vier meter hoogte.

We sloten onze dagen af met een biertje dat ik 's ochtends bij de proviand in mijn rugzak stopte. We dronken het op bij de stookplaats, die zwart zag van de as en de houtskool. Ik daarentegen was wit: ik zat onder het rotsgruis en had lamme handen van de boor. Maar toen ik opkeek blonken de stalen wandbeugels in de avondzon. Ik was er trots op dat Bruno had besloten me dat werk toe te vertrouwen.

'Het probleem met sneeuw is dat je nooit weet hoe zwaar die is,' zei hij. 'Er bestaan berekeningen voor de draagkracht, maar je kunt maar beter alles verdubbelen.'

'Wat voor berekeningen?'

'Nou, een kuub water weegt een ton, oké? Sneeuw kan drie tot zeven ton wegen, naargelang van de hoeveelheid lucht die hij bevat. Dus als een dak twee meter sneeuw moet kunnen houden, dan moet je uitgaan van een draagkracht van veertien ton. En dat verdubbel ik.'

'Hallo! Maar hoe deden ze dat vroeger dan?'

'Vroeger stempelden ze alles. In de herfst, voordat ze weggingen. Ze zetten het hele huis vol stutten. Herinner je je nog die dikke, korte stammen die we hebben gevonden? Blijkbaar hebben zelfs die het niet gehouden, of misschien waren ze een winter vergeten ze neer te zetten.'

Ik keek naar de top van de rotswand. Ik probeerde me de sneeuw voor te stellen die zich daar ophoopte, losraakte en naar beneden stortte. Het was een flinke afstand.

'Jouw vader vond het erg leuk om over dat soort dingen te praten,' zei Bruno.

'O ja?'

'Hoe breed een balk moet zijn, hoe ver je ze uit elkaar moet plaatsten, welk soort hout je het best kunt gebruiken. Vurenhout is niet goed, want dat is zacht. Larikshout is harder. Het volstond niet dat ik hem dat vertelde, hij wilde ook altijd overal de reden van weten. Het komt omdat sparren in de schaduw groeien en lariksen in de zon: zon maakt het hout hard, schaduw en water maken het zacht, en dat kun je voor balken niet gebruiken.'

'Ik kan me voorstellen dat hij dat leuk vond.'

'Hij had ook een boek gekocht. Ik zei: laat toch zitten, Gianni, we vragen het wel aan een oude bouwvakker. Ik heb hem meegenomen naar mijn vroegere baas. We hebben hem ons plan voorgelegd en je vader had een schriftje bij zich waar hij alles in opschreef. Maar volgens mij is hij het later evengoed gaan nakijken in dat boek, want in mensen had hij niet veel vertrouwen, toch?'

'Ik weet niet,' zei ik. 'Ik denk het niet.'

Ik had mijn vaders naam sinds de dag van de begrafenis niet meer gehoord. Het deed me deugd die door Bruno te horen uitspreken, ook al had ik soms het idee dat we twee verschillende personen hadden gekend.

'Hijsen we morgen de balken omhoog?' vroeg ik.

'Eerst moeten ze op maat gezaagd. En zo bijgewerkt dat ze in de beugels passen. Om ze op te hijsen hebben we het muildier nodig, laten we maar zien hoe het gaat.'

'Denk je dat we lang bezig zullen zijn?'
'Ik weet het niet. Een ding tegelijk, toch? Nu bier.'
'Oké. Nu bier.'

Intussen raakte ik steeds meer in vorm. Nu ik al een maand lang elke ochtend naar boven klom begon ik mijn oude loopritme terug te krijgen. Het kwam me voor dat het gras in de velden langs het pad elke dag weliger werd, het water in de beek kalmer, het groen van de lariksen voller, en dat de komst van juli, wat het bos betrof, vergelijkbaar was met het einde van een roerige jeugd. Dat was ook de tijd waarop we vroeger altijd aankwamen. De bergen herkregen het aanzien dat mij vertrouwd was uit de tijd dat ik dacht dat er daar boven geen seizoenen waren en dat me bij mijn terugkomst altijd een eeuwige zomer wachtte. In Grana kwam ik langs de boeren die hun stallen in gereedheid brachten, spullen verplaatsten met hun tractoren. Binnen enkele dagen zou het vee dat zich nu nog op lager gelegen weidegronden bevond omhoogkomen en zou het dal weer bevolkt raken.

Naar boven ging niemand meer. Er stonden nog twee bouwvallen in de buurt van het meer, niet ver van het pad waarlangs ik op en neer ging. De eerste was helemaal overwoekerd door brandnetels en verkeerde in dezelfde staat als die waarin ik de mijne in de lente had aangetroffen, zij het dat het dak slechts deels was ingestort. Toen ik naar binnen keek bood het huis de gebruikelijke treurige aanblik: in het enige kamertje was flink huisgehouden, alsof de eigenaar zich bij het verlaten ervan had willen wreken op zijn leven vol misère, of latere bezoekers er tevergeefs naar iets van waarde hadden gezocht. Er restte een tafel, een gammele kruk, bij het afval gegooid vaatwerk en een kachel die me nog goed leek, en die ik me voornam daar weg te halen voordat hij helemaal onder het puin begraven zou zijn. De tweede bouwval was niet meer dan een herinnering aan een veel ouder en complexer bouwwerk: de eerste was vermoedelijk niet ouder dan een eeuw, maar deze was minstens drie eeuwen oud. Het was geen simpele stal maar een grote almboerderij met verschillende bijgebouwen, bijna een klein dorp, met stenen buitentrappen en imposante nokbalken – intrigerend, want bomen van die afmetingen groeiden honderden meters lager, en ik kon me niet voorstellen hoe ze die naar boven hadden gekregen. In de huizen stond niets, slechts door de regen schoongewassen en nog steeds loodrechte muren. Vergeleken met de onderkomens waaraan ik gewend was, leken die bouwvallen te getuigen van een nobeler beschaving, die in een periode van neergang teloor was gegaan en ten slotte was uitgestorven.

Als ik naar boven liep bleef ik graag even aan de oever van het meer staan. Ik boog me voorover, haalde mijn hand door het water en voelde hoe koud het was. De zon die de toppen van de Grenon verlichtte had de kom nog niet bereikt, en het meer had nog iets nachtelijks, als een hemel die niet langer donker is maar ook nog niet helder. Ik wist niet goed meer waarom ik uit de bergen was weggegaan, en ook niet waar ik van had gehouden toen ik niet meer van de bergen hield, maar als ik 's ochtends zo alleen naar boven liep, had ik het gevoel dat ik langzaam weer vrede met ze sloot.

De barma leek in die julidagen wel een zagerij. Ik had meerdere ladingen planken naar boven gebracht en nu lag het plateau vol opgetast hout, twee meter lange, nog geheel blanke, naar hars ruikende vurenhouten planken. De acht balken waren in een hoek van dertig graden bevestigd tussen de rotswand en de lange muur, op hun plaats gehouden door de stalen beugels en halverwege gestut door een lange lariksstam. Ik kon me het huis al bijna voorstellen, nu het dakskelet er lag: het had een deur op het westen en twee flinke ramen op het noorden, als ogen waarmee het over het meer uitkeek. Bruno wilde daar per se boogramen en hij had hele dagen verdaan met het met hamer en beitel modelleren van de stenen. Binnen zouden er twee kamers komen, een per raam. Van de twee lage verdiepingen van de oude bouwval – de stal onderin en de kaasmakerij daarboven – zouden we één hoger en ruimer vertrek maken. Soms probeerde ik me het licht voor te stellen dat er naar binnen zou vallen, maar dat ging mijn voorstellingsvermogen te boven.

Als ik aankwam, blies ik de nog gloeiende houtskool aan, gooide er wat droge takjes bij, vulde een pan met water en zette die op het vuur. Ik haalde vers brood uit mijn rugzak en een van de tomaten die de moeder van Bruno wonder boven wonder in staat was op dertienhonderd meter hoogte te telen. Ik stak mijn hoofd om de hoek van het bivak op zoek naar koffie en trof daar een lege slaapzak, de stomp van een op de tafel vastgezette kaars en een opengeslagen boek aan. Ik bekeek het omslag en glimlachte toen ik de naam Conrad zag. Van al het onderwijs van mijn moeder was bij Bruno alleen een voorliefde voor zeevaartromans beklijfd.

Hij kwam het huis uit als hij de geur van het vuur rook. Hij was binnen bezig planken te meten en te zagen voor het dak. Met het verstrijken van de weken ging hij er steeds woester uitzien, en als ik mijn besef van tijd verloor kon ik aan zijn baard aflezen welke dag het was. Om negen uur was hij al volop aan het werk, verzonken in gedachten waar hij zich maar moeilijk van kon losscheuren.

'O,' zei hij. 'Je bent er.'

Hij stak zijn hand op bij wijze van verminkte groet en kwam dan ontbijten. Hij sneed met zijn mes een homp brood en een plak kaas af. De tomaat at hij zo, zonder zout of iets, en ondertussen keek hij naar de bouwplaats en overdacht het werk dat ons wachtte.

Zeven

Het was een seizoen van terugkeer en verzoening, twee woorden waar ik bij het verstrijken van de zomer vaak aan dacht. Op een avond vertelde mijn moeder me een verhaal dat ging over haar, mijn vader en de bergen, de manier waarop ze elkaar hadden leren kennen en die waarop ze uiteindelijk waren getrouwd. Raar om daar zo laat pas over te horen, als je bedenkt dat dat het verhaal was van hoe ons gezin was ontstaan, en dus hoe ik was ontstaan. Maar toen ik jong was, was ik te jong voor dat soort verhalen, en daarna wilde ik er niet meer naar luisteren: zelfs op mijn twintigste zou ik, om maar geen familieherinneringen aan te hoeven horen, mijn vingers nog in mijn oren hebben gestopt, en ook die avond reageerde ik aanvankelijk afwijzend. Een deel van me was gehecht geraakt aan de dingen die ik niet wist. Terwijl ik luisterde keek ik door het raam naar buiten, naar de om negen uur 's avonds half in het duister gehulde berghelling aan de overkant van het dal. Het was aan die kant dicht begroeid met sparren, een bos zonder open plekken dat pardoes afdaalde naar de beek, en werd alleen doorsneden door een lang couloir; op die lichte voor hield ik mijn blik gericht.

Maar terwijl mijn moeder vertelde, begon er een ander gevoel bij me op te komen. Ik dacht: ik kén dit verhaal. En inderdaad kende ik het ook, op mijn manier. Jarenlang had ik er de fragmenten van verzameld, als iemand die de uitgescheurde bladzijden van een boek bezit en ze duizenden keren in willekeurige volgorde heeft gelezen. Ik had foto's gezien, gesprekken gehoord. Ik had mijn ouders en hun manier van doen geobserveerd. Ik wist bij welke onderwerpen ze opeens stokten, bij welke ze ruzie kregen en welke namen uit het verleden in staat waren hen treurig te stemmen of te ontroeren. Ik bezat elk afzonderlijk deel van het verhaal, maar was er nooit in geslaagd er een geheel van te maken.

Nadat ik een tijdje naar buiten had gekeken, zag ik zoals altijd de hindes op de tegenoverliggende helling verschijnen. In het couloir liep waarschijnlijk ergens een stroompje, en elke avond voordat het donker werd kwamen ze het bos uit om te drinken. Het water zag je niet van die afstand, maar de hindes zeiden me dat het er was. Ze kwamen en gingen via een eigen route, en ik keek naar ze totdat het te donker was om nog iets te onderscheiden.

Het verhaal is als volgt: in de jaren vijftig was mijn vader de beste vriend van de broer van mijn moeder, mijn oom Piero. Ze waren allebei van 1942, vijf jaar jonger dan zij. Ze hadden elkaar als jonge jongens leren kennen tijdens de kampeervakanties waarop de dorpspastoor hen altijd meenam. 's Zomers zaten ze een hele maand in de Dolomieten. Ze sliepen in tenten, speelden in de bossen, leerden bergbeklimmen en zich zelfstandig te redden, en het was dat leven waardoor ze zo goed bevriend waren geraakt. Dat kon ik wel begrijpen, toch?, zei mijn moeder. Ja, het kostte me geen enkele moeite me hen voor te stellen.

Piero deed het heel goed op school, mijn vader was sterker qua benen en qua karakter. Hoewel, niet echt: bij sommige dingen was hij de kwetsbaarste van de twee, maar hij was ook degene die anderen aanstak met zijn enthousiasme, de meest fantasierijke en rusteloze. Je werd er blij van als je hem om je heen had, en deels om die reden, deels omdat hij in een internaat woonde, was hij bij hen meteen kind aan huis geworden. In mijn moeders ogen was hij een jongen met te veel energie, eentje die het nodig vond om harder te hollen en zich meer te vermoeien dan de rest. Dat hij wees was, had toentertijd op niemand enige indruk gemaakt. Dat kwam vrij vaak voor na de oorlog, net als dat het vaak voorkwam dat iemand andermans kind in huis nam, bijvoorbeeld van een familielid dat was overleden of waar dan ook naartoe was vertrokken. Op de boerderij was er ruimte zat, en werk ook.

Niet dat mijn vader in praktische zin ondergebracht diende te worden. Het ontbrak hem niet aan een dak boven zijn hoofd: het ontbrak hem aan een gezin. En dus was hij op zijn zestiende, zeventiende zaterdags en zondags altijd bij hen, en in de zomer elke dag, voor de oogst, de druivenpluk, het hooien en de houtkap. Hij hield van leren. Maar hij hield ook van het leven buiten. Mijn moeder vertelde me dat Piero en hij elkaar een keer hadden uitgedaagd om met hun voeten ik weet niet hoeveel ton druiven te persen, dat ze op jeugdige leeftijd het wijn drinken hadden ontdekt en dat ze hen op een dag stomdronken in de kelder hadden aangetroffen waar ze zich hadden verstopt. Er waren oneindig veel van dat soort verhalen, zei ze, maar ze wilde dat één ding me duidelijk was: die band was niet zomaar ontstaan en gegroeid. Er zat een vooropgezet plan achter. De pastoor, die van de bergen, die tevens een vriend van mijn opa was, had die jongens en meisjes jarenlang mee uit kamperen genomen, en zag tot zijn genoegen dat mijn vader zich aan hen hechtte. Mijn opa op zijn beurt had ermee ingestemd die wees in huis op te nemen. Ook dat was een manier om hem een toekomst te bieden.

Piero leek op mij, zei mijn moeder. Hij was zwijgzaam, nadenkend. Hij was gevoelig en daardoor goed in staat anderen te begrijpen, en die gevoeligheid maakte hem tegelijkertijd enigszins weerloos jegens mensen met een sterker karakter dan het zijne. Toen het moment kwam om zich in te schrijven bij de universiteit had hij niet getwijfeld: wat hij altijd al, meer dan wat ook, wilde worden was arts. Hij zou een goede arts zijn geweest, zei mijn moeder. Hij had er de kwaliteiten voor, talent om te luisteren en om compassie te voelen. Mijn vader daarentegen werd meer aangetrokken door materie dan door mensen: door aarde, vuur, lucht en water; hij hield van het idee zijn handen in de elementen van de wereld te steken en te ontdekken waar die uit bestond. Ja, dacht ik, dat was hij ten voeten uit. Zo herinnerde ik me hem, gefascineerd door elke zandkorrel en elk ijskristal en volstrekt niet geïnteresseerd in mensen. Ik kon me goed voorstellen hoe hij zich op zijn negentiende met hart en ziel op de studie scheikunde had gestort.

Inmiddels trokken ze op eigen houtje de bergen in. Van juni tot september namen ze elke of bijna elke zaterdag de bus naar Trento of Belluno en liftten dan verder de dalen in. Ze overnachtten in weilanden, of soms in hooischuren. Ze hadden geen geld om iets te kopen. Maar, zei mijn moeder, dat had niemand die toentertijd de bergen in trok: de Alpen waren het avontuur van de armen, waren de Noordpool of de Stille Oceaan voor jongens zoals zij. Mijn vader was degene van hun tweeën die de kaarten bestudeerde en nieuwe ondernemingen plande. Piero was voorzichtiger, maar ook koppiger. Hij had tijd nodig om overtuigd te raken, maar dan was het ook niet waarschijnlijk dat hij het halverwege liet afweten, en hij was de ideale metgezel voor iemand als mijn vader, die geneigd was ontmoedigd te raken als het tegenzat.

Totdat hun levens zich scheidden. Scheikunde duurde minder lang dan medicijnen, en dus studeerde mijn vader als eerste af en ging in '67 in militaire dienst. Hij kwam terecht bij de bergartillerie, waar hij kanonnen en mortieren omhoog moest slepen over de ezelpaden uit de Eerste Wereldoorlog. Zijn universitaire graad gaf hem recht op de rang van onderofficier, of muildiersergeant, zoals hij zei: hij bracht dat jaar niet veel tijd door in de kazerne, want hij was voortdurend bezig zich met zijn compagnie van het ene naar het andere dal te verplaatsen. Hij ontdekte dat hij dat leven helemaal niet vervelend vond. Toen hij terugkwam, leek hij ouder, zowel ouder dan de jongen die was vertrokken als ouder dan Piero, die zijn dagen nog boven de boeken sleet. Het was alsof hij als eerste de harde realiteit had geproefd, en die hem goed was bevallen. Hij had behalve katers van de grappa ook lange marsen en kampementen in de sneeuw doorstaan. En over die sneeuw praatte hij met Piero als hij met verlof was. Over de vorm ervan, het veranderlijke karakter, de taal. Met de bezieling die hij als jonge chemicus had, was hij verliefd geworden op een nieuw element. Hij zei dat de bergen in de winter een heel andere wereld zijn, en dat ze daar met z'n tweeën naartoe moesten.

En zo luidden Piero en hij met kerst '68, vlak nadat hij was afgezwaaid, hun eerste winterseizoen in. Ze leenden van iemand ski's en stijgvellen. Ze begonnen met de plekken die ze wat beter kenden, alleen konden ze nu niet meer onder de sterrenhemel slapen en moesten ze betalen voor een hut. Mijn vader was uitermate goed getraind, mijn oom minder omdat hij het hele jaar bezig was geweest met zijn doctoraalscriptie. Maar ook hij was enthousiast over hun nieuwe ontdekkingen. Ze hadden amper geld voor eten en logies, konden zich al helemaal geen gids veroorloven, en hun techniek was wat die was. Maar volgens mijn vader was stijgen gewoon een kwestie van goede benen en kwam je altijd wel weer op een of andere manier beneden. Zoetjesaan ontwikkelden ze zelfs een eigen stijl. Totdat ze, in maart, op weg waren naar een bergpas van de Sassolungo en op een gegeven moment in de middagzon een helling moesten traverseren.

Ik zag het tafereel dat mijn moeder beschreef duidelijk voor me door de vele keren dat ik het haar vermoedelijk al had horen vertellen. Mijn vader ging voorop, en hij had net een ski afgedaan om de binding beter af te stellen toen hij voelde dat de grond onder zijn voeten weggleed. Hij hoorde geruis, zoals wanneer een golf zich terugtrekt over het zand, en het was alsof de hele helling die hij zojuist was overgestoken omlaag zakte. Traag, ongelooflijk traag, aanvankelijk: mijn vader gleed een meter naar beneden en slaagde er toen in zich zijwaarts te verplaatsen en zich aan een rots vast te klampen, maar zag hoe zijn losse ski in de diepte verdween. Net als Piero, die zich op een gladder, steiler stuk van de helling bevond. Hij zag hoe die zijn evenwicht verloor en op zijn buik omlaag gleed, terwijl hij met zijn handen naar houvast zocht dat er niet was. Toen kreeg de sneeuwplaat snelheid en massa. Het was geen droge wintersneeuw die in wolken de berg af komt, het was natte voorjaarssneeuw die omlaag rolt. Hij rolt, en als hij een obstakel tegenkomt klimt hij over zichzelf heen, en hij overspoelde Piero zonder echt tegen hem op te botsen of hem mee te sleuren: hij bedolf hem en vervolgde zijn weg. Tweehonderd meter lager vlakte de helling af en daar verloor de lawine vaart.

Nog voordat die helemaal tot stilstand was gekomen rende mijn vader naar beneden, maar er viel geen spoor van zijn vriend te bekennen. De sneeuw was nu hard. Zware sneeuw, compact geworden door de val. Hij doolde schreeuwend over de lawine en keek overal of er iets bewoog, maar de sneeuw was weer roerloos, al was er niet meer dan een minuut verstreken sinds die was gaan schuiven. Mijn vader vertelde het de maanden daarna zo: het was alsof een enorm beest in zijn slaap was gestoord, even had gegromd, zijn ongenoegen had afgeschud, een lekkerder plekje had opgezocht en nu alweer sliep. Voor de berg was het alsof er niets was voorgevallen.

De enige hoop was, wat heel soms gebeurt, dat Piero daaronder een luchtbel had weten te maken en adem kon halen. Mijn vader had geen schep bij zich, en hij nam de enige verstandige beslissing: hij begon af te dalen naar de hut waar ze hadden geslapen, maar zakte wat lager weer weg in de zachte sneeuw. Hij ging terug omhoog, bond de ski onder die hem nog restte en slaagde er op een of andere manier in daarmee af te dalen, steeds kleine stukjes glijdend en voortdurend vallend, maar dat was altijd nog beter dan bij elke stap wegzakken. Halverwege de middag bereikte hij de hut en belde de hulpdiensten. Die arriveerden toen het inmiddels donker was, en vonden mijn oom de volgende ochtend, dood onder een meter lawine, verstikt door de sneeuw.

Het was meteen voor iedereen duidelijk dat het zijn schuld was. Wie hadden ze die anders kunnen geven? Uit twee dingen bleek dat Piero en hij de winter hadden onderschat: hun uitrusting deugde niet en ze waren op het verkeerde tijdstip naar boven gegaan. Het had net gesneeuwd. Het was te warm om een helling te traverseren. Mijn vader was het meest ervaren van de twee en had beter moeten weten, die route moeten mijden en eerder moeten omkeren. Mijn opa vond zijn fouten iets onvergeeflijks hebben, en in plaats van af te zwakken wortelde zijn woede mettertijd steeds dieper. Hij ging niet zover dat hij hem de toegang tot zijn huis ontzegde, maar hij vond het onaangenaam hem nog langer te zien, en als mijn vader binnenkwam vertrok zijn gezicht. Vervolgens ging hij ertoe over de kamer te verlaten. En een jaar later, tijdens de herdenkingsmis voor zijn zoon, regelde hij het zelfs zo dat hij aan de andere kant van de kerk zat. Op een gegeven moment gaf mijn vader zich gewonnen en liet het verder maar.

En op dit punt in het verhaal verschijnt mijn moeder ten tonele. Al was ze daar altijd al geweest, als toeschouwster. Ze kende mijn vader al haar hele leven, ook al had ze hem aanvankelijk alleen maar beschouwd als de vriend van haar broer. Maar toen ze ouder werden, was hij ook met haar bevriend geraakt. Ze hadden vaak zij aan zij gezongen, gedronken, gewandeld en druiven geplukt, en na het ongeluk zochten ze elkaar steeds vaker op om te praten: mijn vader was er in die tijd heel beroerd aan toe, en in mijn moeders ogen was dat oneerlijk. Ze vond het oneerlijk hem alle schuld in de schoenen te schuiven en hem verder aan zijn lot over te laten. Het liep erop uit dat ze verkering kregen, ongeveer een jaar voordat ze trouwden. De hele familie weigerde naar de bruiloft te komen. En dus trouwden ze zonder familie, in de bergen, klaar om naar Milaan te vertrekken, en daarna begon hun nieuwe leven. Met een nieuw huis, nieuwe banen, nieuwe vrienden, nieuwe bergen. Ook ik was er, in hun nieuwe leven: sterker nog, zei mijn moeder, ik was het nieuwste van alles, dat wat al het andere bestaansrecht gaf. Ik met mijn oude voornaam, een familienaam.

Dat was het. Toen mijn moeder klaar was met haar verhaal, dacht ik aan de gletsjers. De manier waarop mijn vader het er altijd over had. Hij was niet iemand die op zijn schreden terugkeerde, en hij hield er niet van terug te denken aan die treurige tijden, maar soms, in de bergen, ook op die maagdelijke bergen waar geen enkele vriend was gestorven, keek hij naar de gletsjer en kwam er iets in zijn herinnering bovendrijven. Hij zei het zo: dat de zomer herinneringen net zo uitwist als ze sneeuw doet smelten, maar dat de gletsjer de sneeuw is van winters uit het verleden, een herinnering aan een winter die niet vergeten wil worden. Nu begreep ik pas waar hij het over had. En wist ik eens en voor altijd dat ik twee vaders had gehad: de eerste was de vreemdeling met wie ik twintig jaar in de stad had gewoond en met wie ik de tien jaar daarna alle banden had doorgesneden; de tweede was de vader uit de bergen, van wie ik slechts een glimp had opgevangen maar die ik beter kende, de man die achter me over de paden liep, die van gletsjers hield. Die tweede vader had me een bouwval nagelaten om opnieuw op te bouwen. En dus besloot ik de eerste te vergeten, en die klus te klaren om de tweede te gedenken.

Acht

In augustus waren we klaar met het dak. Het bestond uit twee lagen planken met daartussen golfplaat en isolatiemateriaal. Aan de buitenkant zaten overlappende dakspanen van larikshout met gootjes erin om het water af te voeren; aan de binnenkant planken van vurenhout met mes en groef: het larikshout zou het huis beschermen tegen de regen, het vurenhout zou het warm houden. We hadden besloten geen raam in het dak te maken. Zelfs om twaalf uur op een zomermiddag zou het daarbinnen behoorlijk donker zijn. Door de ramen op het noorden viel geen direct licht naar binnen, maar als je naar buiten keek zag je de berg ertegenover, aan de overkant van het meer, bijna wit oplichten. Rond dat uur waren de rotsformaties en de puinhellingen oogverblindend. Het licht dat door de ramen naar binnen viel kwam daarvandaan, als van een spiegel: zo werkte dat in een huis dat op de schaduwhelling was gebouwd.

Ik liep het plateau op om die in de zon badende berg te bekijken. Daarna keek ik om naar de onze, de Grenon, die de lucht afdekte. Ik kreeg zin om naar de top te klimmen en te zien hoe de barma er van daaraf uitzag. Al twee maanden torende hij elke dag boven me uit, maar het was nooit eerder in me opgekomen: ik denk dat het mijn benen waren die me dat verlangen nu ingaven, en de zomerhitte. Mijn benen waren weer sterk en stonden te trappelen, en de zomer lokte me naar boven.

Bruno kwam van het dak af, waar hij met een geduldwerkje bezig was. Hij moest tussen de rotswand en het dak een loodslab aanbrengen om te voorkomen dat het water dat op regendagen naar beneden kwam het huis in lekte. Daarvoor moest hij het lood met een hamer stukje bij beetje zo modelleren dat het bij elk uitsteeksel en elke holte in de rotswand precies aansloot. Het lood was zacht, en als je zorgvuldig te werk ging leek het uiteindelijk bijna alsof het aan de rots vastzat, een matte ader. Zo versmolten dak en rotswand tot één oppervlak.

Ik vroeg Bruno waar het pad naar de Grenon was en hij wees me op een spoor dat vanaf het meer langs de helling omhoogliep. Het verdween in een dicht elzenbos, doorkruiste een strook drassig land en kwam verderop weer tevoorschijn, tussen met gras begroeide steile berghellingen. En daarachter, zei hij, achter dat wat leek op een bergkam, lag in werkelijkheid nog een kom verscholen, en nog een meer, kleiner dan het onze. Voorbij dat meer was het een en al puinhelling. Er was geen echt pad omhoog, misschien wel wat steenmannetjes of gemzenpaden, maar hij wees me op een inkeping in de topgraat waar een restje sneeuwveld te zien was. Als ik me op die sneeuw richtte, zei hij, kon ik niet verdwalen: ik zou boven op de graat uitkomen en dan kon ik makkelijk doorlopen naar de top.

'Ik zou er wel heen willen,' zei ik. 'Zaterdag of zondag misschien, als de zon schijnt.'

'Waarom ga je nu niet?' zei Bruno. 'Dit kan ik ook wel alleen af.'

'Weet je 't zeker?'

'Ja, echt. Vrije dag. Hup, ga!'

Het hoger gelegen meer was heel anders dan het onze. Wat laatste kleine alpendennen en lariksen, wat laatste wilgen- en elzenstruiken: naarmate ik hoger kwam werden ze steeds schaarser, en aan de andere kant van de kam werd ik al de ijle lucht van het hooggebergte gewaar. Het meer was niet meer dan een groenige plas, omgeven door magere weidegrond en bosbessenvelden. Vlak bij een bouwval lagen iets van twintig ongehoede geiten die amper acht op me sloegen. Daar waar de laatste grasssprieten plaatsmaakten voor de steenbrokken van de puinhelling liep het pad dood tussen door langskomend vee uitgesleten schijnpaden. Ik zag het sneeuwveld boven op de top duidelijk liggen en dacht aan mijn vaders regels: ik trok een rechte lijn tussen mij en de sneeuw, en ging op pad. Ik hoorde zijn stem die zei: rechtuit, daar omhoog.

Ik had al heel lang niet boven de boomgrens gelopen. Ik was er nooit alleen geweest maar ik had schijnbaar een hoop geleerd, want ik bewoog me met het grootste gemak over de puinhelling. Hogerop zag ik een steenmannetje en daar richtte ik me op; ik stapte van steen naar steen, waarbij ik instinctief koos voor grote, stabiele stenen en wiebelende vermeed. De rotsen hadden voor mijn gevoel iets elastisch; mijn stappen werden er niet door geabsorbeerd, zoals bij aarde en gras gebeurt, maar ze leken de kracht van mijn benen terug te kaatsen en mijn lichaam de impuls te geven om door te lopen. Dus elke keer als ik met mijn ene voet op een steen was gaan staan en mijn gewicht naar voren en naar boven had verplaatst, zette ik mijn andere voet verder en hoger neer, en al snel holde en sprong ik over de puinhelling, totdat ik ophield de bewegingen van mijn benen te sturen en ze maar liet gaan. Ik voelde dat ik me op ze kon verlaten en dat ze zich niet zouden vergissen. Ik dacht terug aan mijn vader en de vreugde die hij uitstraalde als we de alpenweiden achter ons lieten en de wereld van de rotsen betraden. Misschien was die net zo geweest als de vreugde die ik nu voelde.

Toen ik het sneeuwveldje bereikte, hijgde ik van het harde lopen. Ik stopte om de augustussneeuw te voelen. Die was bevroren en korrelig en zo hard dat ik hem met mijn nagels moest loskrabben; toen ik er een handjevol van had, wreef ik er ter verfrissing mee over mijn voorhoofd en mijn hals. Daarna zoog ik erop tot ik mijn lippen voelde tintelen, en vervolgens liep ik over het laatste stuk puinhelling omhoog naar de graat. Daar ontvouwde zich het uitzicht op de andere kant van de Grenon, de zonzijde: onder me lag, na een rotsband, een lang stuk grasland dat glooiend afdaalde naar een almdorp en een wei met hier en daar een koe. Ik had het gevoel dat ik me ineens duizend meter lager bevond, of dat het een ander jaargetijde was. Voor me het zomerlicht en de levendige geluiden van het vee, en achter me, als ik me omdraaide, een grauwe, donkere herfst, bestaande uit vochtige rotsen en sneeuwvlekken. De twee meren onder me waren door het perspectief nu een tweeling geworden. Ik zocht naar het huis dat Bruno en ik aan het bouwen waren, maar misschien was ik al te hoog, of misschien versmolt het met de omgeving, want ik kon het niet onderscheiden van de berg die er de bouwstenen voor had geleverd.

Een aantal meter onder de kam, langs een fraaie richel, stonden weer nieuwe steenmannetjes. Maar ik had zin om te klimmen en voorzag geen grote problemen, dus besloot ik de graat te volgen. Na al die jaren legde ik mijn handen weer op de rotsen, zocht steunpunten voor mijn voeten en trok me op. Hoewel het een simpele klim was, vereisten die oude handelingen mijn volle aandacht. Ik moest telkens weer goed nadenken waar ik mijn hand of voet plaatste, in plaats van kracht mijn evenwicht gebruiken en trachten licht te zijn. Al snel verloor ik elk besef van tijd. Ik lette niet op de bergen om me heen, noch op de twee zo uiteenlopende werelden die daar onder me gaapten: alleen de rots vóór me bestond, en mijn handen en voeten. Totdat ik een punt bereikte waar ik niet hoger kon, en me alleen daardoor realiseerde dat ik op de top was.

En nu? dacht ik. Er lag een stapel stenen. Achter dat primitieve monument tekende zich tegen de lucht de Monte Rosa met zijn gletsjers af. Ik had misschien een biertje mee naar boven moeten nemen om het te vieren, maar ik ervoer uitgelatenheid noch opluchting: ik besloot net lang genoeg te blijven om een sigaret te roken en de bergen van mijn vader gedag te zeggen, en dan weer af te dalen.

Ik herkende alle toppen nog. Terwijl ik zat te roken bekeek ik ze, van oost naar west, en ik kon me alle namen herinneren. Ik vroeg me af op welke hoogte ik me bevond, want ik had het gevoel de drieduizendmetergrens te zijn gepasseerd zonder last van mijn maag te hebben gekregen, dus keek ik om me heen op zoek naar een of ander bordje. Mijn oog viel op een blikken doos die tussen de stapel stenen zat ingeklemd. Ik wist wat erin zat. Ik tilde het deksel op en zag een schrift in een plastic zak die niet in staat was geweest het volledig tegen het vocht te beschermen. De gelinieerde pagina's hadden de consistentie van nat geworden en weer opgedroogd papier. Er zaten ook een paar pennen in waarmee de schaarse wandelaars er een gedachte in hadden achtergelaten, of soms alleen maar hun naam en de datum. De laatste was ruim een week eerder langsgekomen. Ik bladerde door het schrift en zag dat die kale, gehavende, padloze berg die mijn huis in de schaduw legde en die inmiddels ook aanvoelde als 'van mij' jaarlijks door niet meer dan een tiental mensen werd beklommen, en daardoor ging het schrift vrij ver terug in de tijd. Ik las verschillende namen en nietszeggende opmerkingen. Het leek wel of mensen na alle geleverde inspanningen nooit in staat waren te beschrijven wat ze voelden en niet verder kwamen dan wat poëtische of spirituele banaliteiten. Met enige afkeer jegens de mensheid bladerde ik terug, en ik wist niet waar ik naar op zoek was tot ik het vond: twee regels uit augustus 1997. Ik herkende het handschrift. De toon ook. Er stond: *In 3 uur en 58 minuten vanuit Grana naar boven. Nog in topvorm! Giovanni Guasti.*

Lang keek ik naar mijn vaders woorden. De door het vocht uitgelopen inkt, zijn handtekening, die minder leesbaar was dan de twee zinnen die eraan voorafgingen. Het was de handtekening van een man die gewend was die vaak te zetten, niet meer echt een naam, doch uitsluitend een automatisme. In het uitroepteken lag zijn hele goede humeur van die dag besloten. Hij was alleen, dat leek tenminste uit het schriftje op te maken, en daarom zag ik hem in gedachten over de puinhelling naar boven klimmen en op de graat uitkomen, net als ik had gedaan. Ik was er zeker van dat hij de tijd in de gaten had gehouden, en wist precies waar hij het op een hollen had gezet. Hij wilde het koste wat het kost in minder dan vier uur doen. Hij voelde zich goed, daar op de top, trots op zijn benen en blij dat hij zijn lichtgevende berg terugzag. Even overwoog ik de pagina eruit te scheuren en te bewaren, maar dat leek me heiligschennis, net zoiets als een steen van de top mee naar beneden nemen. Ik verpakte het schrift weer goed in het plastic, legde het terug in het blik en liet het achter.

In de daaropvolgende weken vond ik nog meer boodschappen van mijn vader. Ik bestudeerde de kaart met de door hem aangegeven paden en ging naar hem op zoek op lager gelegen, minder eervolle, vergeten toppen. Rond half augustus lieten hele hordes touwgroepen hun sporen achter op de gletsjers van de Monte Rosa en werden de berghutten overspoeld door alpinisten uit de halve wereld, maar daar waar ik heen ging kwam ik nooit iemand tegen, of het moest een eenzame ziel zijn van de leeftijd van mijn vader, of ouder. Ik had het gevoel hém te zien als ik ze inhaalde. En zij hadden, denk ik, het idee een zoon tegen te komen, want ze stonden te kijken hoe ik kwam aanlopen en gingen opzij met de woorden: 'Ruim baan voor de jeugd!' Ik merkte dat ze het op prijs stelden als ik stopte voor een praatje, en dus deed ik dat steeds vaker. Soms maakten we van de gelegenheid gebruik om samen wat te eten. Ze kwamen allemaal al dertig, veertig, vijftig jaar naar deze bergen, en gaven net als ik de voorkeur aan plekken die de alpinisten links lieten liggen, de verlaten dalen waar nooit iets leek te veranderen.

Een man met een witte snor vertelde me dat het voor hem een manier was om zijn leven te overdenken. Als hij eens per jaar hetzelfde vertrouwde pad insloeg was het alsof hij doordrong tot zijn geheugen en een voor een zijn herinneringen af ging. Hij kwam van het platteland, net als mijn vader, maar zijn platteland was het rijstland tussen Novara en Vercelli. Vanuit zijn geboortehuis zag hij de Monte Rosa boven de streep van de velden uitkomen en van jongs af aan hadden ze hem verteld dat daar het water vandaan kwam: het drinkwater, het water van de rivieren, het water om de rijstvelden mee blank te zetten, al het water dat ze gebruikten ontsprong daar; en zolang er aan de horizon ijs bleef glinsteren zouden er nooit droogteproblemen zijn. Ik mocht die man wel. Hij was sinds een paar jaar weduwnaar en miste zijn vrouw enorm. Hij had zonnevlekken op zijn kale hoofd en rookte een pijp die hij stopte terwijl we zaten te praten. Op een gegeven moment haalde hij een veldfles uit zijn rugzak, goot een paar druppels grappa op een suikerklontje en bood me dat aan.

'Hiermee ga je als een trein,' zei hij. En even later: 'Ja ja, niets zo goed als de bergen om je dingen te herinneren.' Daar kwam ik langzamerhand ook achter.

Op de top trof ik vaak een scheefstaand kruis aan, maar soms dat niet eens. Ik verstoorde steenbokken die ontstemd waren maar niet echt wegvluchtten. De mannetjes bliezen me al hun ongenoegen over mijn aanwezigheid toe; de vrouwtjes en de kalfjes zochten achter hen een goed heenkomen. Als ik geluk had lag het metalen kistje verstopt aan de voet van het kruis of ergens tussen de stenen.

In al die schriften stond de naam van mijn vader. Vaak was hij laconiek, altijd opschepperig. Soms moest ik wel tien jaar terugbladeren om maar drie woorden te vinden: *Ook deze gedaan, Giovanni Guasti*. Hij moet zich in topvorm hebben gevoeld en ergens door geraakt zijn geweest toen hij op een dag schreef: *Steenbokken, adelaars, verse sneeuw. Als een soort tweede jeugd*. Een andere keer schreef hij: *Dichte mist tot op de top. Liedjes van vroeger. Schitterend innerlijk panorama*. Ik kende ze allemaal, die liedjes, en had ze graag samen met hem in de mist gezongen. In een andere boodschap, die krap een jaar daarvoor was achtergelaten, zat een vleugje weemoed: *Na lange tijd weer terug hier boven. Het zou fijn zijn hier met z'n allen te blijven, zonder verder iemand te zien, zonder nog terug naar het dal te hoeven*.

Z'n allen? Wie dan? vroeg ik me af. En waar was ik die dag? Wellicht voelde hij al dat hij een zwak hart had, of was er iets anders met hem gebeurd waardoor hij dat schreef. *Zonder nog terug naar het dal te hoeven*. Dat was hetzelfde gevoel dat hem had doen dromen van een huis op de hoogste, ontoegankelijkste en meest afgelegen plek, ver van de bewoonde wereld. Voordat ik het schrift op z'n plaats teruglegde, noteerde ik de data en zijn woorden in een zakboekje. Zelf schreef ik er nooit iets bij.

Misschien leefden Bruno en ik inderdaad in de droom van mijn vader. We hadden elkaar weer teruggevonden in een pauze van ons beider bestaan: zo een die het ene tijdperk afsluit en het volgende inluidt – al zouden we dat pas later begrijpen. Vanuit de barma zagen we onder ons valken cirkelen, en marmotten die de wacht hielden op de drempel van hun hol. Af en toe zagen we bij het meer een of twee vissers of een paar wandelaars, maar zij keken niet omhoog om ons te zoeken, en wij gingen niet naar beneden om hen te groeten. In augustus wachtten we tot ze allemaal weg waren en gingen dan in de namiddag zwemmen. Het water in het meer was ijskoud, en voordat we eruit kwamen en over het gras holden tot het bloed weer door onze aderen begon te stromen deden we wie het langst onder water kon blijven. We hadden ook een hengel bij ons, niet meer dan een stok en een lijn, en sprinkhanen als aas, waarmee we soms toch iets vingen. Dan bestond ons avondmaal uit geroosterde forel en rode wijn, en bleven we bij het vuur zitten drinken tot het donker was.

Ook ik bleef er nu 's nachts slapen. Ik bivakkeerde in het huis in aanbouw, onder het raam. De eerste keer lag ik in mijn slaapzak eindeloos naar de sterren te staren en naar de wind te luisteren. Ik draaide me om en kon zelfs in het donker de aanwezigheid van de rotswand voelen, alsof die magnetisch was, of een soort aantrekkingskracht bezat – zo'n beetje zoals wanneer je je ogen dicht hebt en vóelt dat iemand zijn hand naar je voorhoofd brengt. Ik had het idee dat ik in een grot sliep die in de berg was uitgehouwen.

Net als Bruno was ik de beschaving razendsnel ontwend: ik daalde eenmaal in de week met tegenzin af naar het dorp om boodschappen te doen, en dan verbaasde het me dat ik me na amper twee uur lopen weer tussen de auto's bevond. De winkeliers behandelden me als een willekeurige toerist, wellicht iets excentrieker dan de rest, en ik vond het allemaal wel prima. Ik voelde me beter als ik weer terug het pad op liep. Ik laadde brood, groente, worst, kaas en wijn op het muildier, gaf het een klap op zijn achterste en liet het zijn eigen weg kiezen, want zo langzamerhand kon het die wel dromen. Misschien hadden we daar echt de rest van ons leven kunnen blijven zonder dat iemand dat ooit had opgemerkt.

Eind augustus begon het te regenen. Ook dat herinnerde ik me. In de bergen zijn dat de dagen die de herfst inluiden, want daarna, als de zon weer terug is, is het niet meer de warme zon van daarvoor, valt het licht schuiner en zijn de schaduwen langer. Die trage, vormloze wolkenbanken die de toppen opslokten zeiden me vroeger dat het tijd was om te vertrekken, en dan tekende ik protest aan bij de lucht omdat de zomer maar eventjes had geduurd; hij was toch nog maar net begonnen? Het kón niet dat die zo snel was omgevlogen.

De regen deed het gras in de weiden bij de barma ombuigen en maakte stippen op het meeroppervlak. Hij trommelde op ons dak en zijn gekletter vermengde zich met het geknetter van het vuur. We waren inmiddels bezig een van de kamers met vurenhout te betimmeren en warmden ons aan de kachel die ik had opgehaald. We hadden hem tegen de rotswand geplaatst. De rots achter de kachel warmde langzaam maar zeker op en stond zijn warmte af aan de kamer; het vurenhout waarmee die was afgetimmerd zou die gloed moeten vasthouden. Maar zover waren we nog niet: zonder ramen en deuren blies de wind ons om de oren en viel de regen schuin door de openingen naar binnen, maar na het werk was het toch lekker in huis;

we keken naar de kachel en voedden die met het hout uit de oude bouwval.

Bruno vertelde me op een avond over het plan dat hij had. Hij wilde de alm van zijn oom kopen. Hij legde al heel lang geld opzij. Zijn neven, die allang blij waren dat ze zich van hun akelige herinneringen konden ontdoen, hadden een prijs met hem afgemaakt, en Bruno had alles wat hij bezat in de aanbetaling gestopt; de rest hoopte hij van de bank te kunnen lenen. Die maanden in de barma waren een generale repetitie geweest: nu wist hij dat hij het kon. Als alles goed ging, zou hij de zomer daarop hetzelfde werk doen: hij wilde de hutten opknappen, wat vee kopen en de alm binnen een paar jaar in ere herstellen.

'Een mooi plan,' zei ik.

'Koeien kosten helemaal niets meer,' zei hij.

'En leveren ze wat op?'

'Niet zoveel. Maar dat hindert niet. Als het om het geld ging, bleef ik wel bouwvakker.'

'Heb je er genoeg van, van het bouwvakker zijn?'

'Helemaal niet. Maar ik heb altijd geweten dat het iets tijdelijks was. Het is iets wat ik kan, maar niet dat waarvoor ik geboren ben.'

'Waar ben je dan wel voor geboren?'

'Voor bergbewoner.'

Bij het uitspreken van dat woord werd hij ernstig. Ik had het hem maar een paar keer horen bezigen, toen hij me vertelde over zijn voorouders. De vroegere bewoners van de bergen die hij had leren kennen via de bossen, de verwilderde velden en de bouwvallige huizen die hij zijn leven lang al afstruinde. Ooit leek al dat verval hem onvermijdelijk, toen de enige toekomst die hij voor zichzelf zag dezelfde was als die van álle mannen in het dal: omlaag kijken, waar geld was, en werk, en niet omhoog, waar alleen doornstruiken en bouwvallen te vinden waren. Hij vertelde me dat zijn oom de laatste jaren op de alm niets meer repareerde. Als er een stoel kapotging, stookte hij die op in de kachel. Als hij ergens in de wei een woekerplant zag, bukte hij zich niet eens meer om die eruit te trekken. Zijn vader vloekte als je het over die plek had, hij zou de koeien het liefst hebben afgeschoten, en hij ontleende een sardonisch plezier aan de gedachte dat alles naar de donder ging.

Maar Bruno dacht daar heel anders over. Dermate anders dan zijn vader, zijn oom en zijn neven, dat hij op een gegeven moment had begrepen op wie hij leek en waar die lokroep van de bergen vandaan kwam.

'Van je moeder,' zei ik. Niet dat ik dat al wist: de gedachte kwam op dat moment bij me op.

'Ja,' zei Bruno. 'Zij en ik lijken op elkaar.'

Hij pauzeerde even, zodat ik zijn woorden goed tot me kon laten doordringen, en voegde er toen aan toe: 'Behalve dan dat zij een vrouw is. Als ik in het bos ga wonen, zegt niemand iets. Als een vrouw dat doet, denken ze dat ze een heks is. Als ik mijn mond hou, is er niets aan de hand. Dan ben ik alleen een man die niet praat. Een vrouw die niet praat moet wel een halvegare zijn.'

Het was waar, dat hadden we allemaal gedacht. Ik had nooit meer dan twee woorden met haar gewisseld. Ook nu niet, als ik in Grana bij haar langsging en ze me aardappelen, tomaten en kaas gaf om mee naar boven te nemen. Ze was wat krommer en nog magerder in haar gezicht, maar ze was nog steeds die vreemde verschijning die ik als jongetje altijd boven in de moestuin zag.

Bruno zei: 'Als mijn moeder een man was geweest, had ze wél het leven geleid dat ze had willen leiden. Trouwen was niets voor haar, denk ik. En zeker niet met mijn vader. Haar enige geluk is dat ze van hem verlost is.'

'Hoe heeft ze dat voor elkaar gekregen?'

'Door nooit iets te zeggen. En altijd boven bij haar kippen te zitten. Zo iemand kun je niet al te veel kwalijk nemen, op den duur laat je die met rust.'

'Heeft zij je dat allemaal verteld?'

'Nee. Of misschien ook wel, op een of andere manier. Het doet er niet toe of ze het me heeft verteld: ik snapte het zelf wel.'

Ik wist dat Bruno gelijk had. Ik snapte dat soort dingen ook van mijn eigen ouders. De zin *Haar enige geluk is dat ze van hem verlost is* begon door mijn hoofd te spelen: ik vroeg me af of voor mijn moeder hetzelfde gold. Het zou zomaar hebben gekund, haar kennende. Geluk misschien niet echt, maar wellicht opluchting. Mijn vader was een lastige man geweest. Dominant, en vermoeiend. Als hij in de buurt was, bestond alleen hij: zijn karakter eiste dat onze levens om het zijne draaiden.

'En jij?' zei Bruno na een tijdje.

'Ik wat?'

'Wat ga jij nu doen?'

'O. Ik ga weg, denk ik. Als ik kan.'

'Waarheen?'

'Misschien naar Azië. Ik weet het nog niet.'

Ik had hem al verteld over mijn verlangen om te reizen. Vooral daarom was ik het zat om geen geld te hebben: de afgelopen jaren had het me al mijn energie gekost om de eindjes aan elkaar te knopen. Wat ik niet bezat, miste ik ook niet, maar ik miste wel de vrijheid om de wereld in te trekken. En nu ik met de kleine erfenis van mijn vader mijn schulden had afgelost, wilde ik kijken of ik ver van huis niet iets kon gaan doen. Ik had zin om een vliegtuig te pakken en een paar maanden weg te blijven, zonder al te heldere ideeën; gewoon maar zien of ik een verhaal kon vinden dat verteld moest worden. Dat had ik nog nooit gedaan.

'Dat moet geweldig zijn, zomaar weggaan,' zei Bruno.

'Wil je mee?' vroeg ik. Voor de grap, maar toch ook niet helemaal. Ik vond het vervelend dat de klus erop zat. Ik had me nog nooit bij iemand zo op mijn gemak gevoeld.

'Nee, dat is niets voor mij,' zei hij. 'Jij bent degene die komt en gaat, ik ben degene die blijft. Zoals altijd, toch?'

Toen het huis in september af was, zag het er zo uit: er was een houten kamer en een stenen kamer. De houten kamer was groter en warmer, met de kachel, de tafel, twee krukken, een kistbank en een provisiekast. Een aantal van die meubels had ik uit bouwvallen in de buurt gehaald en met de nodige spierkracht en schuurpapier opgeknapt, andere had Bruno gemaakt van oude vloerdelen. Onder het dak tegen de rotswand bevond zich een entresol waar je met een ladder op kon komen, de warmste en meest afgezonderde plek van het huis. De tafel stond vlak bij het raam zodat we daarvandaan naar buiten konden kijken. De stenen kamer was klein en fris en die wilden we gebruiken als provisieruimte, werkplaats en opslag. We stalden er veel van het gereedschap dat we hadden gebruikt, en al het afvalhout. Er was geen wc en geen stromend water of elektriciteit, maar er zat dik glas in de ramen en we hadden een massief houten voordeur, mét een grendel maar zonder hangslot. Alleen de stenen kamer kon worden afgesloten, om te voorkomen dat ze ons gereedschap stalen. De houten kamer bleef open, zoals te doen gebruikelijk bij berghutten, voor het geval dat er 's winters iemand langskwam die in nood verkeerde. Het grasveld rondom het huis was nu zo netjes alsof het een tuin was; het stookhout stond droog onder een afdak en mijn grillige alpendennetje keek uit over het meer, al leek het me niet echt steviger of gezonder dan toen ik het had overgeplant.

De laatste dag ging ik naar Grana om mijn moeder op te halen. Ze strikte de veters van haar leren wandelschoenen die ik haar al sinds mijn jeugd had zien dragen: ze had nooit andere gehad. Ik dacht dat ze moeite zou hebben met de klim, maar we liepen rustig in haar tempo naar boven, zonder ook maar één keer halt te houden, en achter haar observeerde ik hoe ze liep. Ze hield dat langzame, meedogenloze ritme ruim twee uur vast. Ze wekte de indruk dat ze onmogelijk haar evenwicht zou kunnen verliezen of zou kunnen uitglijden.

Ze was erg in haar nopjes met het huis dat Bruno en ik hadden gebouwd. Het was een heldere septemberdag, er stond inmiddels nog maar weinig water in de bergbeken, het gras verdorde in de weilanden en de lucht was niet meer zo warm als in augustus. Bruno had de kachel aangemaakt en het was behaaglijk in huis. We dronken een kop thee bij het raam. Mijn moeder vond de ramen prachtig en bleef een hele tijd naar buiten zitten kijken terwijl Bruno en ik de spullen bij elkaar zochten die mee terug naar beneden moesten. Daarna zag ik haar het plateau op lopen en alles goed in zich opnemen: het meer, de puinhellingen, de toppen van de Grenon, hoe het huis eruitzag. Ze keek lang naar het opschrift dat ik de dag ervoor met hamer en beitel in de rotswand had aangebracht. Ik had de letters daarna zwart geverfd en er stond:

GIOVANNI GUASTI
1942-2004
DE HERINNERING IS HET
MOOISTE TOEVLUCHTSOORD

Daarna riep ze ons, om samen een lied te zingen. Het was het lied dat wordt gezongen als er iemand sterft die van de bergen houdt, het lied waarin men God vraagt hem ook in het hiernamaals te laten wandelen. Bruno en ik kenden het allebei. Alles viel op zijn plaats, vond ik, was gedaan zoals het moest. Eén ding diende nog gezegd, dat vond ik al een tijdje, en ik besloot het op dat moment te zeggen, zodat mijn moeder het ook zou horen, zodat er een getuige was die het zich herinnerde: ik zei tegen Bruno dat ik wilde dat het huis niet alleen van mij was, maar van ons samen. Van mij én van hem. Van ons beiden. Ik was ervan overtuigd dat mijn vader dat had gewild, want hij had het aan ons tweeën nagelaten, maar ik wilde het vooral zelf, omdat we het samen hadden gebouwd. Vanaf dat moment kon hij het beschouwen als zijn huis, zei ik, net zoals ik het als het mijne beschouwde.

'Weet je het zeker?' vroeg hij.

'Ja.'

'Goed dan,' zei hij. 'Dank je.'

Daarna schepte hij de gloeiende as uit de kachel en gooide die naar buiten. Ik sloot de deur, pakte het muildier bij de teugel, zei tegen mijn moeder ons voor te gaan en zo liepen we gevieren in haar tempo naar Grana.

Deel III

De winter van een vriend

Negen

Het was een oude Nepalees die me, veel later, over de acht bergen vertelde. Hij droeg een vracht kippen omhoog door het dal van de Everest, bestemd voor een of andere berghut waar ze kipcurry zouden worden voor toeristen: op zijn rug torste hij een in een twaalftal compartimenten verdeelde kooi, waarin de – levende – kippen zaten te krijsen. Een dergelijk gevaarte ontbrak nog aan mijn verzameling. Ik had draagkorven vol chocola, koekjes, melkpoeder, flessen bier, whisky en Coca-Cola op de paden van Nepal aan me voorbij zien trekken om aan de smaak van de westerlingen tegemoet te komen, maar een draagbaar kippenhok nog nooit. Toen ik de man vroeg of ik hem mocht fotograferen, leunde hij tegen een muurtje, haalde de band waaraan zijn vracht hing van zijn voorhoofd en nam een lachende pose aan, naast de kippen.

Daarna praatten we wat, terwijl hij op adem kwam. Hij kwam uit een streek waar ik tot zijn verbazing ook was geweest. Hij begreep dat ik geen seizoenswandelaar was, het lukte me zelfs een paar zinnen in het Nepalees te formuleren, en toen vroeg hij me hoe het kwam dat ik zo geïnteresseerd was in de Himalaya. Ik had mijn antwoord op die vraag klaar: ik zei dat er waar ik was opgegroeid een berg was waaraan ik erg was gehecht, en dat daar mijn verlangen vandaan kwam om de mooiste en meest verafgelegen bergen van de wereld te zien.

'Aha,' zei hij. 'Ik snap het. Je maakt de tocht langs de acht bergen.'

'De acht bergen?'

De man pakte een stokje en tekende er een cirkel mee op de grond. Het was een volmaakte cirkel, je kon zien dat hij het vaker deed. Daarna tekende hij een diameter in de cirkel, toen een tweede haaks op de eerste, en toen nog twee deellijnen, zodat hij een cirkel met acht stralen kreeg. Ik bedacht dat ik, als ik zo'n figuur zou moeten tekenen, zou zijn begonnen met een kruis, maar het was typerend voor een Aziaat om van de cirkel uit te gaan.

'Heb je ooit zo'n tekening gezien?' vroeg hij.

'Ja,' antwoordde ik. 'In mandala's.'

'Precies,' zei hij. 'Wij zeggen dat er in het centrum van de wereld een heel hoge berg staat, de Sumeru. Rond de Sumeru bevinden zich acht bergen en acht zeeën. Dat is voor ons de wereld.'

Al pratend tekende hij buiten de cirkel een puntje aan het eind van elke straal, en daarna een golfje van de ene punt naar de andere. Acht bergen en acht zeeën. Ten slotte tekende hij een kroon rondom het middelpunt van de cirkel, die, bedacht ik, de besneeuwde top van de Sumeru kon zijn. Hij beoordeelde zijn werk even en schudde het hoofd, alsof het een tekening was die hij al duizenden keren had gemaakt maar die de laatste tijd niet meer zo goed lukte. Desalniettemin wees hij met het stokje naar het middelpunt en besloot: 'En we zeggen: wie zal meer hebben geleerd, hij die de tocht langs de acht bergen heeft gemaakt of hij die de top van de berg Sumeru heeft bereikt?'

De kippendrager keek me aan en glimlachte. Ik ook, want ik vond het een leuk verhaal en dacht dat ik het begreep. Hij veegde de tekening weg met zijn hand, maar ik wist dat ik me die zou blijven herinneren. Goh, dacht ik bij mezelf, dit moet ik aan Bruno vertellen.

Het middelpunt van mijn wereld was in die jaren het huis dat we samen hadden gebouwd. Ik bracht er lange periodes door, van juni tot oktober, en af en toe nam ik er vrienden mee naartoe, die er meteen verliefd op werden, en zo verkreeg ik daar boven het gezelschap waar het me in de stad altijd aan had ontbroken. Doordeweeks was ik alleen, ik las, schreef, hakte hout en zwierf over de oude paden. Eenzaamheid werd een vertrouwde toestand voor me. Fijn, tot op zekere hoogte. Maar 's zomers was er op zaterdag altijd wel iemand die me kwam opzoeken, en dan leek het huis niet langer op een kluizenaarshut en werd het een van de berghutten waar ik ooit met mijn vader kwam. Met wijn op tafel, een brandende kachel, vrienden die tot 's avonds laat zaten te bomen en het gevoel ver weg te zijn van de bewoonde wereld dat ons voor één nacht verbroederde. De hut koesterde zich in het vuur van die intimiteit, en ik had het gevoel dat die er tussen twee bezoeken door de gloed van vasthield.

Ook Bruno voelde zich aangetrokken tot de warmte van de barma. Ik zag hem tegen de avond vanaf het pad aan komen lopen, met een stuk kaas en een grote fles wijn, of ik hoorde hem aankloppen als het al donker was, alsof het de gewoonste zaak van de wereld was om op tweeduizend meter midden in de nacht bezoek van een buurman te krijgen. Als ik gezelschap had, schoof hij met plezier aan. Ik vond hem spraakzamer dan ooit, als iemand die te lang heeft gezwegen en een ontzettende hoop dingen heeft opgepot. In Grana zat hij opgesloten in een eigen wereld die bestond uit huizen, boeken, wandelingen in het bos, onverwoorde ideeën, en ik begreep de drang die hem ertoe bracht zich na een dag op de bouwplaats te wassen en om te kleden, zijn moeheid en slaap te negeren en het pad naar het meer in te slaan.

Met die vrienden had ik het er vaak over om met zijn allen in de bergen te gaan wonen. We lazen Bookchin en droomden ervan – of deden alsof we ervan droomden – een van die verlaten dorpen te transformeren in een ecologische veste, waar we zouden trachten onze ideale samenleving te creëren. Dat kon je alleen in de bergen doen. Alleen daar boven zouden ze ons met rust laten. We waren op de hoogte van dergelijke experimenten elders in de Alpen, die allemaal van korte duur waren geweest en slecht waren afgelopen, maar dat leverde ons juist discussiestof op en belette ons niet te fantaseren. Hoe zouden we het doen met eten? Hoe kwamen we aan elektriciteit? Hoe zouden we het bouwen van huizen aanpakken? We zouden wel wát geld nodig hebben, maar hoe daaraan te komen? Waar zouden onze kinderen naar school gaan, gesteld dát we ze daarheen wilden sturen? En hoe zouden we het probleem van het gezin oplossen, saboteur van elke gemeenschap, een nog grotere vijand dan bezit en macht?

Elke avond speelden we dat utopiespel. Bruno, die echt bezig was zijn ideale dorp te bouwen, had er schik in het onze af te breken. Hij zei: zonder cement blijven huizen niet overeind staan, zonder mest wil zelfs gras niet groeien, en zonder benzine wil ik wel eens zien hoe jullie hout zagen. Wat denken jullie 's winters te eten? Polenta en aardappelen, zoals de mensen vroeger? En hij zei: jullie stedelingen noemen het *natuur*. Het is zo abstract in jullie hoofd dat zelfs het woord abstract is. Wij hier zeggen *bos*, *weide*, *rivier*, *rots*, dingen die je met je vinger kunt aanwijzen. Dingen die je kunt gebruiken. Als je het niet kunt gebruiken, benoemen we het niet, want dan dient het nergens toe.

Ik hield ervan hem zo te horen praten. En ik hield ervan vervolgens te zien dat hij warmliep voor bepaalde ideeën die wij op onze wereldreizen hadden opgedaan, hij die als enige in staat was ze te verwezenlijken. In een van die jaren tapte hij met een vijftig meter lange slang water af van een van de bergstroompjes die het meer voedden, holde met zijn motorzaag de stam van een lariks uit en maakte daarmee pal voor het huis een fontein. En nu hadden we dus water om te drinken en ons te wassen, maar dat was niet het voornaamste doel: onder de straal van de fontein monteerde hij een schoepenrad dat ik speciaal uit Duitsland had laten opsturen. Het was van plastic, een handpalm breed, en leek op zo'n kindermolentje.

'Hé Berio, weet je nog?' zei hij, toen onze molen begon te draaien.

'En of ik het nog weet.'

Met dat systeem laadden we een accu op waarmee we in huis de hele avond een radio en een lamp konden voeden. Het werkte dag en nacht, was niet afhankelijk van het weer, zoals een zonnepaneel of een windmolen, kostte niets en verbruikte niets. Het water stroomde van de Grenon bergafwaarts naar het meer en passeerde onderweg ons huis om onze avonden van licht en muziek te voorzien.

In 2007 kwam er een meisje met me mee naar de barma. Ze heette Lara. We waren pas een paar maanden samen, dus in de fase die voor anderen het begin van een relatie is, maar die voor ons al het einde inluidde: ik begon me al terug te trekken, haar te ontlopen en te verdwijnen, zodat ze me zou dumpen voordat het allemaal te onaangenaam zou worden. Het was een beproefd recept, en in die dagen dwong ik mezelf het onder woorden te brengen. Ze was één nacht van streek, daarna was ze eroverheen.

Het was ook een mooie tijd, toen we eenmaal hadden begrepen dat het onze laatste dagen samen zouden zijn. Lara hield erg van het huis, het meer, de puinhellingen en de kammen van de Grenon, en ze maakt in haar eentje lange wandelingen in de omgeving. Ik was verbaasd te zien hoe goed ze liep. Het was een meisje met sterke benen, dat goed uit de voeten kon met het spartaanse leven daar boven. Ik leerde haar op de barma uiteindelijk beter kennen dan in de twee maanden dat we met elkaar naar bed waren gegaan: zij was als kind gewend zich te wassen met koud water en op te drogen bij het vuur, zei ze; ze kwam uit andere bergen die ze jaren eerder had verlaten om te gaan studeren, en nu miste ze die. Niet dat ze haar keuze om naar de stad te gaan berouwde. Ze had het gevoel dat ze een liefdesaffaire met Turijn had beleefd, met de straten, de mensen, de nachten, de baantjes die ze had gehad en de huizen waarin ze had gewoond, een lange, mooie affaire die nu voorbij was.

Ik zei dat ik haar goed begreep. Iets dergelijks was mij ook overkomen. Ze wierp me een bedroefde blik toe, waarin iets van verwijt en spijt lag. 's Middags zag ik haar naar het meer afdalen, zich uitkleden, het water in gaan en zwemmen naar de steen die op een rots leek, en even dacht ik bij mezelf dat ik haar misschien te snel had laten gaan. Maar toen herinnerde ik me weer hoe ik me voelde als ik met iemand samen was, en dacht ik er verder niet meer aan.

Die avond nodigde ik Bruno uit om te komen eten. Hij liep een jaar achter op zijn planning, vanwege leningen en vergunningen die voor vertraging hadden gezorgd, maar inmiddels was hij bijna klaar met het opknappen van de alm. Hij dacht aan niets anders: al drie jaar leverde hij strijd met bankemployés en gemeenteambtenaren, 's winters had hij twee banen om het geld te verdienen dat hij 's zomers uitgaf, en hij bevond zich in die aan een obsessie grenzende toestand van absolute concentratie waarin ik hem ook al had meegemaakt in mijn seizoen als knecht. Hij praatte de hele avond over stallen volgens de wettelijke norm, schuren om kaas te maken en opslagruimtes om die te laten rijpen, koperen en roestvrijstalen voorzieningen en afwasbare tegels voor in de oude almhutten. Verhalen die ik kon dromen maar Lara niet, en deels was al dat enthousiasme voor haar bestemd. Ik moest om hem lachen, mijn oude vriend Bruno, want ik had hem nog nooit zien proberen indruk te maken op een vrouw: hij koos moeilijkere woorden dan gebruikelijk, gebaarde overdreven en keek vaak even steels naar haar om haar reactie te peilen.

'Hij vindt je leuk,' zei ik tegen haar toen hij was vertrokken.

'Hoe weet je dat?'

'Ik ken hem al twintig jaar. Hij is mijn beste vriend.'

'Ik dacht altijd dat jij geen vrienden had,' zei Lara. 'Ik dacht altijd dat je er meteen vandoor ging zodra zich er een aandiende.'

Ik gaf geen antwoord. Sarcasme was wel het minste wat ik kon verwachten. Je hebt ook stijl nodig om verlaten te worden, en die had ze.

Ik stond dat najaar op het punt om naar een klus te vertrekken toen Bruno me opbelde in Turijn. Het was de eerste keer dat ik naar de Himalaya ging en ik was heel erg opgewonden. Het verbaasde me zijn stem te horen, een beetje omdat we geen van tweeën bellers waren, een beetje omdat ik met mijn hoofd al heel ver weg was.

Hij kwam meteen ter zake: Lara was hem net komen opzoeken. Lara? dacht ik. We hadden elkaar niet meer gezien sinds die dagen in de bergen. Nu was ze in haar eentje teruggekomen, ze had de alm willen zien en meer willen horen over Bruno's plannen. Hij had haar verteld dat hij in het voorjaar een boerenbedrijf zou starten, hij was van plan een dertigtal koeien aan te schaffen en de melk niet aan kaasmakerijen te verkopen maar zelf kaas te maken, waar hij zeker iemand voor zou moeten aannemen. Dat was waar ze op had gehoopt: de plek beviel haar, ze was opgegroeid tussen de koeien en had meteen aangeboden er zelf te komen werken.

Bruno voelde zich erdoor gevleid, maar hij was ook bezorgd. Hij had de aanwezigheid van een vrouw nooit ingecalculeerd. Toen hij me vroeg wat ik ervan dacht, zei ik: 'Ik denk dat ze het heel goed kan. Ze heeft een harde kop.'

'Dat had ik al begrepen,' zei Bruno.

'Wat is het probleem dan?'

'Wat ik niet heb begrepen is hoe het tussen jullie zit.'

'Ah!' zei ik. 'Dat weet ik niet. We hebben elkaar al iets van twee maanden niet gezien.'

'Hebben jullie ruzie gehad?'

'Nee. Er is niets tussen ons, ik ben blij als ze bij jou blijft.'

'Weet je het zeker?'

'Ja. Geen enkel probleem.'

'Oké dan.'

Hij zei me gedag en wenste me een goede reis. Echt een man uit vroeger tijden, dacht ik: wie zou ooit toestemming hebben gevraagd om te doen wat hij op het punt stond te doen? Toen ik ophing, wist ik al precies wat er ging gebeuren. Ik was blij voor hem. En ik was ook blij voor haar. Toen dacht ik niet meer aan Bruno, aan Lara of aan wie dan ook, en begon mijn rugzak te pakken voor de Himalaya.

Mijn eerste reis naar Nepal was een reis in de tijd. Op een dag rijden van Kathmandu, en op minder dan tweehonderd kilometer van de drukte aldaar, lag een smal, moeilijk begaanbaar, bebost dal, met een rivier die je niet zag maar die je in de diepte hoorde bulderen, en ver boven je zonovergoten dorpen, op duizend meter hoogte, waar de steile rotswanden plaatsmaakten voor glooiende hellingen. Ze waren onderling verbonden door sterk stijgende en dalende ezelpaden en smalle touwbruggen over bergstromen die de flanken van het dal als messen doorsneden. De berg waarop de dorpen lagen bestond helemaal uit terrassen met rijstvelden, zodat die er van de zijkant net uitzag als een trap met ronde treden. De terrassen werden begrensd door stenen muurtjes en waren opgedeeld in duizenden perceeltjes. Oktober was de oogstmaand, en terwijl ik omhoogliep keek ik naar de boeren die aan het werk waren: de vrouwen zaten geknield in de velden te maaien; de mannen dorsten de aren op het erf om de korrels van de halmen te scheiden. De rijst werd gedroogd op doeken en door weer andere vrouwen, ouder dan de eersten, met zorg gezeefd. Overal wemelde het van de kinderen. Ik zag er twee een veld omploegen alsof het een spelletje was, waarbij ze met geschreeuw en stokslagen een stel broodmagere ossen aanspoorden, en ik herinnerde me de gele stok van Bruno, de eerste keer dat we elkaar hadden ontmoet. Hij zou het ook fijn hebben gevonden, in Nepal. Daar bestonden nog houten ploegen, rivierkeien om zeisen mee te slijpen en rieten manden op de ruggen van dragers. Ook al zag ik dat de boeren gymschoenen droegen en hoorde ik uit hun hutjes het geluid komen van radio en televisie, toch had ik het idee dat ik hier de bergbeschaving had teruggevonden die bij ons was uitgestorven. Ik zag geen enkele bouwval langs het pad.

Samen met vier Italiaanse alpinisten die op weg waren naar de Annapurna klom ik door het dal omhoog. Ik zou een paar weken de tent met hen delen, samen met mijn filmcamera. Het was een goedbetaalde klus, en ik had het van meet af aan als een enorme buitenkans beschouwd. Het idee een documentaire over bergbeklimmen te draaien trok me aan, ik was nieuwsgierig te zien wat er zou gebeuren met een groep mannen in extreme omstandigheden. Maar wat ik onderweg naar het basiskamp om me heen zag, fascineerde me nog meer. Ik besloot al snel om na de expeditie in Nepal te blijven en op eigen houtje rond te gaan trekken.

Op de tweede dag van onze tocht doemden aan het eind van het dal de toppen van de Himalaya op. Toen zag ik hoe de bergen er bij de dageraad van de wereld moeten hebben uitgezien. Spits, vlijmscherp, alsof ze net door de schepping waren gebeeldhouwd, nog niet gepolijst door de tijd. Vanaf zes-, zevenduizend meter hoogte verlichtten ze met hun sneeuw het dal. Watervallen stortten zich van overhangende rotsen omlaag, kerfden zich in de rotswanden en maakten lawines roodbruine aarde los van de steile hellingen, die vervolgens kolkend in de rivier verdwenen. Hogerop waakten de gletsjers over dat alles, onverschillig voor al het tumult. Daar komt het water vandaan, had die man met de witte snor me verteld. Ook in Nepal waren ze zich daar vermoedelijk terdege van bewust, aangezien ze hun berg hadden vernoemd naar de godin van de oogst en de vruchtbaarheid. Waar je ook keek, overal was water: in de bergbeken, in de bronnen, in de bevloeiingskanaaltjes, in de wasplaatsen waar vrouwen de was deden; water dat ik maar al te graag in de lente had gezien, met de blank staande rijstvelden waardoor het dal werd getransformeerd in een myriade van spiegels.

Ik weet niet of de alpinisten met wie ik op pad was die dingen ook opmerkten. Ze konden niet wachten tot ze de dorpen achter zich zouden laten en hun pickels en stijgijzers in het daar boven schitterende ijs zouden planten. Ik niet. Ik liep tussen de dragers, zodat ik hun alles kon vragen wat ik niet begreep: welke groentes er in de moestuinen werden verbouwd, welk hout er in de kachels werd gestookt, aan wie de tempeltjes waren gewijd die we onderweg tegenkwamen. In de bossen groeiden geen sparren en lariksen, maar vreemde, grillige bomen die ik niet kon thuisbrengen, totdat een man me zei dat het rododendrons waren. Rododendrons! De lievelingsplant van mijn moeder, omdat die maar een paar dagen bloeide, aan het begin van de zomer, en dan de bergen roze, lichtblauw en paars kleurde. In Nepal nam die de vorm aan van vijf of zes meter hoge bomen met een zwarte, schubbige bast en leerachtige bladeren, net als de laurierboom. En nog hoger, waar het bos ophield, bleken geen wilgen en jeneverbessen te groeien, maar bamboe. Bamboe! dacht ik. Bamboe op drieduizend meter. Er passeerden ons jongens met bossen verende stengels op hun schouder. In de dorpen maakten ze er daken van door ze in de lengte door te snijden en de twee helften afwisselend met de holle en bolle kant over elkaar te leggen, zodat de regen er in het moessonseizoen langs omlaag kon lopen. De muren waren gemaakt van met modder aangesmeerde stenen. Over hun huizen wist ik alles al.

De dragers lieten in elk van de tempeltjes een in het bos gevonden steentje of spruitsel achter en raadden me aan hetzelfde te doen. We bevonden ons op heilige grond en daarom was het vanaf dat punt verboden dieren te doden en te eten. Dus zag ik ook geen kippen meer bij de huizen, en geen geiten in de wei. Er liepen wel andere dieren, wilde, die graasden op de steile rotsen; ze hadden een lange, tot op de grond hangende vacht en ze vertelden me dat het blauwe Himalayaschapen waren. Een berg met blauwe schapen, op bavianen lijkende apen die ik tussen het bamboe ontwaarde, en tegen de lucht de lugubere, trage silhouetten van de gieren. En toch voelde ik me er thuis. Ook hier, dacht ik bij mezelf, waar het bos ophoudt en er niets anders rest dan weiden en puinhellingen, ben ik thuis. Het is de hoogtelijn waartoe ik behoor, en die maakt dat ik me goed voel. Daar dacht ik aan toen ik mijn voet in de eerste sneeuw zette.

Het jaar daarop keerde ik terug naar de barma met een slinger van gebedsvlaggetjes die ik ophing tussen twee lariksen en die ik vanuit het raam kon zien. Ze waren blauw, wit, rood, groen en geel – blauw voor de ether, wit voor de lucht, rood voor het vuur, groen voor het water, geel voor de aarde – en staken scherp af tegen het schaduwrijke bos. Ik keek er 's middags vaak naar, terwijl ze vriendschap sloten met de alpenwind en dansten tussen de boomtakken. Mijn herinneringen aan Nepal leken op die lapjes, levendig en warm, en mijn oude bergen kwamen me voor als desolater dan ooit. Als ik ging wandelen, zag ik niets anders dan bouwvallen en ruïnes.

En toch was er ook in Grana iets nieuws. Bruno en Lara waren inmiddels al een tijdje samen: ze hadden me niet hoeven vertellen hoe dat was gegaan. Hij leek me serieuzer dan eerst, zoals mannen soms worden als er een vrouw in hun leven komt. Maar zij was echt een ander mens geworden: met het stof van de stad had ze ook dat gedesillusioneerde afgeschud dat ik me van haar herinnerde en waarvan ik nu geen spoor meer terugzag. Ze had een klaterende lach en de rode kleur van iemand die in de buitenlucht leeft. Bruno aanbad haar. Dat was een kant van mijn vriend die ik niet kende: toen ik de eerste avond aan tafel vertelde over mijn reis, raakte hij haar voortdurend aan, liefkoosde haar, nam elke gelegenheid te baat om zijn hand op haar been of haar schouder te leggen, en ook als hij met mij sprak zocht hij voortdurend fysiek contact met haar. Lara leek minder bevestiging nodig te hebben, leek minder onzeker over zíjn aanwezigheid. Een gebaar of een blik van haar volstond om hem gerust te stellen, en het was een en al: *Ben je er? Ja, ik ben er. Echt waar? Ik zei toch ja*. Geliefden, dacht ik: het is mooi dat ze bestaan op deze wereld, maar ben je met ze in één kamer, dan geven ze je altijd het gevoel dat je te veel bent.

Er was die winter weinig sneeuw gevallen en dus besloot Bruno de eerste zaterdag in juni al naar de alm te gaan, of de bergen in, zoals hij zei. Ook ik hielp hem die dag een handje. Hij had achtentwintig melkkoeien gekocht, allemaal al drachtige beesten, die door een veewagen midden in Grana werden uitgeladen. Ze waren nerveus van de reis en holden loeiend en elkaar met hun horens bestokend de loopplank af. Ze zouden alle kanten op zijn gevlucht als Bruno, zijn moeder, Lara en ik ons niet rondom hadden opgesteld, ze niet hadden tegengehouden en tot bedaren hadden gebracht. De vrachtwagen vertrok weer. Samen met twee zwarte herders uit de hondendynastie van Grana begaven we ons op weg, Bruno voorop, 'Ho, ho, ho! Hé, hé, hé' roepend; zijn moeder en Lara liepen naast de rij koeien en ik kwam achteraan en hoefde alleen maar van het schouwspel te genieten. De honden wisten precies wat ze moesten doen: ze renden weg om de koeien op te halen die achterbleven, blaften en beten ze in hun flanken totdat ze terug bij de groep waren. Het gejank van de honden, het protesterende geloei van koeien en het kabaal van de bellen overstemde elk ander geluid, en ik had het idee dat ik deel uitmaakte van een carnavalsoptocht, of getuige was van een herrijzenis: als bloed dat weer door de aderen van een lichaam begint te stromen en het weer tot leven brengt, liep de kudde door het dal bergopwaarts langs verkrotte almhutten, door braamstruiken ontwrichte muurtjes en grijze stammen van omgehakte lariksen. Ik vroeg me af of de vossen en de reeën die ons ongetwijfeld vanuit het bos bespiedden in staat waren op hun manier te delen in het feestgevoel dat ik ervoer.

Op een gegeven moment tijdens de klim kwam Lara naar me toe. We hadden nog geen kans gehad alleen met elkaar te praten, zij en ik, maar ik denk dat we beiden het idee hadden dat we dat moesten doen. Ik weet niet waarom ze precies een moment uitkoos waarop we ons, omgeven door stofwolken, slechts schreeuwend verstaanbaar konden maken. Ze lachte naar me en zei: 'Wie had dat gedacht, hè, een jaar geleden!'

Waar waren we een jaar geleden, dacht ik. O ja, misschien in een café in Turijn. Of bij haar thuis in bed.

'Ben je gelukkig?' vroeg ik.

'Heel erg,' zei ze. Ze lachte opnieuw.

'Dan ben ik het ook,' zei ik, en ik wist dat we niet meer op het onderwerp zouden terugkomen.

In de velden bloeiden de paardenbloemen. Ze gingen 's ochtends vroeg allemaal tegelijk open, en dan werd er een felgele hand over de bergen gehaald, alsof die baadden in de zon. De koeien waren dol op die zoete bloemen: toen we boven aankwamen, verspreidden ze zich over het weiland alsof hun daar een banket wachtte. In de herfst had Bruno er alle woekerende struiken uitgetrokken en nu zag het er weer uit als een ware tuin.

'Span je er geen draad omheen?' vroeg zijn moeder.

'Morgen pas,' zei hij. 'Vandaag mogen ze feestvieren.'

'Maar ze vernielen het gras,' wierp ze tegen.

'Welnee,' zei Bruno. 'Ze vernielen niets, maak je geen zorgen.'

Zijn moeder schudde haar hoofd. Ik had haar die dag meer woorden horen zeggen dan in alle jaren dat ik haar kende. Hoewel ze een stijf been had dat een beetje sleepte, was ze vlot naar boven gelopen. Ik kon niet zien hoe mager ze was: ze verdronk in haar ruime kleren en observeerde alles, inspecteerde alles, gaf raad en leverde kritiek om ervoor te zorgen dat alles op de juiste manier gebeurde.

De drie almhutten leken teruggekeerd naar een vorig moment in hun bestaan. Een huis, een stal en een opslagruimte, met stenen muren en daken, gerestaureerd volgens de regelen der kunst, ook al bevatten ze moderne bedrijfsruimtes. Bruno ging de opslag binnen en kwam terug met een fles witte wijn, en ik herinnerde me dat zijn oom dat jaren eerder ook had gedaan. Nu was híj de baas in huis. We hadden niets om op te zitten. Lara zei dat we een grote tafel zouden maken om buiten aan te eten, maar nu proostten we nog staand voor de staldeur en keken naar de koeien die aan de bergen wenden.

Tien

Bruno wilde de koeien per se met de hand melken. Voor hem was dat de enige geschikte manier voor die gevoelige dieren, die bij het minste of geringste onrustig werden en schrokken. Per koe kostte vijf liter melk hem vijf minuten: dat was geen slechte tijd, maar het kwam wel neer op een uur voor twaalf koeien, oftewel tweeënhalf uur per melkbeurt. 's Ochtends moest hij daar zijn bed voor uit als het nog donker was. Op de alm bestaan er geen zaterdagen of zondagen, en hij wist amper nog hoe fijn het was om uit te slapen of met zijn vriendin onder de wol te blijven liggen. En toch hield hij van dat ritueel en zou het niet aan anderen hebben overgelaten: hij bracht de uren tussen nacht en dag door in de warme stal en verjoeg al werkend de slaapnevels uit zijn hoofd – koeien melken was alsof je ze een voor een met een streling wekte, totdat ze de geur van het grasland roken, het gezang van de vogels hoorden en met hun hoeven begonnen te schrapen.

Lara ging om zeven uur naar hem toe met een kop koffie en een paar koekjes. Zij weidde de kudde, tweemaal per dag. Hij goot de honderdvijftig liter melk bij de honderdvijftig liter van de avond daarvoor, na er eerst de room vanaf te hebben geschept die gedurende de nacht boven was komen drijven. Hij stookte het vuur onder de ketel op en voegde het stremsel toe, en tegen negen uur was het mengsel klaar om in het kaasdoek te worden uitgegoten en in de houten mallen te worden gedrukt. Alles bij elkaar vijf of zes vormen: van de driehonderd liter melk zou niet meer dan dertig kilo kaas overblijven.

In Bruno's ogen was het een geheimzinnig proces, want hij was er nooit helemaal zeker van hoe het zou verlopen. Of de kaas zou lukken of niet, of hij lekker zou zijn of vies, het kwam hem voor als alchemie waar hij geen enkele vat op had: al wat hij kon doen was zijn koeien goed behandelen en elke handeling zo verrichten als ze hem hadden geleerd. Van de room maakte hij boter, en daarna boende hij de ketel, de bussen en de emmers, maakte de werkruimte schoon en als laatste de stal, waar hij de ramen wijd openzette en de mest door de goten liet wegstromen.

Dan was het inmiddels tegen twaalven. Hij at iets, ging op bed liggen en sliep een uur, waarbij hij droomde van gras dat niet groeide of van koeien die geen melk gaven of van melk die niet stremde. Daarna stond hij op, bedacht dat hij een omheining voor de kalveren moest maken of een afvoerkanaal moest graven op een plek waar het land door de regen in één grote modderpoel was veranderd. Om vier uur moesten de koeien terug naar de stal voor de tweede melkbeurt. Om zeven uur bracht Lara ze weer naar buiten en zorgde zij er verder voor: dan was er niets meer te doen, het leven op de alm minderde vaart en de avondrust trad in.

Dat was het moment waarop Bruno me al die dingen vertelde. We gingen buiten op de zonsondergang zitten wachten, met een halve liter rode wijn om ons gezelschap te houden. We keken naar de schrale velden aan de overkant waar we ooit die geiten waren gaan zoeken. Als de duisternis inviel, stak er van onder uit het dal een bries op die meteen een paar graden kouder was en die de geur van mos en vochtige aarde meevoerde, en soms die van een ree die zich aan de bosrand ophield. Een van de honden rook hem en verliet de kudde om erachteraan te hollen – een van de twee maar, en niet altijd dezelfde, alsof ze een afspraak hadden over hun jaag- en waakbeurten. De koeien waren nu rustig. Het geluid van hun bellen hoorden we nog maar zelden, en het klonk donkerder van toon.

Als Bruno in mijn gezelschap was, had hij geen zin om aan praktische zaken te denken. Hij had het tegen mij nooit over schulden, rekeningen, belasting en hypotheekaflossingen. Hij vertelde me liever over zijn dromen, of over het gevoel van fysieke intimiteit dat hij tijdens het melken ervoer, of over het stremselmysterie.

'Stremsel komt van de lebmaag van een kalf,' legde hij uit. 'Denk je eens in: de maag die een kalf gebruikt om de melk van de moederkoe te verteren gebruiken wij om kaas mee te maken. Mooi, niet? Maar het is ook verschrikkelijk. Zonder dat stuk lebmaag lukt de kaas niet.'

'God weet wie dat ooit heeft ontdekt,' zei ik.

'Dat was de wildeman.'

'De wildeman?'

'Zo noemen we de man die lang geleden in de bossen leefde. Lang haar, een baard, helemaal overdekt met bladeren. Af en toe deed hij een dorp aan, en de mensen waren bang voor hem maar zetten buiten toch iets te eten voor hem neer, om hem te bedanken dat hij ons heeft geleerd stremsel te gebruiken.'

'Een man die op een boom lijkt?'

'Deels dier, deels mens, deels boom.'

'En hoe heet die in dialect?'

'*Omo servadzo*.'

Het werd negen uur. De koeien in de wei waren inmiddels niet meer dan schimmen. Ook Lara was een schim, gehuld in een wollen omslagdoek. Roerloos stond ze de kudde in de gaten te houden. Als een koe wat te ver afdwaalde, riep ze die bij naam, en dan schoot de hond zonder dat hem dat bevolen was weg om het beest terug te halen.

‘Bestaat er ook een wildevrouw?’ vroeg ik.

Bruno las mijn gedachten. ‘Ze is geweldig,’ zei hij. ‘Ze is sterk, ze wordt nooit moe. Weet je wat ik jammer vind? Dat ik niet zoveel tijd met haar kan doorbrengen als ik zou willen. Er is te veel werk. Ik sta om vier uur ’s ochtends op, en ’s avonds val ik met mijn hoofd in mijn bord in slaap.’

‘Liefde is iets voor de winter,’ zei ik.

Bruno lachte. ‘Zo is het maar net. In de lente worden er niet veel bergbewonertjes geboren. Die komen allemaal in de herfst, net als de kalveren.’

Het was de enige toespeling op seks die ik hem ooit had horen maken. ‘En wanneer ga je met haar trouwen?’ vroeg ik.

‘Tja, als het aan mij lag meteen. Maar zij wil niets van trouwen weten. Niet in de kerk, niet in het stadhuis, niks niet. Dat zijn jullie stadse manieren, zie die maar eens te snappen.’

We dronken de fles wijn leeg. Daarna stonden we op om naar de stal te gaan voordat het helemaal donker zou zijn. Met behulp van de ene hond dreef Lara de kudde bijeen, en toen schoot ook de andere tevoorschijn, god weet waarvandaan, door het belgeklingel tot zijn plicht geroepen. Op hun dooie gemak vormden de koeien een rij die door de wei terugliep en even bleef staan bij de trog. In de stal zocht elk van hen haar plekje op voor de nacht; Bruno maakte hun halsbanden vast aan de ketting en ik bond hun staarten op aan de staartlijn zodat ze zich, als ze gingen liggen, niet al te zeer zouden bevuilen. Daarvoor had ik een knoop leren leggen die een speciale, snelle vingerbeweging vereiste. We sloten de staldeur en gingen eten, terwijl de koeien in het donker begonnen te herkauwen.

Later liep ik bij het licht van een hoofdlamp terug naar de barma. Voor mij was er ook plek op de alm, en Bruno en Lara nodigden me altijd uit om te blijven slapen, maar iets dreef me ertoe hen gedag te zeggen en het pad naar het meer op te lopen. Het was net of ik de juiste afstand tot dat gezinnetje zocht, en afstand nemen was een manier om hen te respecteren en mezelf te beschermen.

Het was vooral mijn vermogen om alleen te zijn dat ik moest beschermen. Ik had tijd nodig gehad om te wennen aan de eenzaamheid, om die tot een plek te maken waar ik kon neerstrijken en me op mijn gemak kon voelen, en dus had ik altijd het idee dat er iets wrong en ging ik telkens terug naar het huis, om weer met de eenzaamheid vertrouwd te raken. Bij heldere hemel knipte ik al snel mijn hoofdlamp uit. Ik had genoeg aan een kwart maan en de sterren om het pad tussen de lariksen te vinden. Op dat uur roerde zich niets, behalve mijn voetstappen en de beek, die gewoon klaterde en doorruiste terwijl het bos sliep. Helder klonk zijn stem op in de stilte, en ik kon de klank horen van elke kronkel, elke stroomversnelling, elke waterval, zwak waar de begroeiing dicht was, en allengs duidelijker naarmate ik de puinhelling naderde.

Hogerop zweeg ook de beek. Dat was het punt waar die tussen de rotsen verdween en ondergronds stroomde. Ik hoorde dan een veel zachter geluid, dat van de wind die woei in de kom. Het meer was een bewegende nachthemel: de wind joeg vlagen golfjes naar de overkant, sterrengeschitter viel langs veldlijnen op het zwarte water, doofde en lichtte weer op, veranderde plots van richting. Ik bleef staan om die patronen te bekijken. Ik had het gevoel dat ik het bergleven pas kon bevatten als er geen mensen waren. Ik verstoorde het niet, ik was een gewaardeerde gast; en dan wist ik weer dat ik me daar nooit alleen zou voelen.

Eind juli liep ik op een ochtend met Lara naar het dorp. Ik ging weer even terug naar Turijn, zij had de eerste kazen bij zich die zes weken hadden liggen rijpen. Ze hadden nu een muildier dat Bruno speciaal had gekocht, niet het grijze mannetje waarmee ik jaren daarvoor het cement had vervoerd, maar een vrouwtje met een dikke, donkere vacht, kleiner en geschikter voor het leven op de alm. Hij had er een houten pakzadel voor gemaakt waar hij twaalf kazen op laadde, alles bij elkaar een kilo of zestig, de eerste kostbare vracht die naar het dal werd gezonden.

Het was een historisch moment voor hem en voor ons. Nadat hij het pakzadel goed had vastgezet kuste hij Lara, gaf het muildier een klap op haar flank, knikte even naar mij en zei: 'Berio, jij kent de weg.' Hij groette ons en ging de stal schoonmaken. Net als toen we aan het bouwen waren, had hij besloten dat vervoer niet zijn taak was: een bergbewoner blijft in de bergen, de vrouw van de bergbewoner gaat op en neer met de spullen. Hij zou pas weer naar beneden gaan als het winter werd en het moment was aangebroken om de alm te verlaten.

We daalden in ganzenpas het pad af, ik voorop, daarachter Lara met het muildier, en ten slotte die ene hond die haar overal achternaliep. In het begin moest het muildier wennen aan de last en was haar gang onzeker. Bij het dalen moesten we haar beter in de gaten houden dan bij het klimmen, omdat het gewicht van het pakzadel op haar voorpoten drukte, en op de steilste stukken moesten we haar een handje helpen door het touw om haar nek stevig vast te houden. Maar daarna, aan het einde van de wei, stak het pad de beek over en werd het minder steil. Dat was het punt waarop ik Bruno ooit had zien verdwijnen op zijn motor, voordat ik hem al die jaren uit het oog verloor. Van daaraf konden Lara en ik naast elkaar lopen, terwijl de hond het bos in en uit schoot achter sporen van wild aan en het muildier vlak achter ons aan liep. We ervoeren de rustgevende aanwezigheid van haar ademhaling en het geluid van haar hoeven achter onze rug.

'Wat bedoelt hij ermee als hij je zo noemt?' zei Lara.

'Hoe?'

'Berio.'

'Ah! Hij wil me ergens aan herinneren, denk ik. Zo noemde hij me als jongen.'

'En wat moet je je dan herinneren?'

'Dit pad. Hoe vaak ik dat al niet op en af ben gelopen, sodeju. In augustus liep ik elke dag uit Grana naar boven, en dan liet hij de grazende koeien voor wat ze waren om er met mij tussenuit te knijpen. Daarna kreeg hij enorm van zijn oom op zijn donder, maar dat kon hem geen moer schelen. Twintig jaar geleden. En nu brengen we zijn kazen naar beneden. Alles is veranderd en niets is veranderd.'

'Wat is er het meest veranderd?'

'De alm, absoluut. En de beek. Die was vroeger heel anders. We speelden altijd daar beneden, wist je dat?'

'Ja,' zei Lara. 'Het beekspel.'

Een tijdlang zei ik niets. Doordat ik aan het pad dacht schoot me opeens die eerste keer met mijn vader te binnen, toen we kennis gingen maken met Bruno's oom. En terwijl Lara en ik naar beneden liepen meende ik vanuit het verleden een jongetje omhoog te zien komen, voor zijn vader uit. De vader droeg een rode trui en een knickerbocker, hijgde als een postpaard en spoorde zijn zoon aan. Gegroet! stelde ik me voor tegen hem te zeggen. Dat joch houdt er flink de vaart in, hè? Wie weet of mijn vader gestopt zou zijn om die man te groeten die vanuit de toekomst met een meisje, een muildier, een hond en een vracht kazen naar beneden kwam.

'Bruno maakt zich een beetje zorgen om je,' zei Lara.

'Om mij?'

'Hij zegt dat je altijd alleen bent. Hij denkt dat het niet goed met je gaat.'

Ik schoot in de lach. 'Hebben jullie het daar samen over?'

'Zo af en toe.'

'En wat denk jij?'

'Ik weet het niet.'

Ze dacht even na en gaf toen een tweede antwoord: 'Dat je er zelf voor hebt gekozen. En dat je het alleen-zijn vroeg of laat zat zult zijn en dan iemand zult vinden. Maar je hebt zelf gekozen om zo te leven, en dus is het oké.'

'Precies,' zei ik.

En om een vrolijker onderwerp aan te snijden voegde ik eraan toe: 'En weet je wat hij míj heeft verteld? Dat hij je gevraagd heeft met hem te trouwen maar dat jij er niets van wilt weten.'

'Met die gek?' antwoordde ze lachend. 'Nooit van m'n leven!'

'Waarom niet?'

'Wie trouwt er nou met iemand die de berg niet afkomt? Iemand die alles wat hij bezat heeft uitgegeven om daar boven kaas te gaan zitten maken?'

'Is dat zo erg dan?' vroeg ik.

'Zeg nou zelf. We zijn al anderhalve maand aan het werk en dit is alles wat we hebben,' zei ze en gebaarde naar achteren.

Ze werd serieus. Een tijdlang zweeg ze, was ze in gedachten verzonken. We waren er bijna toen ze zei: 'Ik vind het geweldig wat we aan het doen zijn. Zelfs als het de hele dag regent en ik in al die nattigheid de koeien sta te weiden. Ik word er heel rustig van, ik heb het gevoel dat ik dingen goed kan overdenken, en dat veel dingen ook niet meer zo belangrijk zijn. Als je naar het geld kijkt, is het gekkenwerk. Maar ik zou op het moment geen ander leven willen. Ik wil dít.'

Op het plein van Grana stond een wit bestelbusje, naast een tractor en een betonmolen en mijn eigen auto die daar al een maand stond. Twee werklui groeven een greppel naast de weg. Een man die ik nog nooit had gezien wachtte ons op: hij was een jaar of vijftig en zag er heel gewoon uit, maar het was wel raar om auto's, motoren, asfalt en schone kleren te zien na al die dagen in de bergen tussen het vee.

Ik hielp Lara de kazen van het pakzadel te laden, en de man controleerde ze een voor een, voelde aan de korst, rook eraan, klopte er een paar keer op met zijn knokkels om te horen of er luchtbellen in zaten. Hij leek tevreden. In zijn bestelbus stond een weegschaal en bij het inladen woog hij de kazen, noteerde het gewicht in een kasboek en schreef een bedrag op een reçu dat hij aan Lara gaf. Daarop stonden hun eerste verdiensten genoteerd. Ik keek naar haar terwijl zij het bedrag bestudeerde, maar kon geen enkele reactie bespeuren. Ik stapte in mijn auto, ze kuste me door het raampje gedag en liep daarna met het muildier en de hond het pad op; ze verdwenen het bos in, of het bos nam hen op als een van zijn schepsels.

In Turijn ruimde ik het appartement leeg waar ik de laatste tien jaar had gewoond. Ik gebruikte het zo weinig dat het overbodig was geworden, maar toen ik er wegging beving me toch een zekere weemoed. Ik herinnerde me nog goed wat het had betekend toen ik er ging wonen, toen de stad me zwanger leek van beloftes voor de toekomst. Ik weet niet of ik mezelf wat had wijsgemaakt of dat de stad zich niet aan haar beloftes had gehouden, maar in één dag een huis leeghalen dat in de loop van jaren is gevuld, lukraak spullen naar buiten dragen die ik een voor een mee naar binnen had genomen, was net zoiets als een verlovingsring terugnemen en je daarbij neerleggen.

Bij een vriend huurde ik voor weinig geld een kamer voor als ik in Turijn was. De rest van de verhuisdozen laadde ik in de auto en bracht ik naar mijn moeder in Milaan. Vanaf de snelweg zag ik de Monte Rosa als een luchtspiegeling boven de heiige lucht uitsteken: in de stad smolt het asfalt van de hitte, en het kwam me voor dat het volkomen nutteloos was mijn spullen van de ene naar de andere plek te verplaatsen, trappen van flats op en af te lopen om zo ik weet niet welk vergrijp dat ik in het verleden had begaan goed te maken.

Mijn moeder was rond die tijd in Grana, dus zat ik bijna een maand alleen in ons oude appartement. Overdag ging ik de kantoren langs van de producenten met wie ik werkte, 's avonds keek ik door het raam naar het verkeer en stelde me de zieltogende rivier voor die onder onze straat begraven lag. Er was niets wat me toebehoorde, niets waar ik het gevoel had toe te behoren. Ik probeerde een reeks documentaires over de Himalaya geproduceerd te krijgen, om lange tijd weg te kunnen blijven. Het kostte me een ontzaglijke hoop afspraken die nergens op uitdraaiden voordat ik iemand bereid vond vertrouwen in me te stellen; uiteindelijk kreeg ik een bedrag los waarmee ik de reis kon betalen en niet veel meer, maar voor mij volstond het.

Toen ik in september terugging naar Grana, woei er een koude wind, en een enkele schoorsteen in het dorp rookte al. Eenmaal uit de auto vond ik dat ik niet erg fris rook, dus waste ik mijn gezicht en mijn nek aan het begin van het pad in de beek; in het bos wreef ik een groen larikstakje fijn tussen mijn handen. Dat waren zo mijn rituelen, maar ik wist dat het een paar dagen zou duren voordat ik me werkelijk van de stad had ontdaan.

Overal in het dal begonnen de weilanden geel te worden. Op Bruno's land, aan de andere kant van de plankbrug, was de oever van de beek helemaal vertrapt door zijn kudde: langs een hele strook was het gras verdwenen, finaal kaalgevreten en alweer bemest; wat restte waren wat stukken omgewoelde grond waar een paar koeien bij slecht weer wat in wroetten als ze onrustig werden van de geur van onweer. Ik rook die nu ook, vermengd met de sterke geur van de mest en van de rook die opsteeg uit Bruno's almhut. Het was het tijdstip waarop hij kaas maakte, dus besloot ik door te lopen en een andere keer bij hem langs te gaan.

Toen ik de stal voorbij was hoorde ik geklingel en zag ik Lara met de koeien op een hoger gelegen helling waar nog wat gras stond, ver van het pad; ik stak mijn hand naar haar op en zij, die me al een tijdje had zien aankomen, groette me door haar gesloten paraplu omhoog te steken. De eerste druppels begonnen te vallen en na al mijn door hitte en woelige dromen verstoorde nachten werd ik overspoeld door vermoeidheid: ik wilde alleen nog maar naar de barma, de kachel aansteken en slapen. Om weer bij te komen ging er niets boven een lange nacht in mijn veilige hol in de bergen.

Er volgden drie dagen mist waarin ik voornamelijk in de buurt van het huis bleef. Ik zat voor het raam te kijken hoe de wolken uit het dal opstegen en tussen de larikstakken door het bos binnendrongen, en hoe ze de kleuren van mijn gebedsvlaggetjes deden verbleken tot die geheel werden opgeslokt. In huis ging het vuur in de kachel uit door de lage druk, en onder het lezen en schrijven werd ik zowat uitgerookt. Dan ging ik naar buiten, de mist in, om mijn benen te strekken, en liep naar het meer. Ik gooide er een steen in, die eerst in het niets verdween voordat hij een onzichtbare plons produceerde, en ik stelde me scholen visjes voor die er nieuwsgierig omheen zwommen. 's Avonds luisterde ik naar een of andere Zwitserse radiozender en dacht aan het jaar dat me wachtte. Het was het soort broedperiode dat voorafgaat aan grote ondernemingen.

De derde dag werd er aangeklopt: het was Bruno. Hij zei: 'Dus het is waar: je bent terug. Ga je mee de bergen in?'

'Nu?' vroeg ik, want het was buiten helemaal wit. Het zal een uur of twaalf 's middags zijn geweest, maar het had net zo goed een ander tijdstip kunnen zijn.

'Kom op, dan laat ik je wat zien.'

'En de koeien?'

'Laat die maar even. Die gaan heus niet dood.'

En dus liepen we omhoog langs het pad dat naar het bovenmeer leidde. Bruno had kaplaarzen aan en zat tot zijn dijen onder de koeiendrek, en onder het lopen vertelde hij me dat hij de mestput in had gemoeten om er een koe uit te trekken die daar door de mist in was gevallen. Hij lachte. Hij liep snel, zo snel dat ik moeite had hem bij te houden. Een adder had een van de honden gebeten, vertelde hij: hij had het gemerkt omdat hij zag dat het beest aldoor in de buurt van water was en voortdurend dronk omdat hij kennelijk een droge bek had, en toen hij hem nakeek had hij de gaten van de adderbeet in zijn opgezwollen buik gezien. Het was ellendig om te zien hoe het dier zich voortsleepte. Lara wilde hem al op het muildier laden en naar de dokter brengen, maar toen had zijn moeder gezegd dat ze hem zoveel melk moesten geven als hij wilde, alleen melk, geen water of voer, en nu was hij genezen en kwam langzamerhand weer op krachten.

'Met beesten leer je altijd iets nieuws,' zei hij. Hij schudde zijn hoofd en klom weer verder in dat afmattende tempo. Tot aan het bovenmeer bleef hij doorgaan over koeien, melk, mest en gras, want tijdens mijn afwezigheid waren er een ontzettende hoop dingen gebeurd waarvan ik beslist op de hoogte moest worden gesteld. Hij dacht erover in de toekomst ook wat konijnen en kippen op de alm te gaan houden, maar hij moest dan eerst stevige rennen bouwen, want er waren vossen in de buurt. En adelaars. Je zou het niet geloven, zei hij, maar adelaars zijn een nog groter gevaar voor pluimvee en konijnen dan vossen.

Hij vroeg niet hoe het in Turijn of Milaan was gegaan. Hij wilde niet weten wat ik al die maanden had uitgespookt. Hij vertelde over vossen en adelaars en konijnen en kippen en deed zoals altijd of de stad niet bestond en of ik elders niet nog een ander leven had: onze vriendschap woonde op die berg, en wat er beneden gebeurde mocht daar niet aan raken.

'En hoe gaat het met het bedrijf?' vroeg ik, terwijl we aan de oever van het meertje even op adem stonden te komen.

Bruno schokschouderde. 'Goed,' zei hij.

'Loopt het financieel oké?'

Hij grimaste en keek me aan of ik expres de verkeerde vraag had gesteld om z'n dag te verpesten. Daarna zei hij: 'De financiën doet Lara. Ik heb geprobeerd de boeken bij te houden, maar ik ben bang dat ik er gewoon niet goed in ben.'

We klommen in de dichte mist over de puinhelling omhoog. Er was geen pad, we kozen beiden onze eigen weg. Er was niet genoeg zicht om de steenmannetjes te volgen en we verloren ze dan ook bijna meteen uit het oog; in plaats daarvan gingen we op ons gevoel zo recht mogelijk omhoog langs de lijnen die de puinhelling suggereerde. We klommen op goed geluk verder en af en toe hoorde ik boven of onder me het geluid van stenen die door Bruno werden weggetrapt, ontwaarde zijn silhouet en liep erachteraan. Als we te ver uit elkaar raakten riep een van ons 'Joehoe?' en dan antwoordde de ander 'Hier!' Dan stelden we onze koers bij, als twee schepen in de mist.

Totdat ik op een gegeven moment merkte dat het licht veranderde. Nu maakte het vóór me schaduwen op de rotsen. Ik keek omhoog en zag een zweem blauw in de steeds dunner wordende nevelflarden, en na nog een paar stappen liet ik die achter me: plotseling kon ik in de volle zon om me heen kijken, boven mijn hoofd de septemberlucht en onder me het compacte wit van de wolken. We zaten ruim boven de vijfentwintighonderd meter. Op die hoogte staken er maar enkele toppen als een rits eilanden boven het wolkendek uit – aan de oppervlakte gekomen verzonken bergruggen.

Ik zag ook dat we niet op het pad naar de top van de Grenon zaten, of tenminste, niet op het geijkte pad; ik bedacht dat ik, in plaats van over de puinhelling naar de pas te lopen, ook zou kunnen proberen de kam boven me te bereiken en die te volgen. Ik merkte dat het niet moeilijk was. Terwijl ik klom koesterde ik de fantasie van een absolute primeur, die met de naam van de klimmer zou worden bijgeschreven in de archieven van de Italiaanse Alpenclub: noordwestkam van de Grenon, eerste solobeklimming, Pietro Guasti, 2008. Maar wat hoger vond ik, op een klein plateau, wat geroeste blikjes, van vlees of wellicht sardines, dingen die ze in vroeger jaren in de bergen nog niet mee terug naar beneden namen. En zo kwam ik er voor de zoveelste keer achter dat iemand me was voorgegaan.

Mijn kam werd van de graat waarlangs de normale route liep gescheiden door een couloir dat naar boven toe allengs steiler werd. Daar klom Bruno door omhoog, en ik zag dat hij voor de steilste stukken een geheel eigen techniek had ontwikkeld: hij klom op handen en voeten vliegensvlug naar boven, waarbij hij instinctmatig zijn grepen koos en zich zo licht mogelijk probeerde te maken. Soms gaf de grond mee onder zijn voeten of onder zijn handen, maar dan was hij al verder, en die vallende stenen vervolgden dan als kleine lawines hun weg, ter herinnering aan het feit dat hij er was langsgekomen. Omo servadzo, dacht ik. Ik was eerder boven dan hij en had tijd genoeg om vanaf de top zijn nieuwe techniek te bewonderen.

'Van wie heb je geleerd zo te klimmen?' vroeg ik.

'Van de gemzen. Ik keek ooit eens naar ze en dacht: dat ga ik ook proberen.'

'En werkt het?'

'Mwah. Ik moet het nog perfectioneren.'

'Wist je dat we boven de wolken uit zouden komen?'

'Ik hoopte het.'

We gingen tegen de berg stenen zitten waartussen ik ooit de aantekening van mijn vader had gevonden. In de zon kwam elke rand en elke inkeping ervan duidelijk uit, en hetzelfde gold voor Bruno's gezicht: hij had nieuwe rimpels rond zijn ogen, schaduwen onder zijn jukbeenderen, groeven die ik me niet herinnerde. Zijn eerste seizoen op de alm was waarschijnlijk zwaar geweest.

Het leek me het geschikte moment om hem over mijn reis te vertellen. Ik zei dat ik in Milaan genoeg financiering had geregeld om minstens een jaar weg te kunnen blijven. Ik wilde door verschillende regio's van Nepal reizen en vertellen over de volkeren in de bergen aldaar: dat waren er ontzettend veel, in de dalen van de Himalaya, en ze waren allemaal anders. Ik zou in oktober vertrekken, zodra de moessontijd voorbij was. Ik had niet al te veel geld, maar veel contacten met mensen die daar werkten, en die zouden me helpen en huisvesten. Ik biechtte hem op dat ik mijn huur in Turijn had opgezegd, dat ik nu dus geen huis meer had en dat ook niet wilde, en dat ik overwoog misschien nog langer in Nepal te blijven als het daar goed ging.

Bruno hoorde me zwijgend aan. Toen ik klaar was, dacht hij een tijdje na over de implicaties van mijn verhaal. Hij keek naar de Monte Rosa en zei: 'Herinner je je nog die keer met je vader?'

'Jazeker.'

'Weet je dat ik er soms aan denk? Zou het ijs van die dag al beneden zijn?'

'Ik denk het niet. Dat is waarschijnlijk pas halverwege.'

'Volgens mij ook.'

Daarna vroeg hij: 'Lijkt het in de Himalaya een beetje op hier?'

'Nee,' antwoordde ik. 'Helemaal niet.'

Het was moeilijk uit te leggen waarom, maar ik wilde het toch proberen en vervolgde: 'Ken je die gigantische ingestorte monumenten, zoals in Rome en Athene? Die antieke tempels waar alleen nog maar een zuil van overeind staat, met op de grond de stenen die eerst de muren waren? Nou, dan is de Himalaya de oertempel. Het is alsof je zo'n volkomen intacte tempel ziet, terwijl je je leven lang alleen maar ruïnes hebt gezien.'

Ik had meteen spijt van mijn woorden. Bruno keek naar de boven de wolken uitstekende gletsjers en ik besefte dat ik me hem de komende maanden zo zou herinneren, als de bewaker van die brokstukken.

Toen stond hij op. 'Tijd om te melken,' zei hij. 'Ga je mee naar beneden?'

'Ik denk dat ik hier nog even blijf,' antwoordde ik.

'Gelijk heb je. Wie heeft er nou zin om naar beneden te gaan?'

Hij nam hetzelfde couloir als waarlangs hij naar boven was gekomen en verdween tussen de rotsen. Na een paar minuten dook hij weer op, een honderdtal meter lager. Er lag daar een sneeuwtong die helemaal noordwaarts was opgeschoven en hij was de puinhelling overgestoken om die te bereiken. Op het hoogste punt van het sneeuwveldje voelde hij met zijn voet hoe stevig het was. Hij keek omhoog en zwaaide, en ik zwaaide met een breed armgebaar terug zodat hij me van verre zien kon. De sneeuw was waarschijnlijk stijf bevroren, want Bruno sprong erop en was meteen op snelheid: wijdbeens gleed hij naar beneden, skiënd op zijn werklaarzen, molenwiekend om zijn evenwicht te bewaren, en in een ommezien was hij opgeslokt door de mist.

Elf

Anita werd geboren in de herfst, zoals alle bergbewoners.

Ik was er dat jaar niet: in Nepal had ik kennisgemaakt met de wereld van de ngo's, en met een aantal ervan werkte ik samen. Ik draaide documentaires in dorpen waar scholen of ziekenhuizen werden gebouwd, waar landbouwprojecten of werkprojecten voor vrouwen werden opgezet, en waar soms vluchtelingenkampen voor Tibetanen werden ingericht. Niet alles wat ik zag beviel me. De bestuurders van Kathmandu waren gewoon carrièrepolitici. Maar in de bergen ontmoette ik mensen van allerlei slag: van oude hippies tot studenten van de internationale vrijwilligershulpdienst, van artsen die als volontair werkten tot alpinisten die tussen twee expedities door in Nepal bleven om als bouwvakker te klussen. Ook dat was weliswaar niet het soort mensen dat immuun was voor ambitie en machtsspelletjes, maar waar het hun níet aan ontbrak was idealisme. En onder idealisten voelde ik me thuis.

Ik was in juni in Mustang, een dorre hoogvlakte op de grens met Tibet met tussen rode rotsen verscholen witte huisjes, toen mijn moeder me mailde dat ze net in Grana was geweest en had ontdekt dat Lara vijf maanden zwanger was. Ze had meteen het gevoel gehad dat de plicht riep. Tijdens de zomer stuurde ze me verslagen die leken op medische bulletins: in juni had Lara bij het weiden van de koeien haar enkel verzwikt en had dagenlang lopen hinken; in juli had ze, toen ze aan het hooien was, met haar o zo witte huid een zonnesteek opgelopen, met koorts; in augustus bracht ze, inmiddels met opgezwollen benen en rugpijn, nog steeds twee keer per week met het muildier de kazen naar beneden. Mijn moeder gelastte haar rust te nemen. Lara wilde er niets van weten. Toen Bruno voorstelde in haar plaats een knecht aan te nemen, wierp ze tegen dat de koeien ook allemaal drachtig waren en dat die ook niet moeilijk deden; sterker nog, als ze zag hoe rustig ze waren, ontspande zij ook.

Ik zat inmiddels in Kathmandu, midden in het moessonseizoen. Elke middag werd de stad gegeseld door onweer. Dan kwam het hectische verkeer van brommers en fietsen tot stilstand, zochten de hordes zwerfhonden beschutting onder de luifels, veranderden de straten in rivieren van modder en afval en vluchtte ik een plek met telefoonverbinding binnen om achter een stokoude computer het laatste nieuws te lezen. Mijn moeder verbaasde me. Ik wist niet of ik meer bewondering moest hebben voor Lara, die haar eerste kind kreeg op een alm, of voor die vrouw van zeventig, die te voet naar boven klom om haar op te zoeken en eens per maand met haar meeging naar het ziekenhuis. De echo van augustus had de laatste twijfel weggenomen: het was een meisje. Lara bleef ook daarna nog de koeien weiden, met een buik die haar zo langzamerhand belette nog enige andere beweging te maken dan voor de kudde uit lopen en er onder een boom naar gaan zitten kijken.

Met geborstelde, glimmende vacht, halsbanden van ingelegd leer en feestbellen om daalden de koeien op de laatste zondag van september in een plechtige einde-seizoensoptocht af naar het dal. Bruno leidde ze naar de stal die hij huurde voor de winter, en toen restte er niets anders dan wachten. Hij had waarschijnlijk een of andere bergbewonersberekening gemaakt, want Lara beviel kort daarna, alsof ook dat seizoenswerk was.

Ik herinner me waar ik was toen mijn moeder me het nieuws vertelde: in Lower Dolpo, aan de oever van een meer dat ongelooflijk veel op een alpenmeer leek, omgeven door fijnsparbossen en boeddhistische tempeltjes, in gezelschap van een meisje dat ik in Kathmandu had leren kennen. Ze werkte in een weeshuis in de stad, maar we hadden vrij genomen om samen de bergen in te trekken. In een berghut zonder kachel op vijfendertighonderd meter, waarvan de wanden uit niets meer bestonden dan blauwgeverfde houten plankjes, hadden we twee slaapzakken aan elkaar geritst en ons erin gewurmd: terwijl zij sliep, keek ik door het raam naar de sterrenhemel en de toppen van de sparren. Op een gegeven moment zag ik de maan opkomen. Ik lag lang wakker en dacht aan mijn vriend Bruno die vader was geworden.

Toen ik in 2010 terugkwam in Italië, trof ik een land aan dat in een groteske economische crisis was gedompeld. In Milaan kondigde die zich al aan op het vliegveld, dat er verlaten bij lag, met maar een paar vliegtuigen op kilometers landingsbaan en in de lege hallen de glimmende etalages van grote modehuizen. Vanuit de door de airconditioning ijskoude trein die me op een juliavond naar de stad bracht, zag ik overal open plekken, bouwputten, torenhoge hijskranen, bizar gevormde wolkenkrabbers die gestalte kregen aan de horizon. Ik snapte niet hoe het kwam dat alle kranten schreven dat het geld op was terwijl ik in Milaan, en in Turijn, net zo'n bouwkoorts zag als in de gouden jaren. Op zoek gaan naar oude vrienden was als dwalen door de gangen van een ziekenhuis: de productiemaatschappijen, reclamebureaus en televisiezenders waar ik zelf nog voor had gewerkt waren op sterven na dood, en veel van mijn vrienden zaten werkloos op de bank. Op hun veertigste, of bijna, verlaagden ze zich ertoe eendagsklussen te doen en geld aan te nemen van hun gepensioneerde ouders. Moet je buiten zien, zei een van hen, al die flats die overal maar verrijzen. Wie berooft ons van wat ons toekomt? Waar ik ook ging, alles ademde de geur van desillusie en woede, een gevoel van verongelijktheid van een hele generatie. Het was een opluchting dat ik mijn retourticket al op zak had.

Een paar dagen later nam ik een bus naar de bergen; bij het begin van het dal nam ik een tweede en ik stapte uit voor het café waar mijn moeder en ik vroeger altijd gingen bellen, al was de rode telefooncabine er al een tijdje weg. Net als toen liep ik over het oude ezelpad omhoog. Het sneed de haarspeldbochten in de asfaltweg af en werd meteen opgeslokt door braamstruiken en gebladerte, zodat ik, meer dan het te volgen, op mijn herinnering door het bos bergopwaarts liep. Toen ik er weer uit kwam, zag ik dat er naast de ruïne van de toren een telefoonmast was verrezen en dat beneden in de kloof een betonnen dam de loop van de beek onderbrak. Het kleine stuwbekken lag vol met dooimodder: een graafmachine was bezig die uit het water te scheppen en op de oever te storten. De diepe sporen van de rupsbanden en de zanderige blubber lieten weinig heel van de weidegrond waar Bruno als jongetje zijn kudde had gehoed.

Toen ik Grana eenmaal voorbij was, had ik als altijd het gevoel dat ik al het vergif achter me liet. Het was alsof je, net als op de Annapurna, het heilige dal betrad: alleen was er hier geen enkel godsdienstig gebod, het was de vergetelheid die maakte dat alles intact bleef. Ik vond de open plek terug die Bruno en ik als kinderen de zagerij noemden, omdat er twee rails en een trolley waren achtergebleven die ooit waren gebruikt om planken te zagen voor de bouw. Ernaast vertrok een kabelbaan om die planken naar de almen te vervoeren; de staalkabel was rond een lariks gebonden en inmiddels opgeslokt door de bast. Ze waren hem vergeten omdat hij niets waard was, de berg uit mijn jeugd, dat was zijn geluk. Ik vertraagde mijn pas. *Bistare, bistare*, zoals de Nepalese dragers op grote hoogte fluisterden. Ik wilde de wandeling zo lang mogelijk rekken. Elke keer dat ik daar boven terugkeerde had ik het gevoel dat ik naar mezelf terugkeerde, naar de plek waar ik echt ík was en me goed voelde.

Op de alm wachtten ze me op met het middageten. Bruno, Lara, de kleine Anita die nog geen jaar oud was en op een deken midden in de wei speelde, en mijn moeder die haar geen moment uit het oog verloor. Ze zei: 'Kijk, Anita, oom Pietro is er!' en meteen bracht ze haar naar me toe zodat we vriendschap konden sluiten. Het meisje bestudeerde me argwanend, was geïntrigeerd door mijn baard, trok eraan, maakte een geluid dat ik niet begreep en lachte van verbazing. Mijn moeder leek in niets meer op de oudere vrouw van wie ik bij mijn vertrek afscheid had genomen. Maar niet alleen zij, de hele alm was levendiger dan ik me die herinnerde: er waren kippen en konijnen, het muildier, de koeien, de honden, een vuur waarop polenta en een pan stoofvlees stonden te pruttelen, de buiten gedekte tafel.

Bruno was zo blij me te zien dat hij me omhelsde. Dat was ongebruikelijk voor ons, en dus dacht ik, terwijl hij me tegen zich aan drukte: is er iets veranderd? Toen we elkaar loslieten bestudeerde ik aandachtig zijn gezicht op zoek naar rimpels, grijze haren, de last van de leeftijd in zijn gelaatstrekken. Ik had het gevoel dat hij ook bij mij naar dergelijke tekenen zocht. Waren we nog steeds dezelfden? Daarna zei hij me aan het hoofd van de tafel plaats te nemen en schonk te drinken in, vier glazen boordevol rode wijn om te proosten op mijn terugkeer.

Ik was niet meer gewend aan wijn en ook niet aan vlees, en voelde me al snel dronken van beide. Ik praatte honderduit. Lara en mijn moeder stonden beurtelings op om even bij Anita te kijken, totdat het meisje slaap begon te krijgen en ze elkaar een teken gaven, geloof ik, of het was een stilzwijgende afspraak, en mijn moeder opstond en met haar op de arm verdween. Ik had als cadeau een theepot meegenomen, met kopjes en een pak zwarte thee, en na het eten zette ik die op zijn Tibetaans, met boter en zout, al was de almboter niet zo sterk en ranzig als jakboter. Terwijl ik roerde, vertelde ik dat ze boter in Tibet voor allerlei doeleinden gebruikten: hij werd gebrand in lampen, door vrouwen als pommade in hun haar gesmeerd en met botten vermengd, bij hemelbegrafenissen.

'Wat?' zei Bruno.

Ik legde uit dat er op de hoogvlakten niet genoeg brandhout was om de lijken te cremeren: de dode werd gevild en op de top van een heuvel achtergelaten om te worden verslonden door de gieren. Na een paar dagen ging men terug naar boven en waren alleen de botten nog over. Schedel en skelet werden verpulverd en vermengd met boter en meel, zodat ook die voer voor de vogels werden.

'Wat gruwelijk,' zei Lara.

'Waarom?' vroeg Bruno.

'Zie je het voor je? Die dode daar op de grond en de gieren die hem stukje bij beetje verscheuren.'

'Nou, in een gat in de grond liggen is niet zo heel anders,' zei ik. 'Je wordt hoe dan ook door iemand opgegeten.'

'Ja, maar dan zie je het tenminste niet,' zei Lara.

'Het is juist mooi,' zei Bruno. 'Voer voor de vogels.'

De thee daarentegen vond hij vies, dus leegde hij zijn kopje en ook de onze en vulde die met grappa uit een grote fles. We waren inmiddels alle drie enigszins aangeschoten. Hij sloeg een arm om Lara heen en zei: 'En de meisjes in de Himalaya, hoe zijn die? Net zo mooi als in de Alpen?'

Ik denk dat ik onbedoeld ernstig werd. Ik mompelde een of ander antwoord.

'Je bent toch geen boeddhistische monnik geworden, hè?' zei Bruno. Maar Lara had begrepen waarom ik zo terughoudend was en antwoordde in mijn plaats: 'Nee, nee. Er is iemand die hem warm houdt.' Toen keek Bruno me aan en lachte, want hij zag dat het waar was, en ik zocht instinctief met mijn blik mijn moeder, die te ver weg was om ons te horen.

Later strekte ik me uit onder een oude lariks, een boom die eenzaam uitrees boven de weiden achter de almhutten. Ik bleef met halfgesloten ogen en mijn handen in mijn nek door de takken heen naar de toppen en de kammen van de Grenon liggen kijken, totdat ik door slaap werd overmand. Dat uitzicht deed me altijd aan mijn vader denken. Ik bedacht dat hij op een of andere manier, zonder het te weten, dat vreemde gezin had gesticht waarbij ik me bevond. Wie weet wat hij zou hebben gedacht als hij ons daar zo samen had gezien aan het middageten. Zijn vrouw, zijn zoon, zijn andere zoon uit de bergen, een jonge vrouw en een kind. Als we broers waren geweest, dacht ik, was Bruno zonder meer de eerstgeborene geweest. Hij was degene die bouwde. Bouwer van huizen, van gezinnen, van ondernemingen; de oudere broer met zijn land, zijn vee, zijn nageslacht. Ik was het kleine broertje dat zijn tijd verdeed. Dat niet trouwt, geen kinderen krijgt, over de wereld trekt en maandenlang niets van zich laat horen, om vervolgens thuis te komen op de dag van het feest, precies op het moment dat het eten op tafel wordt gezet. Wie had dat gedacht, hè, pa? Met die alcoholische fantasieën viel ik in de zon in slaap.

Ik bracht die zomer een paar weken bij hen door. Niet genoeg om het gevoel kwijt te raken dat ik op bezoek was, maar ook niet zo kort dat ik er niets uitvoerde. Op de barma hadden twee jaren van afwezigheid meer hun sporen nagelaten, zodat ik toen ik het huisje terugzag de neiging had het om vergeving te vragen: het werd belaagd door onkruid, meerdere planken van het dak waren kromgetrokken en zaten los, en bij mijn vertrek was ik vergeten het stuk kachelpijp dat uit de muur stak weg te halen: de sneeuw had het doen barsten en had ook binnenshuis schade aangericht. De bergen zouden aan een paar jaar genoeg hebben om het huis te heroveren en weer terug te brengen tot de hoop stenen die het ooit was. Dus besloot ik mijn dagen daar te gebruiken om het op te knappen, zodat het in orde zou zijn als ik weer vertrok.

Doordat ik bij Bruno en Lara was, ontdekte ik dat ook iets anders er tijdens mijn afwezigheid slechter op was geworden. Als mijn moeder er niet was, en Anita naar bed was gebracht, veranderde de gelukkige boerderij in een bedrijf in de rode cijfers, en mijn twee vrienden in ruziënde compagnons. Lara had het over niets anders. Ze vertelde me dat ze met de kazen niet genoeg verdienden om de aflossingen van de hypotheek te betalen. Het geld kwam binnen en ging eruit zonder dat ze iets overhielden, en intussen was de schuld bij de bank nog steeds even groot. 's Zomers, als ze boven woonden, lukte het hun wel om zelfvoorzienend te zijn, of althans bijna; het was in de winter, met de huur van de stal en de andere kosten, dat ze niet rondkwamen. Ze hadden een nieuwe lening moeten afsluiten. Nieuwe schulden om oude schulden mee af te betalen.

Lara had die zomer besloten om een tussenstap over te slaan en niet langer te werken met de groothandelaar die ook ik had ontmoet, maar rechtstreeks aan de klanten te verkopen, al betekende dat voor haar een hoop meer werk. Twee keer per week liet ze het kind in Grana achter bij mijn moeder en ging met de auto bestellingen rondbrengen, en intussen moest Bruno het op de alm in zijn eentje zien te rooien; ze zouden eigenlijk iemand moeten aannemen, maar dan zouden ze weer terug zijn bij af.

Als zij me die dingen vertelde, begon hij na een tijdje te zuchten. Op een avond zei hij: 'Kunnen we het niet over wat anders hebben? We zien Pietro nooit, moet het nou altijd over geld gaan?'

Lara was in haar wiek geschoten. 'Waar moeten we dan over praten?' zei ze. 'Over jaks, of zo? Wat denk je, Pietro, zouden we niet een fijne jakfokkerij kunnen beginnen?'

'Het is een idee,' was Bruno's commentaar.

'Moet je hem horen!' zei Lara tegen mij. 'Hij zit hoog op zijn berg, hij heeft helemaal geen last van de problemen die ons gewone stervelingen kwellen.' En toen tegen hem: 'Maar jij bent mooi wel degene die zichzelf in de nesten heeft gewerkt.'

'Klopt,' zei Bruno. 'Het zijn mijn schulden, lig er maar niet te veel van wakker.'

Bij die woorden wierp ze hem een woedende blik toe, stond met een ruk op en liep weg. Hij had er meteen spijt van dat hij zo onaardig had gereageerd.

'Ze heeft gelijk,' zei hij, toen we alleen waren achtergebleven. 'Maar wat moet ik eraan doen, ik kan niet nog harder werken. En door altijd aan geld te denken los je niets op, dus kun je maar beter aan iets leukers denken, toch?'

'Hoeveel hebben jullie eigenlijk nodig?' vroeg ik.
'Laat maar. Als ik het je zeg, schrik je je lam.'
'Ik kan je helpen. Ik kan hier blijven werken tot aan het eind van het seizoen.'
'Nee, dank je.'
'Je hoeft me niet te betalen, hoor. Ik doe het graag.'
'Nee,' zei Bruno kortaf.

In de dagen die restten voor mijn vertrek kwamen we niet meer op het onderwerp terug. Lara was in zichzelf gekeerd, beledigd, bezorgd, bezig met haar kind. Bruno deed alsof er niets was gebeurd. Ik ging op en neer naar Grana om materiaal te halen voor het opknappen van mijn huisje: waar het cement was afgebrokkeld had ik nieuw aangebracht, ik had het gat van de kachelpijp dichtgemaakt, de grond om het huis ontdaan van onkruid. Ik had planken van lariks laten zagen die identiek waren aan de oude en was op het dak bezig ze te vervangen toen Bruno langskwam: wellicht wilde hij de bergen in, maar toen hij me daar boven bezig zag veranderde hij van gedachten en klom ook op het dak.

Het was hetzelfde werk als we zes jaar daarvoor hadden gedaan. Al snel hervonden we ons oude ritme. Bruno trok de spijkers uit de oude plank en ik gooide hem naar beneden, daarna legde ik de nieuwe plank neer en hield die op zijn plek terwijl hij hem vastspijkerde. We hoefden elkaar niets te zeggen. Een uur lang leek het of we terug waren in die zomer, toen onze levens nog geen duidelijke richting hadden en onze enige zorg was dat er een muur moest worden gebouwd of een balk omhoog moest worden gehesen. Het duurde helaas niet lang. Uiteindelijk was het dak weer als nieuw; ik liep naar de fontein om twee biertjes te pakken die ik koel hield in het ijskoude water.

Die ochtend had ik de verbleekte en door de wind helemaal gescheurde gebedsvlaggetjes weggehaald en verbrand in de kachel. Daarna had ik nieuwe opgehangen, niet meer tussen twee boomstammen maar tussen de rotswand en een hoek van het huis, indachtig de stoepa's die ik in Nepal had gezien. Nu wiegden de vlaggetjes in de wind boven het grafschrift van mijn vader en leken het te zegenen. Bruno zat ernaar te kijken toen ik me weer bij hem voegde op het dak.

'Wat staat erop?' vroeg hij.

'Het zijn gebeden waarin om geluk wordt gevraagd,' zei ik. 'Om welvaart. Vrede. Harmonie.'

'En jij gelooft erin?'

'Waarin, in geluk?'

'Nee, in die gebeden.'

'Ik weet het niet. Maar ik krijg er een goed humeur van. Dat is al heel wat, toch?'

'Ja, je hebt gelijk.'

Ik moest opeens denken aan onze talisman, en ik zocht hem met mijn blik om te zien hoe het ermee was. De kleine alpenden stond er nog, even iel en scheef als toen ik hem had geplant, maar hij leefde nog. Hij ging inmiddels zijn zevende winter in. Ook hij wiegde in de wind, maar boezemde geen gevoel van vrede of harmonie in: eerder van koppigheid, gehechtheid aan het leven. Ik bedacht dat die dingen in Nepal niet als deugden golden, maar in de Alpen misschien wel.

Ik ontkurkte de biertjes. Ik gaf er een aan Bruno en vroeg: 'Hoe is dat nou, vader zijn?'

'Hoe dat is?' zei hij. 'Tja, dat zou ik ook wel eens willen weten.'

Hij hief zijn ogen ten hemel en zei toen: 'Tot nu toe is het makkelijk, ik neem haar op de arm en aai haar alsof ze een konijntje of een katje is. Daar ben ik goed in, dat heb ik altijd gedaan. Het wordt pas moeilijk als ik haar iets zal moeten vertellen.'

'Waarom?'

'Wat weet ik nou? Ik ben nooit verder gekomen dan dit hier.'

Hij zei 'dit hier' en maakte een handgebaar dat het meer, het bos, de weilanden en de puinhellingen moest omvatten. Ik wist niet of hij er ooit weg was gegaan, en ook niet voor hoe lang dan. Ik had het hem nooit gevraagd, deels om hem niet te beledigen, deels omdat het antwoord de dingen niet zou veranderen.

Hij zei: 'Ik weet hoe ik een koe moet melken, hoe ik kaas moet maken, hoe ik een boom moet omzagen, hoe ik een huis moet bouwen. Ik weet ook hoe ik een beest zou moeten schieten en opeten als ik stierf van de honger. Die dingen hebben ze me van jongs af aan geleerd. Maar wie heeft me geleerd hoe je vader moet zijn? De mijne in elk geval niet. Uiteindelijk heb ik hem in elkaar moeten slaan om te zorgen dat hij me met rust liet, heb ik je dat ooit verteld?'

'Nee,' zei ik.

'Toch is het zo. Ik werkte elke dag in de bouw, ik was sterker dan hij. Volgens mij heb ik hem flink te grazen genomen, want ik heb hem nooit meer teruggezien. De stumper.'

Hij keek opnieuw naar de lucht. Dezelfde wind die mijn gebedsvlaggetjes deed wapperen duwde de wolken over de kammen. Hij zei: 'Dus ik ben in elk geval dankbaar dat Anita een meisje is, dan kan ik gewoon van haar houden en verder niets.'

Ik had hem nog nooit zo terneergeslagen gezien. Het liep allemaal niet zoals hij had gehoopt. Ik had hetzelfde machteloze gevoel als toen we jongens waren en hij een hele dag geen woord zei, verzonken in een onbehagen dat voor mijn gevoel blijvend en onherroepelijk was. Ik wilde dat ik als oude vriend een trucje wist om hem op te monteren.

Voordat hij wegging schoot me het verhaal van de acht bergen te binnen, en ik bedacht dat hij dat vast leuk zou vinden. Ik vertelde het hem, waarbij ik me elk woord en elk gebaar van mijn kippendrager probeerde te herinneren. Met een spijker tekende ik de mandala op een plank.

'Dus dan zou jij degene zijn die de acht bergen langsgaat en ik degene die naar de top van de Sumeru klimt?' vroeg hij me toen ik was uitverteld.

'Dat lijkt er wel op, ja.'

'En wie van de twee brengt iets goeds tot stand?'

'Jij,' antwoordde ik. Niet alleen om hem een hart onder de riem te steken, maar ook omdat ik dat echt geloofde. Ik denk dat hij dat ook wel wist.

Bruno zei niets. Hij keek nog een keer naar de tekening, om zich die in te prenten. Daarna gaf hij me een klap op mijn schouder en sprong van het dak.

Zonder het ook maar in het minst gepland te hebben, begon ik me terug in Nepal ook bezig te houden met kinderen. Niet in de bergen, maar in de buitenwijken van Kathmandu, die zich over het hele dal uitstrekten en er langzamerhand net zo uitzagen als alle andere sloppenwijken op de wereld. Het waren kinderen van mensen die in de stad hun geluk waren komen beproeven. Soms hadden ze een van hun ouders verloren en soms beide, maar vaker woonden hun vaders of moeders in een krot, werkten ze als slaven ergens diep in die mierenhoop en lieten de opvoeding over aan de straat. En dus was die kinderen een lot beschoren dat in de bergen niet bestond: in Kathmandu maakten bedelende kinderen, kleine bendes die een of ander handeltje dreven en afgestompte, vieze jongens en meisjes die in vuilnis wroetten net zo deel uit van het stedelijke landschap als de zwerfhonden en de apen bij de boeddhistische tempels.

Er waren organisaties die zich om hen trachtten te bekommeren, en het meisje met wie ik samen was, werkte bij een daarvan. Door wat ik op straat zag en door wat ik haar hoorde vertellen was het onvermijdelijk dat ik haar een handje ging helpen. Je vindt je plek in de wereld op minder onvoorspelbare manieren dan je denkt: na al dat gereis was ik terechtgekomen in een grote stad aan de voet van de bergen, met een vrouw die in wezen hetzelfde werk deed als mijn moeder. En met wie ik, als het maar even kon, de wijk nam naar boven, om de energie te hervinden waar de stad ons van beroofde.

Als ik over die paden liep, dacht ik vaak aan Bruno. Het waren niet zozeer de bossen en de rivieren, als wel de kinderen die me aan hem deden denken. Ik herinnerde me hem op hun leeftijd, opgegroeid in wat restte van zijn zieltogende dorp, vol bouwvallen waarin hij in zijn eentje speelde en met een school die was getransformeerd tot een opslagruimte. Er was in Nepal veel te doen voor iemand met zijn talenten: wij gaven les in Engels en wiskunde uit boeken, maar misschien hadden we die migrantenkinderen moeten laten zien hoe je een moestuin aanlegt, een stal bouwt of geiten fokt, en dus fantaseerde ik af en toe over het idee hem weg te halen van zijn ten dode opgeschreven berg om nieuwe bergbewoners te onderrichten. We zouden in dat deel van de wereld grootse dingen kunnen doen.

En toch, als het aan ons had gelegen hadden we jarenlang geen contact met elkaar gezocht, alsof onze vriendschap niet onderhouden hoefde te worden. Het was mijn moeder die ons berichtte over de ander, gewend als ze was om tussen mannen te leven die niet met elkaar spraken: ze schreef me over Anita, over haar karakter dat zich vormde, over de manier waarop ze opgroeide, wild en zonder angsten. Ze was aan het meisje gehecht geraakt en maakte zich zorgen om het feit dat haar ouders het steeds moeilijker kregen. Ze werkten te hard en bleven manieren verzinnen om nog harder te werken, en Anita was 's zomers vaak bij mijn moeder in Grana, zodat ze zich over haar tenminste geen zorgen hoefden te maken. Lara werd gek van alle schulden. Bruno had zich verschanst achter een muur van zwijgzaamheid en werk. Mijn moeder zei niet met zoveel woorden waar ze bang voor was, maar het was niet moeilijk tussen de regels door te lezen: zowel zij als ik begon te begrijpen hoe het zou aflopen.

Ze hielden het nog een tijdje zo vol. In de herfst van 2013 liet Bruno zich failliet verklaren, sloot het bedrijf en overhandigde de sleutels van de alm aan de deurwaarder; Lara trok met het kind in bij haar ouders. Ook al was een en ander volgens mijn moeder in omgekeerde volgorde gegaan: zij had besloten hem te verlaten en hij had zich overgegeven en zich neergelegd bij het faillissement. Het was niet belangrijk. De toon van de mail waarin ze me dit nieuws vertelde was niet alleen bedroefd maar ook gealarmeerd, en ik maakte eruit op dat mijn moeder bang was voor wat er nu met Bruno zou kunnen gebeuren. *Hij is alles kwijt*, schreef ze, *en is alleen achtergebleven. Kun jij niets doen?*

Ik herlas de mail twee keer voordat ik iets deed wat ik in Nepal nog nooit had gedaan: ik stond op van de computer, vroeg of ik een telefoon kon gebruiken, ging een van de cabines binnen en toetste het landnummer van Italië en het nummer van Bruno in. Het was een van die plekken in

Kathmandu waar mensen altijd bezig leken de tijd te doden. De eigenaar zat zijn maaltijd van rijst en linzen te eten, een oude man die naast hem zat keek toe en twee jongetjes gluurden in de cabine naar binnen om te zien wat ik deed. De telefoon ging vijf of zes keer over en ik bedacht dat Bruno wel niet zou opnemen: hem kennende had hij zijn telefoon waarschijnlijk weggegooid ergens in het bos en besloten met niemand meer te communiceren. Maar toen klonk er ineens een klik, een ver gedruis en een verstoorde stem die zei: 'Hallo?'

'Bruno!' riep ik. 'Met Pietro!'

De jongetjes schaterden het uit toen ze me in het Italiaans hoorden schreeuwen. Ik drukte de hoorn tegen mijn oor. Bij de vertraging die intercontinentale gesprekken eigen is, voegde zich een ander soort aarzeling, en toen zei Bruno: 'Ja, ik hoopte al dat jij het was.'

Hij had geen zin om te praten over wat er met Lara was gebeurd. Maar dat kon ik me zo ook wel voorstellen. Ik vroeg hoe het met hem ging en wat hij van plan was.

Hij antwoordde: 'Het gaat goed. Ik ben alleen moe. Ze hebben me de alm afgenomen, wist je dat al?'

'Ja. En wat heb je met de koeien gedaan?'

'O, die heb ik weggegeven.'

'En Anita?'

'Anita is met Lara bij haar ouders. Ze hebben daar plek. Ik heb ze gesproken, het gaat goed met ze.'

Daarna vervolgde hij: 'Luister, ik wilde je wat vragen.'

'Zeg het maar.'

'Of ik het huis op de barma kan gebruiken, want ik weet niet zo goed waar ik nu heen moet.'

'Wil je daar dan gaan zitten?'

'Ik heb geen zin om mensen te zien, je kent me. Ik blijf een tijdje in de bergen.'

Zo zei hij het letterlijk, 'in de bergen'. Het was ontzettend raar om door een telefoon in Kathmandu zijn stem te horen, een stem die hees en vervormd doorkwam en die ik amper herkende, maar op dat moment wist ik dat hij het was: Bruno, mijn oude vriend.

Ik zei: 'Natuurlijk. Blijf zo lang je wilt. Het is jouw huis.'

'Dank je.'

Er was nog iets wat ik moest zeggen, maar dat was moeilijk. Wij waren het niet gewend de ander om hulp te vragen of die aan te bieden. Zonder al te veel omhaal van woorden vroeg ik: 'Zeg, wil je dat ik kom?'

Vroeger zou Bruno meteen hebben gezegd dat ik vooral moest blijven waar ik was. Maar nu zweeg hij. Toen hij ten slotte antwoordde, deed hij dat op een toon die ik nog nooit van hem had gehoord. Deels ironisch. Deels weerloos.

Hij zei: 'Tja, dat zou wel fijn zijn.'

'Dan regel ik een paar dingen en kom ik, oké?'

'Oké.'

Het was een namiddag in oktober. Toen ik het belkantoortje verliet, daalde de duisternis al neer over de stad. In dat deel van de wereld zijn de straten niet verlicht, en bij zonsondergang haasten de mensen zich naar huis en heerst er een soort angst voor de naderende nacht. Overal waren honden, stof, brommertjes, midden op straat lag een koe die het verkeer ophield, toeristen waren op weg naar restaurants en hotels, de sfeer van een nazomeravond. Maar in Grana begon de winter, en ik bedacht dat ik die daar nog nooit had meegemaakt.

Twaalf

Rond half november was het dal van Grana verzengd door droogte en vorst. Het had de kleur van oker, van zand, van terracotta, alsof er op de weilanden brand had gewoed. De bossen stonden nog in lichterlaaie: op de bergflanken bescheen de goudbronzen vlammengloed van de lariksen het donkere groen van de sparren, en de aanblik van de lucht verwarmde je ziel. Maar beneden in het dorp regeerde de schaduw. De zon drong niet door tot de bodem van het dal en de aarde was hard onder je voeten, her en der bedekt met een korst van ijskristallen. Toen ik me bij het plankbruggetje vooroverboog om te drinken, zag ik dat de herfst bezig was mijn beek te betoveren: het ijs vormde glijbanen en tunnels, verglaasde natte stenen, strikte plukken dor gras en vormde ze om tot sculpturen.

Op weg naar Bruno's alm kruiste ik een groep jagers. Ze droegen camouflagejacks en hadden verrekijkers om hun hals, maar geen geweren. Het leken me geen mensen uit de buurt, maar misschien veranderden in de herfst ook de gezichten en was ík de indringer. Ze praatten in dialect en toen ze me zagen zwegen ze, namen me even schattend op, negeerden me verder en liepen door. Kort daarop ontdekte ik waar ze zich hadden geposteerd: boven op de alm, naast het bankje waar Bruno en ik 's avonds altijd gingen zitten vond ik peuken en een verfrommeld pakje sigaretten. Ze waren vermoedelijk 's ochtends vroeg naar boven gegaan omdat ze vanaf dat specifieke punt goed zicht op het bos hadden. Bruno had toen hij wegging alles piekfijn achtergelaten: hij had de staldeur vergrendeld, de luiken afgesloten, het hout aan een kant van het huis opgetast, de drinktroggen omgekeerd tegen de muur gezet. Hij had zelfs de mest uitgestrooid, die nu droog en geurloos op de vergeelde velden lag. Het was nu niets anders meer dan een winterklare alm, en ik bleef even staan denken aan hoe het er was geweest toen ik er de laatste keer langs was gegaan, zo vol geluiden, vol leven. In die stilte weerklonk aan de overkant van het dal opeens geburl. Ik had het nog maar een paar keer gehoord, maar één keer is voldoende om het altijd te herkennen. Het is een machtige, gutturale, woeste roep waarmee het mannetjeshert zijn liefdesrivalen angst aanjaagt, zij het dat hij wat aan de late kant was voor de voortplanting. Misschien was dit hert gewoon alleen maar boos. En ik snapte nu ook waar die jagers naar op zoek waren.

Even later overkwam me nog zoiets. De zon kwam ternauwernood boven de kam van de Grenon uit en verwarmde de op het zuiden liggende puinhelling. Maar de uitloper van het meer aan de voet van de helling lag zelfs op dat tijdstip nog in de schaduw: op het water had zich een laag ijs gevormd, een glanzende, donkere halvemaan. Toen ik het testte met mijn stok bleek het zo dun dat het brak. Ik viste een stuk ijs uit het water en hield het omhoog om erdoorheen te kijken, en op dat moment hoorde ik een kettingzaag aanslaan. Eerst twee rukken aan het startkoord en daarna het gegier van het zaagblad dat in het hout beet. Ik keek omhoog om te snappen waar het vandaan kwam. Op een plateautje halverwege de helling, iets boven de barma, stond een groepje lariksen: de stam van een dode boom tekende zich naakt en grijs af tussen het gele loof van de andere bomen. Ik hoorde de kettingzaag twee keer in het hout wegzakken. Daarna was er een pauze, net lang genoeg om om de boom heen te lopen, en daarna nam het gegier weer in volume toe. De top van de dode lariks wiegde heen en weer. Ik zag hem langzaam overhellen en ten slotte met een klap neerkomen, met het geluid van takken die braken in hun val.

'Wat wil je dat ik zeg, Pietro, het is mislukt,' zei Bruno die avond. Hij haalde zijn schouders op om me te laten zien dat hij er niets aan toe te voegen had. Hij dronk een kop op de kachel opgewarmde koffie en keek naar buiten, waar het om vijf uur al donker werd. In huis leefden we bij kaarslicht nu ons molentje stilstond vanwege de droogte: in de andere kamer had ik twee volle pakken witte kaarsen zien liggen, en zakken maïsmeel, een paar van de laatste productie resterende kazen, een stapel blikjes, aardappels en kartonnen wijn. Het was niet de provisieruimte van iemand die van plan was snel weg te gaan. In de maand na ons telefoongesprek had Bruno een voorraad aangelegd en de rouw op zijn manier verwerkt: het bedrijf op de alm was mislukt, zijn relatie met Lara was mislukt, en hij praatte erover – of liever: vermeed erover te praten – alsof het al heel ver achter hem lag, zowel in de tijd als in zijn gedachten. Het leek wel of hij het allemaal het liefst zou vergeten.

Die novemberdagen hielden we ons onledig met het aanleggen van een houtvoorraad voor de winter. 's Ochtends tuurden we de helling boven de barma af op zoek naar een dode boom, liepen erheen, velden hem en ontdeden hem van zijn takken; Bruno zaagde de top eraf met zijn kettingzaag en daarna waren we uren bezig hem naar huis te slepen. We bonden er een stevig touw omheen en trokken hem op eigen kracht omlaag. Her en der in het bos hadden we met behulp van overdwars neergelegde oude planken glijbanen gemaakt, met hoge randen van opgestapelde takken op plekken waar de stam ons dreigde te ontglippen omdat het te steil werd, maar toch stuitte hij vroeg of laat altijd op een obstakel, en dan wachtte ons de rotklus hem daar weer weg te krijgen. Bruno verwenste hem. Hij hanteerde het pikhouweel of het zo'n klein handsappie was en gebruikte het als hefboom om de stam een halve slag te draaien, probeerde het aan de ene kant, daarna aan de andere, vloekte, smeet het pikhouweel ten slotte op de grond en ging zijn kettingzaag halen. Ik had de manier waarop hij werkte altijd bewonderd, de sierlijkheid die hij kon uitstralen bij het gebruik van welk stuk gereedschap dan ook, maar daar was nu niets meer van over: woedend startte hij de kettingzaag, verzoop hem, gaf gas, soms raakte meteen alle benzine op en dan wilde hij ook dat ding het liefst op de grond smijten, maar uiteindelijk zaagde hij de stam aan stukken en was het probleem opgelost, ook al moesten we dan steeds op en neer om ze thuis te krijgen. Daarna waren we tot de avond in de weer met moker en wiggen om ze te kloven. Het geluid van ijzer op ijzer trilde door de bergen, droger, scheller, feller als Bruno sloeg, onzekerder en onwelluidender als ik het van hem overnam, totdat er een barstgeluid klonk, de stam zich opende en we het werk afmaakten met een bijl.

Er lag nog niet veel sneeuw op de Grenon. Onder wát er lag zag je puinhellingen en struiken, richels en rotsplaten doorschemeren, alsof het niet veel meer was dan een laagje rijp. Maar tegen het einde van de maand arriveerde er een koudegolf, de temperatuur daalde plotseling en het meer vroor in één nacht dicht. De ochtend daarop ging ik er kijken: vlak bij de oever was het ijs ondoorzichtig en grijzig omdat er een zee van luchtbelletjes in gevangenzat, en naarmate je verder weg keek werd het doorzichtiger en zwarter. Ik kon er met mijn stok nog geen krasje in maken, dus waagde ik me erop en merkte dat het hield. Ik was nog maar een paar passen van de oever verwijderd toen ik van onder uit het meer een dof gedreun hoorde, waardoor ik me meteen terughaastte. Eenmaal veilig op de oever hoorde ik het opnieuw: het was een donkere, resonerende dreun, als een klap op een grote trom, die steeds opnieuw klonk, in een traag tempo, misschien een klap per minuut, wellicht ook wat korter op elkaar. Het kon niets anders zijn dan het water dat vanonder tegen het ijs beukte. Met de komst van de dag had de vorst zijn greep waarschijnlijk verslapt, en het leek net of het water met schouderstoten de graftombe wilde openbreken waarin het plotseling opgesloten zat.

De zonsondergang luidde onze eindeloze avonden in. De horizon aan het eind van het dal kleurde ternauwernood een paar minuten rood, en dan viel de duisternis in. Daarna veranderde er niets meer aan het licht tot we naar bed gingen: het werd zes uur, zeven uur, acht uur, en al die tijd zaten we zwijgend bij de kachel, met ieder een kaars om bij te lezen, het schijnsel van het vuur, de wijn waarmee we zo lang mogelijk moesten doen, ons enige verzetje bij het eten. Ik maakte die dagen op alle mogelijke manieren aardappels klaar. Gekookt, gepoft, geroosterd, gebakken in boter, met kaas in de oven, en lichtte me bij met een kaars om te kijken of ze gaar waren. We aten ze in tien minuten op en hadden dan nog een uur of twee, drie stille wake voor de boeg. Ik zat eigenlijk te wachten op iets – wat wist ik niet eens – dat niet gebeurde: ik was uit Nepal teruggekomen om mijn vriend bij te staan en nu leek mijn vriend me helemaal niet nodig te hebben. Als ik hem iets vroeg, ging hij er niet op in en gaf alleen maar een vaag antwoord dat elke eventuele conversatie in de kiem smoorde. Hij kon een uur in het vuur zitten staren, en alleen heel af en toe, als ik het niet meer verwachtte, zei hij iets, maar dan was het of hij ergens halverwege een betoog begon of hardop zijn eigen gedachtegang volgde.

Op een avond zei hij: 'Ik ben er een keer geweest, in Milaan.'

'O ja?' zei ik.

'Maar dat is een hele tijd geleden, ik was twintig of zo. Op een dag kreeg ik ruzie met mijn baas en ben opgestapt. Ik had opeens een hele middag vrij en zei tegen mezelf: nu ga ik. Ik heb de auto gepakt, heb de snelweg genomen en kwam aan het eind van de middag aan. Ik wilde in Milaan een biertje drinken. Bij het eerste het beste café ben ik uitgestapt en heb dat biertje gedronken, en daarna ben ik weer teruggereden.'

'En hoe was Milaan?'

'Mwah. Te veel mensen.'

En hij voegde eraan toe: 'En ik ben ook naar zee geweest. Na al die boeken die ik had gelezen, ben ik een keer naar Genua gereden om hem te zien. Ik had een deken in de auto, ben er blijven slapen. Thuis zat er toch niemand op me te wachten.'

'En hoe was de zee?'

'Een groot meer.'

Dat soort dingen zei hij; ze konden waar zijn, of niet, maar ze gingen in elk geval nergens heen. De mensen die we kenden kwamen er nooit in voor. Slechts één keer zei hij, zomaar uit het niets: 'Het was fijn, hè, als we 's avonds voor de stal zaten.'

Toen legde ik het boek dat ik zat te lezen neer en zei: 'Ja, heel fijn.'

'De manier waarop in juli de avond viel, de rust intrad, weet je nog? Van dat tijdstip hield ik het meest, en ook van opstaan om te melken als het nog donker was. Zij tweeën sliepen en ik had het gevoel dat ik over alles waakte, alsof zij rustig konden slapen omdat ik er was.'

En hij voegde eraan toe: 'Idioot, hè? Maar zo voelde ik dat.'

'Ik vind er niks idioots aan.'

'Het is idioot omdat niemand voor anderen kan zorgen. Voor jezelf zorgen is al een hele onderneming. Een mens is voorbestemd om zichzelf altijd te redden, als hij sterk is tenminste, maar overspeelt hij zijn hand, dan gaat hij ten onder.'

'Zijn hand overspelen in de zin van een gezin beginnen?'

'Voor sommigen misschien wel, ja.'

'Dus die zouden ook geen kinderen moeten krijgen?'

'Nee, precies,' zei Bruno.

Ik keek naar hem, in het halfduister, en probeerde te begrijpen wat er in zijn hoofd omging. De ene helft van zijn gezicht gelig in het schijnsel van de kachel, de andere helft helemaal donker.

'Dat meen je toch niet?' zei ik. Hij reageerde niet. Hij staarde in het vuur alsof ik er niet meer was.

Ik had er opeens genoeg van en liep naar buiten, de nacht in, treurend om de sigaret die me vroeger gezelschap zou hebben gehouden. Ik stond zo lang te zoeken naar sterren die er niet waren en me af te vragen wat ik hier eigenlijk was komen doen, dat ik ten slotte begon te klappertanden. Toen ging ik de warme, duistere, rokerige kamer weer binnen. Bruno had zich niet verroerd. Ik warmde mijn voeten bij de kachel, ging daarna naar boven en ritste mezelf in mijn slaapzak.

De volgende ochtend stond ik als eerste op. Ik had geen zin dat kamertje bij daglicht met hem te delen, dus sloeg ik de koffie over en ging een ommetje maken. Ik daalde af naar het meer en zag dat er een waas van nachtrijp overheen lag die door de wind alle kanten uit werd gejaagd: sluiers, wolkjes en wervelingen stoven op en vervlogen binnen de kortste keren, als rusteloze geesten. Onder de rijp was het ijs zo zwart dat het wel van steen leek. Terwijl ik ernaar stond te kijken echode er een schot in het dal: het geluid kaatste tussen de hellingen heen en weer en het viel moeilijk uit te maken waar het was gelost, beneden in de bossen of boven op een van de kammen. Maar instinctief keek ik omhoog en speurde de puinhellingen en de kloven af om te zien of ik iets zag bewegen.

Terug bij de barma zag ik dat er twee jagers met Bruno stonden te praten. Ze hadden moderne wapens met richtkijkers. Op een gegeven moment opende een van de twee zijn rugzak en zette een zwarte zak voor Bruno neer. De ander zag me en stak even zijn hand naar me op, en toen koppelde ik dat gebaar aan iets anders wat me bekend voorkwam en begreep ik wie die twee waren: de neven van wie Bruno de alm had gekocht. Ik had ze vijfentwintig jaar niet gezien. Ik wist niet dat ze contact met elkaar hadden, noch hoe ze hem daar boven hadden ontdekt, maar er waren ongetwijfeld nog een heleboel andere dingen in Grana waar ik geen idee van had.

Nadat ze waren vertrokken kwam er uit de zwarte zak een dode, reeds ontweide gems tevoorschijn. Toen Bruno het dier aan zijn achterpoten aan een tak van een lariks ophing, zag ik dat het een vrouwtje was. Ze had een donkere wintervacht met over het midden van haar rug een dikke, zwarte streep, een dunne hals waaraan haar levenloze kop bungelde en twee haakvormige horentjes. Uit de jaap in haar buik steeg in de ochtendkou nog damp op.

Bruno ging naar binnen om een mes te pakken en sleep dat met zorg voordat hij zich aan het werk zette. Zijn gebaren waren trefzeker en methodisch, alsof hij in zijn leven nooit iets anders had gedaan: hij sneed de huid van de achterpoten bij het scheenbeen rondom los en liet zijn mes vervolgens langs de binnenzijde van eerst het ene en daarna het andere dijbeen omlaag zakken totdat beide sneden samenkwamen in de liezen. Daarna keerde hij terug naar zijn beginpunt, sneed een strip huid van het scheenbeen los, legde zijn mes weg, pakte dat stuk huid stevig beet, trok het met harde rukken naar beneden en legde eerst de ene en vervolgens de andere dij bloot. Onder de huid zat een witte, glibberige laag, het vet dat de gems die winter had gekweekt, en onder dat vet zag je het roze vlees doorschemeren. Bruno pakte het mes weer op, maakte een snee in de borst en nog twee langs de voorpoten, greep de vacht die nu halverwege de rug bungelde opnieuw beet en trok die met kracht naar beneden. Er kwam heel wat kracht bij kijken om de huid van het vlees te trekken, maar hij legde er ook nog wat anders in, legde er de woede in waardoor hij werd verteerd sinds ik hier was. De huid kwam er helemaal in één keer af, als een jurk. Daarna pakte hij met zijn linkerhand een van de horens beet en tastte met zijn mes tussen de halswervels; ik hoorde iets breken. De kop kwam los van de hals, samen met de vacht, die Bruno op het gras legde, met de haren naar onder en de kale huid naar boven.

De gems leek nu veel kleiner. Gevild en onthoofd leek ze niet eens meer op een gems, maar alleen nog op vlees, bot en kraakbeen, zo'n karkas dat je in de koelcellen van supermarkten zag hangen. Bruno stak zijn handen in de borstholte en trok eerst het hart en de longen eruit, daarna draaide hij het karkas op zijn rug. Met tastende vingers zocht hij naar de spierbanen langs de ruggengraat, sneed die met kleine snedes los en ging vervolgens nogmaals de ruggengraat langs, maar nu met het mes diep in het vlees, dat bloot kwam te liggen en dieprood van kleur was. Hij sneed er twee lange, donkere en bloederige lappen vanaf. Ook zijn armen zaten helemaal onder het bloed, ik had er genoeg van en bleef niet kijken naar de rest van de slacht. Toen hij klaar was zag ik aan de boomtak alleen nog het skelet van de gems hangen, dat niet veel meer voorstelde. Bruno maakte het los, gooide het hoopje botten op de huid die op de grond lag en maakte er een bundel van die hij naar het bos bracht om te begraven of ergens te verbergen.

Een paar uur daarna zei ik dat ik wegging. Aan tafel had ik geprobeerd het gesprek van de dag ervoor weer op te pakken, maar nu op een directere manier. Ik had hem gevraagd hoe hij het dacht aan te pakken met Anita, wat hij met Lara over het kind had afgesproken en of hij van plan was ze met Kerstmis op te zoeken.

'Met kerst denk ik niet, nee,' antwoordde hij.

'Wanneer dan wel?'

'Ik weet niet, in de lente misschien.'

'Ja ja... Of in de zomer misschien?'

'Ach, wat maakt het nou uit? Ze is beter af bij haar moeder, toch? Of wil je dat ik haar hier mee naartoe neem, zodat ze dit leven kan leiden?'

Hij zei 'hier' zoals hij dat altijd had gezegd: alsof er aan de voet van zijn dal een onzichtbare grens was, een muur die alleen voor hém was opgetrokken en die hem de toegang tot de rest van de wereld ontzegde.

'Misschien zou je zélf eens naar beneden kunnen gaan,' zei ik. 'Misschien moet jíj je leven veranderen.'

'Ik?' zei Bruno. 'Maar Berio, je weet toch van wie ik afstam?'

Ja, dat wist ik. Hij was een koeherder, een bouwvakker, een bergbewoner, en bovenal de zoon van zijn vader, en hij zou net als hij simpelweg uit het leven van zijn dochter verdwijnen. Ik keek naar het bord dat voor me op tafel stond. Bruno had een geliefd jagersgerecht gemaakt, het hart en de longen van de gems, met uien in wijn gestoofd, maar ik had het nauwelijks aangeraakt.

'Eet je niet?' vroeg hij, teleurgesteld.

'Het is mij te sterk,' zei ik.

Ik schoof het bord van me af en voegde eraan toe: 'Ik vertrek vandaag. Ik moet wat dingen voor mijn werk regelen. Misschien kom ik voordat ik wegga nog even terug om gedag te zeggen.'

'Ja, oké,' zei Bruno zonder me aan te kijken. Hij geloofde het net zomin als ik. Hij pakte mijn bord, deed de deur open en gooide wat erop lag naar buiten, voor de kraaien en de vossen die niet zo'n zwakke maag hadden als ik.

In december besloot ik Lara te gaan opzoeken. Ik reed haar dal in op een dag dat het licht sneeuwde, aan het begin van het skiseizoen. Het landschap was niet zo heel anders dan dat rond Grana, en terwijl ik daar reed bedacht ik dat alle bergen op een of andere manier op elkaar lijken; maar er was daar niets wat me aan mezelf herinnerde of aan iemand van wie ik had gehouden, en daarin zat 'm het verschil. De manier waarop een plek je geschiedenis bewaakte. Hoe je die, elke keer dat je er kwam, kon teruglezen. Daar kon er maar één van zijn, van zo'n berg, in je leven, en in vergelijking met die ene vielen alle andere in het niet, zelfs die van de Himalaya.

Boven in het dal lag een klein skigebied. Alles bij elkaar niet meer dan twee of drie liften die, zoals zo vele, door de economische crisis en de klimaatveranderingen steeds meer moeite hadden rendabel te blijven. Daar werkte Lara, in een restaurant in alpiene stijl bij het vertrekpunt van de stoeltjesliften, een almhut die net zo nep was als pistes met kunstsneeuw. Ze kwam naar me toe met een serveerschort voor, omhelsde me met een glimlach die haar vermoeidheid niet kon verhullen. Ze was jong, Lara, net over de dertig, maar ze leidde al een tijdje het leven van een volwassen vrouw, en dat zag je. Er waren maar weinig skiërs en dus vroeg ze haar collega of ze even pauze kon nemen en kwam bij me aan tafel zitten.

Onder het praten liet ze me een foto van Anita zien: een blond meisje, magertjes, vrolijk, met haar arm om de nek van een zwarte hond geslagen die groter was dan zij. Ze vertelde dat ze in het eerste jaar van de kleuterschool zat. Het was moeilijk geweest haar ervan te overtuigen dat er bepaalde regels golden, en in het begin was ze nogal onhandelbaar geweest: óf ze ruziede met iemand, of ze zette het op een gillen, of ze ging in een hoekje zitten en zei de hele dag geen woord meer. Maar nu leek ze zich langzaam maar zeker aan te passen. Lara lachte. Ze zei: 'Maar het fijnste vindt ze het als ik haar meeneem naar een boerderij. Daar voelt ze zich thuis. Ze laat haar handen likken door de kalveren, en je weet wat voor een ruwe tong die hebben, en ze is totaal niet bang. Hetzelfde met geiten, met paarden. Ze is bij alle dieren op haar gemak. Ik hoop dat ze daarin niet verandert, dat ze dat nooit vergeet.'

Ze stopte even om een slok thee te drinken. Ik zag dat haar vingers rond het kopje rood waren en dat ze afgekloven nagels had. Ze keek het restaurant rond en zei: 'Ik werkte hier ook al toen ik zestien was. Kun je het je voorstellen? De hele winter, zaterdags en zondags, als mijn vrienden gingen skiën. Wat een verschrikking.'

'Het is geen nare plek,' zei ik.

'Ja, dat is het wel. Ik had niet gedacht er ooit nog een voet te hoeven zetten. Maar zoals wel gezegd wordt: om vooruit te komen moet je soms een stap terug doen. Als je tenminste deemoedig genoeg bent om dat te onderkennen.'

Nu had ze het over Bruno. Toen we eenmaal over hem kwamen te spreken ging ze er hard in. Ze zei dat ze, toen het twee of drie jaar eerder duidelijk werd dat het bedrijf het niet zou redden, nog oplossingen hadden kunnen vinden. De koeien verkopen, de alm verhuren, allebei werk zoeken in het dorp. Bruno zou zó worden aangenomen, in de bouw of in een kaasmakerij of zelfs op de pistes. Lara kon aan de slag als verkoopster of als serveerster. Ze was bereid die keuze te maken, bereid een doorsnee leven te leiden totdat de situatie ten goede zou keren. Maar Bruno had er niets van willen weten. In zijn hoofd waren er geen andere levens mogelijk. En Lara had op een gegeven moment begrepen dat zij en Anita, én hetgeen ze gemeend had samen met hem op te bouwen, voor Bruno veel minder belangrijk waren dan zijn berg, wat dat dan ook mocht betekenen. Op het moment dat ze dat had begrepen, was het voor haar afgelopen. Vanaf die dag was ze begonnen zich een toekomst elders voor te stellen, samen met haar kind en zonder hem.

Ze zei: 'Soms slijt de liefde beetje bij beetje en soms sterft die in één klap, zo is het toch?'

'Tja, ik weet niets van de liefde,' antwoordde ik.

'O ja, was ik vergeten.'

'Ik ben hem gaan opzoeken. Hij nu zit boven op de barma. Hij blijft daar, hij wil niet naar beneden.'

'Ik weet het,' zei Lara. 'De laatste bergbewoner.'

'Ik weet niet hoe ik hem kan helpen.'

'Vergeet het maar. Je kunt iemand die niet geholpen wil worden niet helpen. Laat hem maar zitten waar hij zit.'

Nadat ze dat had gezegd, keek ze op haar horloge, wisselde een blik met haar collega achter de bar en stond op om weer aan het werk te gaan. Lara de serveerster. Ik herinnerde me hoe ze de koeien weidde in de regen, trots, roerloos, met haar zwarte paraplu.

'Groetjes aan Anita,' zei ik.

'Kom haar eens opzoeken voordat ze twintig is,' zei ze, en daarna omarmde ze me een beetje steviger dan daarvoor. Er school iets in die omarming wat niet in haar woorden had gezeten. Ontroering wellicht, of weemoed. Ik reed weg toen de eerste skiërs arriveerden voor de lunch, met hun helmen en hun skipakken en hun plastic schoenen, als buitenaardse wezens.

Eind december viel er plotseling heel veel sneeuw. Op eerste kerstdag sneeuwde het zelfs in Milaan. Na de lunch keek ik uit het raam, de straat uit mijn jeugd met maar een paar onzeker voortbewegende auto's, sommige slipten bij het stoplicht en belandden midden op het kruispunt. Kinderen gooiden met sneeuwballen. Egyptische kinderen die misschien nog nooit sneeuw hadden gezien. Over vier dagen zou een vliegtuig me naar Kathmandu brengen, maar ik dacht nu niet aan Nepal, maar aan Bruno. Ik had het gevoel dat ik de enige was die wist dat hij daar boven zat.

Mijn moeder kwam naast me staan bij het raam. Ze had haar vriendinnen uitgenodigd voor de lunch, die nu een beetje tipsy aan tafel zaten te kletsen in afwachting van het toetje. Er hing een vrolijke sfeer in huis, met de kerststal, die ze elk jaar maakte met mos dat ze 's zomers uit Grana meenam, en het rode tafelkleed, de bubbels en de gasten. Ik had haar voor de zoveelste keer benijd om haar talent voor vriendschap. Ze was volstrekt niet van plan om eenzaam en zielig oud te worden.

Ze zei: 'Volgens mij moet je het nog een keer proberen.'

'Ik weet het,' antwoordde ik. 'Maar ik weet niet of het iets uithaalt.'

Ik deed het raam open en stak mijn hand naar buiten. Ik wachtte tot zich een sneeuwvlok op mijn palm vlijde: hij was nattig en zwaar, en smolt meteen toen hij in aanraking kwam met mijn huid; ik vroeg me af hoe hij tweeduizend meter hoger was geweest.

De dag daarop kocht ik ergens langs de snelweg sneeuwkettingen en in de eerste de beste winkel in het dal een paar sneeuwschoenen, en sloot vervolgens aan in de rij auto's die van Milaan naar Turijn reden. Bij bijna allemaal lagen er ski's op het imperiaal: na zachte winters haastten skiërs zich naar de bergen als naar de heropening van een pretpark. Niet eentje sloeg er af bij Grana. Een paar haarspeldbochten volstonden om niemand meer te zien, en toen de weg na de steile rots afboog, was ik terug in mijn oude wereld.

De sneeuw lag opgehoopt tegen de stallen en de van boomstammen gemaakte hooischuren. Sneeuw op de tractoren, op de golfplaten van de barakken, op de kruiwagens en de mesthopen; sneeuw die de bouwvallen vulde en bijna aan het zicht onttrok. In het dorp had iemand een weggetje tussen de huizen sneeuwvrij gemaakt, misschien dezelfde twee mannen die ik nu bezig zag een dak sneeuwvrij te maken. Ze keken op, maar een groet kon er niet af. Ik parkeerde de auto niet ver van de plek waar de sneeuwruimer was gestopt, of het wellicht had opgegeven: hij had genoeg ruimte gecreëerd om te kunnen draaien en had rechtsomkeert gemaakt. Ik trok mijn handschoenen aan, want ik had al een tijdje zo ongeveer bevroren vingers, bond mijn sneeuwschoenen onder, klauterde over de muur van harde sneeuw die de weg afsloot en stond toen aan de andere kant, in de verse sneeuw.

Ik deed ruim vier uur over een afstand die me in de zomer amper twee uur kostte. Zelfs met sneeuwschoenen zakte ik bijna tot mijn knieën weg. Ik verliet me op mijn geheugen, leidde de route af uit de vorm van de heuvels en de hellingen, uit wat op een doorgang tussen sneeuwbeladen sparren leek, want een spoor kon ik niet volgen, en ik kon me ook niet verlaten op mijn gebruikelijke herkenningspunten. Een dikke laag sneeuw bedekte de restanten van de kabelbanen, de gammele muurtjes, de hopen uit de weiden gehaalde stenen en de stronken van eeuwenoude lariksen. Van de beek restte niets dan een inzinking tussen twee zacht gewelfde oevers: ik sprong er zomaar ergens in één keer overheen en belandde zonder me te bezeren met mijn armen vooruit in de verse sneeuw. Aan de andere kant werd het steiler, en elke drie, vier stappen gleed ik weg, waardoor ik al lopend kleine lawines veroorzaakte. Dan moest ik ook mijn handen gebruiken, mijn sneeuwschoenen stevig inprikken, als stijgijzers, en het nog een keer voortvarender proberen. Op Bruno's alm drong pas echt tot me door hoeveel sneeuw er lag: de stalramen staken er maar voor de helft bovenuit, maar de gedraaide wind had de naar de berg gekeerde kant schoongeveegd, waardoor er een één meter brede doorgang was ontstaan, waar ik pauzeerde om op adem te komen. Het gras op dat korte stukje was dor en dood, grijs als de stenen muren. Er was daar geen licht en er waren geen andere kleuren dan wit, grijs en zwart, en het sneeuwde maar door.

Toen ik boven aankwam zag ik dat het meer was verdwenen, net als de rest. Je zag alleen maar een besneeuwde kom, een donzige vlakte aan de voet van de berg. En in plaats van eromheen te lopen stak ik het voor de eerste keer in al die jaren dwars over naar de barma. Het was een vreemde sensatie om over al dat water te lopen. Ik was bijna halverwege toen ik hoorde roepen.

'Hé!' hoorde ik. 'Berio!'

Ik keek op en zag Bruno, heel hoog op de helling, een kleine gestalte boven de boomgrens. Hij zwaaide, en meteen nadat ik had teruggezwaaid stortte hij zich naar beneden, en toen begreep ik dat hij op ski's was. Hij kwam schuin naar beneden, zijn benen wijd, zonder enige stijl, precies zoals hij 's zomers deed op de sneeuwvelden. Ook zijn armen hield hij wijd, zijn borst naar voren, in wankel evenwicht. Maar vóór de eerste lariksen zag ik hoe hij zich naar één kant wierp en resoluut van richting veranderde, het bos ontweek door erboven langs te gaan tot hij bij het grootste couloir van de Grenon kwam, waar hij stopte. 's Zomers stroomde er een beekje door dat couloir, maar nu was het een brede glijbaan vol sneeuw die zonder enig obstakel recht omlaag naar het meer voerde. Bruno schatte de steilte in van het stuk dat hem nog restte, richtte de punten van zijn ski's mijn kant op en stortte zich vastberaden omlaag. In het couloir kwam hij meteen vol op snelheid. Ik weet niet wat er zou zijn gebeurd als hij ergens halverwege was blijven haken en was gevallen, maar hij bleef overeind, stoof met een noodgang de kom in en verloor op de vlakke sneeuw gaandweg vaart, tot hij door de wet van de traagheid vlak voor me tot stilstand kwam.

Hij was bezweet en lachte. 'Zag je dat?' zei hij, nog nahijgend. Hij stak een ski omhoog die misschien wel dertig of veertig jaar oud was; het leek wel een oorlogsrelict. Hij zei: 'Ik was naar beneden gegaan voor een schep en vond ze bij mijn oom in de kelder. Ik had ze daar al eindeloos zien staan, ik weet niet eens van wie ze zijn geweest.'

'Heb je het nu net geleerd?'

'Ben nou een week bezig. Weet je wat het moeilijkst is? Je moet nooit naar de boom kijken waar je op afgaat, want dan knal je er zeker tegenaan.'

'Je bent gek,' zei ik. Bruno lachte en sloeg me op de schouder. Hij had een lange, grijze baard en van euforie schitterende ogen. Hij was waarschijnlijk afgevallen, want zijn gelaatstrekken leken me scherper dan ooit.

'Hé! Vrolijk Kerstmis,' zei hij, en daarna: 'Kom mee', alsof we elkaar toevallig waren tegengekomen en we nu op dat gelukkige toeval moesten klinken. Hij deed zijn ski's af, legde ze over zijn schouder en ging me voor over de helling, langs een spoor dat hij vermoedelijk tijdens zijn skioefeningen had gemaakt.

Ik had bijna medelijden met ons rotshuisje toen ik het daar zo zag staan, omringd door metershoge sneeuwwanden. Bruno had het dak sneeuwvrij gemaakt en rondom het huis een goot gegraven, met een breder stuk vóór de deur. Toen ik het huis binnenging, leek het wel of ik een hol betrad. Het was er warm en knus, en voller en rommeliger dan gebruikelijk. Het raam keek nu nergens op uit, achter het glas viel niets anders te zien dan lagen wit; ik trok mijn jas uit en was nog niet aan tafel gaan zitten of er viel iets met een doffe plof op het dak. Instinctief keek ik omhoog, bang dat het naar beneden zou komen.

Bruno begon te lachen. Hij zei: 'Je hebt die balken toen toch wel goed vastgezet, hè? Nu maar kijken of het dak het houdt!'

Er klonken voortdurend van die ploffen, maar hij sloeg er totaal geen acht op. Toen ik er ook aan gewend was, kreeg ik oog voor de veranderingen in de kamer. Bruno had nog meer planken opgehangen, had spijkers in de wand geslagen en het huis gevuld met zijn boeken, zijn kleren en zijn gereedschap, waardoor het eruitzag zoals het er in mijn tijd nooit had uitgezien, namelijk als een bewoond huis.

Hij schonk twee glazen wijn in en zei: 'Ik moet je mijn excuses maken. Het spijt me dat het de vorige keer zo is gelopen. Ik ben blij dat je terug bent, ik durfde er niet meer op te hopen. We zijn toch nog steeds vrienden?'

'Natuurlijk,' zei ik.

Terwijl ik begon te ontspannen porde hij het vuur in de kachel op. Hij ging naar buiten met een kookpot, vulde die met sneeuw en zette hem binnen op het vuur om de sneeuw te laten smelten voor de polenta. Hij vroeg of ik zin had in een stukje vlees voor het avondeten en ik zei dat ik na die tocht om het even wat kon eten, waarna hij wat ingezouten stukken gems tevoorschijn haalde, die zorgvuldig schoonmaakte en met boter en wijn in de pan deed. Toen het water in de kookpot kookte, gooide hij er een paar handen maïsmeel in. Daarna tapte hij nog een liter rode wijn om ons tijdens het wachten gezelschap te houden, en na de eerste twee glazen, toen zich in huis een sterke wildgeur verspreidde, begon ook ik me steeds beter te voelen.

Bruno zei: 'Ik was kwaad. En ik was extra kwaad omdat ik niemand iets kon verwijten. Ik ben zelf in de fout gegaan; het is echt niet zo dat iemand anders me een loer heeft gedraaid. Een bedrijf beginnen? Wat bezielde me? Ik weet niets van geld. Ik had een huisje als dit hier moeten nemen, met een paar koeien, en had van meet af aan zo moeten leven.'

Ik zat en luisterde. Ik begreep dat hij er lang over had nagedacht, en dat hij de antwoorden had gevonden waarnaar hij op zoek was geweest. Hij zei: 'Iemand moet doen wat het leven hem geleerd heeft te doen. Als je heel jong bent kun je er misschien nog voor kiezen een andere richting in te slaan, maar op een zeker moment moet je stoppen en zeggen: oké, hierin ben ik goed, daarin niet. Dus heb ik me afgevraagd: hoe zit dat bij mij? Ik kan goed in de bergen leven. Ik ga daar in mijn eentje zitten en red het wel. Dat is al heel wat, vind je niet? Maar voordat dat tot me doordrong moest ik blijkbaar eerst veertig worden.'

Ik was doodop en werd zo langzamerhand rozig van de wijn, en ook al gaf ik het niet graag toe, ik vond het fijn om hem zo te horen praten. Er zat iets absoluuts in Bruno dat me altijd had gefascineerd. Iets integers en puurs dat ik vanaf dat we kleine jongens waren in hem had bewonderd. En daar, in dat huisje dat we samen hadden gebouwd, was ik in eerste instantie bijna bereid te geloven dat hij gelijk had: dat dit voor hem de juiste manier van leven was, alleen, in hartje winter, met alleen maar wat mondvoorraad, zijn handen en zijn gedachten, ook al zou dat voor ieder ander een onmenselijke opgave zijn.

Het was de berg die me van dat waanbeeld afbracht. Toen we even later zaten te eten, hoorde ik een geluid dat anders was dan het normale geplof op het dak. Het begon als vliegtuiggeronk of onweer in de verte, maar kwam meteen dichterbij, oorverdovend, een gebulder dat de glazen op tafel deed trillen. Bruno en ik keken elkaar aan, en op dat moment zag ik dat hij net zo onslagvaardig was als ik, net zo bang. Bij het gebulder voegde zich een ander geluid, een enorme dreun, als van iets wat ergens tegenaan knalt en uiteenspat, en meteen daarna nam het geraas in sterkte af. Toen drong het langzaam tot ons door dat de lawine ons niet zou meesleuren. Hij was vlak langs ons geraasd, maar iets verderop. Er viel nog van alles naar beneden, je hoorde nog wat zwak gerommel, daarna trad de stilte net zo snel weer in als ze was doorbroken. Toen niets meer bewoog, gingen we naar buiten om poolshoogte te nemen, maar het was al donker, er was geen maan, er viel niets anders te zien dan duisternis. Eenmaal weer binnen had Bruno geen zin meer om te praten, en ik evenmin. We gingen slapen, maar een uur later hoorde ik hem weer opstaan, hout op het vuur gooien, zich een glas wijn inschenken.

Toen we 's ochtends uit ons hol kropen, werden we verrast door het licht dat volgt op lange sneeuwbuien. Achter ons scheen een stralende zon en de berg tegenover ons zette de kom in lichterlaaie. We zagen meteen wat er was gebeurd: in het hoofdcouloir van de Grenon, dat waardoor Bruno een paar uur eerder naar beneden was gekomen, had zich drie-, vierhonderd meter hoger, op het steilste punt van de helling, een lawine losgemaakt. De sneeuw had in zijn val alles tot op grote diepte blootgelegd, zelfs de rotsgrond die eronder lag, en aarde en steenslag meegesleurd. Het couloir leek nu een donkere wond. Toen de lawine na een val van vijfhonderd meter in de kom was neergekomen had die inmiddels zoveel massa gekregen dat het ijs op het meer was gebroken. Dat was het tweede geluid dat we hadden gehoord. Nu lag er aan de voet van het couloir niet langer een donzige vlakte maar een enorme hoeveelheid vuile sneeuw en op seracs lijkende ijsbrokken. Kraaien uit het hooggebergte cirkelden erboven en streken er rondom neer. Ik begreep niet waardoor ze werden aangetrokken. Het was een afschuwelijk en tegelijkertijd fascinerend schouwspel: we hoefden niets tegen elkaar te zeggen om te besluiten naar beneden te gaan en het van dichtbij te bekijken.

De prooi die de kraaien onderling verdeelden waren dode vissen. Kleine, zilveren, in hun winterrust gestoorde forellen, die vanuit het donkere, ondoorzichtige water waarin ze sliepen omhoog waren gekatapulteerd, zo op een bed van sneeuw. Waarschijnlijk hadden ze amper de tijd gehad er iets van te merken. Het moest een soort bominslag zijn geweest: aan de omgeklapte, kapotte ijsplaten kon je zien dat het ijs op het meer ruim een halve meter dik was. Daaronder was het water alweer aan het bevriezen, maar er lag nog maar een heel dun, doorzichtig, donker laagje op, dat leek op het ijs dat ik die herfst had gezien. Een paar kraaien vochten in mijn buurt om een forel, en omdat ik hun gulzigheid ineens weerzinwekkend vond liep ik erheen en schopte naar ze, zodat ze wegvlogen. Op de sneeuw lag nog slechts wat roze smurrie.

'Hemelbegrafenis,' zei Bruno.

'Heb je ooit zoiets gezien?' vroeg ik.

'Nee, ik niet,' antwoordde hij. Hij leek verrukt.

Ik hoorde het geluid van een helikopter. Er was die ochtend geen wolk te zien. Bij de warmte van de eerste zonnestralen stortten er vanaf elk uitsteeksel op de Grenon sneeuwrichels naar beneden en maakten zich uit elke kloof kleine lawines los. Het was net of de bergen zich begonnen te bevrijden van dat enorme pak sneeuw. De helikopter vloog boven ons hoofd, zag ons niet en vloog door, en toen bedacht ik dat we maar een paar kilometer van de pistes op de Monte Rosa af zaten, dat het 27 december was en een zonnige ochtend met verse sneeuw. Het was een perfecte skidag. Misschien dat ze vanuit de helikopter het verkeer in de gaten hielden. Ik stelde me de files voor, van bovenaf, de overvolle parkeerplaatsen, de skiliften die op volle toeren draaiden. En net aan de andere kant van een graat, aan de schaduwkant, twee mannen aan de voet van een lawine, tussen de dode vissen.

'Ik ga weg,' zei ik, voor de tweede keer in een paar weken. Ik had het twee keer geprobeerd, en me twee keer gewonnen gegeven.

'Ja, lijkt me goed,' zei Bruno.

'Je zou mee moeten gaan.'

'Alweer?'

Ik keek hem aan. Er was hem iets te binnen geschoten waar hij om moest lachen. Hij zei: 'Hoe lang zijn we nu al vrienden?'

'Komend jaar dertig jaar, volgens mij,' antwoordde ik.

'En probeer je me niet al dertig jaar hier weg te krijgen?'

Daarna zei hij: 'Je moet over mij niet inzitten. Deze berg heeft me nog nooit kwaad berokkend.'

Ik herinner me niet veel meer van die ochtend. Ik was van streek en te verdrietig om helder te kunnen denken. Ik herinner me dat ik opgelucht was toen ik het meer en de lawine achter me liet, maar dat ik verderop in het dal van mijn tocht naar beneden begon te genieten. Ik vond mijn spoor van de vorige dag terug en ontdekte dat je met sneeuwschoenen ook op de steilste stukken met grote sprongen kon afdalen omdat de verse sneeuw houvast bood. Sterker nog: hoe steiler de helling, hoe makkelijker ik me vrijuit kon laten vallen. Ik stopte maar één keer, toen ik de besneeuwde beek overstak, omdat ik iets had bedacht en wilde kijken of het waar was. Ik boog me voorover en veegde met mijn handschoenen de sneeuw weg. Vlak daaronder lag ijs, dun, doorzichtig ijs dat makkelijk brak. Ik ontdekte dat dat kleine laagje een piepklein stroompje water afdekte. Vanaf het pad zag en hoorde je het niet, maar onder de sneeuw stroomde nog steeds mijn beek.

Later bleek de winter van 2014 in de Westelijke Alpen een van de meest sneeuwrijke van de laatste vijftig jaar te zijn geweest. In de skidorpen boven de boomgrens werd eind december drie meter sneeuw gemeten, eind januari zes en eind februari acht. Toen ik die cijfers in Nepal las kon ik me niet voorstellen hoe dat eruit zou zien, acht meter sneeuw in het hooggebergte. Dat was genoeg om hele bossen te begraven. Veel meer dan wat nodig was om een huis te begraven.

Op een dag in maart mailde Lara me dat ik haar zo snel mogelijk moest bellen. Aan de telefoon vertelde ze me dat ze Bruno niet meer konden vinden. Zijn neven waren naar boven gegaan om te kijken of het goed met hem ging, maar bij de barma was de sneeuw al heel lang niet weggeschept, het huisje zelf was onder de sneeuw verdwenen en zelfs de rotswand viel nauwelijks meer te onderscheiden. Zijn neven hadden hulp ingeroepen, en een per helikopter aangevoerde reddingsploeg was gaan graven tot ze bij het dak waren. Ze hadden een gat in de planken gezaagd en verwachtten, zoals soms gebeurde bij oude bergbewoners, Bruno in bed aan te treffen, onwel geworden en doodgevroren. Maar binnen was er niemand. En ook waren er rondom het huis na de laatste sneeuwbuien geen voetsporen te bekennen. Lara vroeg me of ik nog ideeën had, omdat ik de laatste was die hem had gezien, en ik zei dat ze moesten kijken of er in de provisieruimte een paar oude ski's stonden. Nee, die waren er ook niet.

De reddingsploeg besloot het gebied met honden uit te kammen, en dus belde ik haar een week lang elke dag of er nieuws was, maar er lag te veel sneeuw op de Grenon en met de naderende lente werd ook het lawinegevaar steeds groter. In maart werden de Alpen erdoor geteisterd: en na alle ongelukken die winter, met een dodental dat alleen al op de Italiaanse hellingen was opgelopen tot tweeëntwintig, was niemand nog erg geïnteresseerd in een bergbewoner die vermist was in de buurt van zijn huis. Lara noch mij leek het op dat moment nog zinvol erop te staan dat er werd doorgezocht. Bruno zou met het intreden van de dooi gevonden worden. Hij zou midden in de zomer in een of ander couloir vanonder de sneeuw tevoorschijn komen, en dan zouden de kraaien hem het eerst ontdekken.

'Was dat wat hij wilde volgens jou?' vroeg Lara me door de telefoon.

'Nee, dat denk ik niet,' loog ik.

'Jij begreep hem toch, hè? Jullie tweeën begrepen elkaar.'

'Dat mag ik hopen.'

'Want soms heb ik het idee dat ik hem helemaal niet heb gekend.'

Maar wie had hij buiten mij dan wel gekend op deze wereld? vroeg ik me af. En wie had mij gekend, behalve Bruno? Als dat wat wij gedeeld hadden voor ieder ander geheim was, wat restte daar dan van nu een van ons tweeën er niet meer was?

Toen die dagen op hun eind liepen, hield ik het in de stad niet langer uit en besloot ik in mijn eentje de bergen in te trekken. De lente is een schitterend seizoen in de Himalaya: op de valleihellingen overheerst het groen van de rijstvelden, wat hoger bloeien rododendronbossen. Maar ik wilde niet naar plekken die ik al kende, en ook niet de weg naar vergetelheid inslaan. Ik koos een gebied waar ik nog nooit was geweest, kocht een kaart en vertrok. De vrijheid van zo'n ontdekkingstocht had ik al lang niet meer ervaren. Soms dwaalde ik van het pad af, klom langs een helling omhoog naar een kam, louter om te zien wat erachter lag, stopte zonder dat gepland te hebben in een dorp dat ik mooi vond, sleet een hele middag bij de poelen van een bergbeek. Dat was de manier waarop Bruno en ik altijd door de bergen hadden gelopen. Ik bedacht dat dat in de jaren die voor me lagen mijn manier zou zijn om ons geheim te koesteren. En toen moest ik aan het huis op de barma denken, met een gat in het dak waardoor het geen lang leven beschoren zou zijn, en voelde ik dat het geen doel meer diende en dat ik er als het ware al afstand van had genomen.

Lang nadat ik was opgehouden mijn vaders paden na te lopen, had ik van hem geleerd dat er in sommige levens bergen bestaan waar je niet naar terug kunt keren. Dat je in levens als het mijne en het zijne niet terug kunt naar de berg die het middelpunt is van alle andere, en het begin van je eigen geschiedenis. En dat mensen zoals wij, die op de eerste en hoogste berg een vriend hebben verloren, niets anders rest dan dwalen over de acht bergen.

FONTANE 2014-2016

Dit verhaal is voor de vriend die me ertoe inspireerde, door me paden te laten zien waar die niet waren.
En voor de Trouw en de Fortuin die het vanaf dag één hebben bewaakt.
Met alle liefde die in mij is.